LOCUS

LOCUS

LOCUS

to

fiction

to 36
中魔的人們
Pábitelé
作者：赫拉巴爾（Bohumil Hrabal）
譯者：楊樂雲、萬世榮
責任編輯：李芸玫
法律顧問：董安丹律師、顧慕堯律師
出版者：大塊文化出版股份有限公司
台北市 105022 南京東路四段 25 號 11 樓
www.locuspublishing.com

讀者服務專線：0800-006689
TEL：(02)87123898 FAX：(02)87123897
郵撥帳號：18955675 戶名：大塊文化出版股份有限公司

總經銷：大和書報圖書股份有限公司
地址：新北市新莊區五工五路 2 號
TEL：(02) 89902588 FAX：(02) 22901658

初版一刷：2006 年 4 月
初版二刷：2020 年 8 月
定價：新台幣 280 元
ISBN：986-7059-06-9
Printed in Taiwan

Pábitelé

中魔的人們

赫拉巴爾（Bohumil Hrabal） 著
楊樂雲、萬世榮 譯

目次

中魔的人們❶

水泥廠門前，幾個老頭兒坐在一條長凳上，只見他們這個拉著那個的衣領角，沖著對方的耳朵大聲嚷嚷。

水泥粉塵毛毛雨似地飄落，周圍一帶所有的房舍和園子都蒙了一層磨細的石灰岩粉末。

我踏上落滿水泥粉末的田野。

在一株孤零零的梨樹下，一個矮個子男人揮著鐮刀在割草。

「我說，那邊傳達室附近一幫喊啞了嗓子的老大爺是幹什麼的？」

❶本篇的捷克語原名爲Pábitelé（巴比代爾），是Pábitel（巴比代爾）的複數。Pábitel是作者爲概括他小說中一種特殊人物形象而生造出來的一個在任何捷克語詞典中都找不到的新詞。本文譯者權且將其譯成「中魔的人們」。

「哦，大門旁邊的嗎？那是我們廠的退休工人。」矮個子男人一邊回答，一邊不停手地割著草。

「看上去歲數都不小啦。」我說。

「是嗎？」矮個子男人說，「我也就盼著這麼一天哩，過不了幾年我也將在那兒坐著啦。」

「那得看您能否等到退休！」

「這可是沒有問題的。我們這地方特別延年益壽。這裡的平均壽命七十歲。」小矮個兒說，一隻手敏捷地揮著鐮刀，草上騰起的水泥粉塵就跟點燃濕柴冒出的煙一般。

「請問您啦，」我說，「這些老爺子究竟在爭吵什麼呢？幹嗎這樣一個勁地對吼？」

「議論水泥廠的生產。他們認爲人家幹的沒他們行。再說，白天嚷夠了，晚上嗓子眼兒就更乾！您知道，他們在廠裡幹了一輩子，都跟這水泥廠長成一體，分不開啦，離開廠子他們沒法兒活。」

「可是，到別的地方去採採蘑菇不是更好嗎？或者乾脆搬到樹林邊上去住，人人都可以得到一棟帶園子的小屋哩！」

說著我用手背抹了一下鼻子，手背上出現一條又黏又滑的黑道兒。

「嘿，瞧您說的！」矮個子男人停下割草，「有個名叫馬雷切克的退休工人搬到克拉托維那邊的林子裡去住了……過了兩星期人家用救護車把他送了回來。那兒的新鮮空氣使他得了哮喘病。回來後才兩天就又是一條硬朗漢子了。您瞧，大門旁邊嚷得最凶的那位就是馬雷切克。您知道，這兒的空氣跟大腿根一樣粗壯，稠得跟豌豆湯似的。」

「我可不喜歡豌豆湯。」說著我躲到了梨樹底下。

塵土飛揚的田間小路上，兩匹馬拉著一輛車在馳來，馬蹄捲起滾滾水泥粉塵，把車子裹在裡面都看不見了。趕車人在粉塵的雲霧中歡快地唱著歌，右邊的那匹騸馬這會兒忽然伸長脖子，把籠頭拉得筆直，一口咬走了梨樹上的一簇枝葉，搖落了樹上堆得厚厚的水泥粉塵。我連忙揮著兩手從這雲霧中跟跟蹌蹌地跑了出來。

不多一會兒我就發現，我來時穿上身的這套深色衣服，現在已變成灰色的了。

我說：「先生，有一個名叫伊爾卡·布林甘的，請問他家在哪兒？」

矮個子只顧一手割草，另一隻手來回擺動以保持身體的平衡。

現在他一刀砍在鼹鼠窩上了，只見他霍地往後一跳，接著便驚惶地在田野裡飛奔起來。

「黃蜂！」他大聲叫嚷。

一邊叫，一邊舉起鐮刀繞著腦袋揮舞。

我追上了他。

「先生，您聽我說！伊爾卡·布林甘住在哪兒？」

「我是伊爾卡的爹。」小矮個兒邊跑邊大聲回答，手裡揮舞著鋒利的鐮刀驅趕緊追不捨的一窩黃蜂。

「很榮幸認識您，我是伊爾卡的朋友。」我自己介紹說。

「我兒子會非常高興的！他正等著您哪！」布林甘先生喊道，跑得更快了。

不料，他揮舞著抽打黃蜂的鐮刀，不幸一下子砍在他的腦袋上了。

他在我前面輕快地跑著，鐮刀高高地插在頭上，彷彿一根羽飾。

在一座房屋的小門前，我們站住了。

布林甘先生連鼻孔也沒有抖動一下。一縷細細的鮮血淌到他耳旁滿是塵土的頭髮上，然後在下巴頦底下急速地滴落。

「我給您把鐮刀拔出來吧。」我說。

「等等吧，沒准我們家的小子想把它畫下來哩。我的老伴兒來了！」

小門裡走出一位肥胖的太太，她衣袖挽起，手上油汪汪，彷彿剛烹調了一隻鵝。她一隻眼睛的眼皮長得比另一隻的稍低，下唇微垂。

「我早就在這兒望著您啦，」她說，握了一下我的手，「歡迎光臨！」

伊爾卡從門洞裡跑了出來，他是個面頰紅潤的小夥子，一邊同我握手，一邊指著周圍的景色說：「夥計！多美啊！我說瞎話了嗎？說了還是沒說？多麼美麗的色彩！瞧這風景！這田野！」

「對，是美，不過，瞧瞧您爸爸出了什麼事吧！」我說。

「什麼？」伊爾卡四下裡望望說。

「什麼！這兒！」說著，我搖了搖鐮刀，它戳在布林甘先生的頭上猶如一個碩大無朋的鳥喙。

「哎唷！」布林甘先生說。

「原來是這個，」我的朋友揮了一下手，「我當發生了什麼天曉得的大事哩。媽媽，您瞧，我爹准又驅趕黃蜂來著！爸爸啊，爸爸！」伊爾卡一面用手指點著他爹，一面哈哈大笑，接著說道：「我們家裡哪會兒也短缺不了逗樂的事兒。有人偷了我們的兎子，我爹是廠裡的技術革新者，不消說他馬上用木板在糞坑上面架了個陷阱，架得那麼巧妙，夜裡誰只要輕輕往上一踩，准會掉進糞坑裡。我們家的兎棚緊挨著那個糞坑。可是，不言而喻，我爹把這事忘了個精光，第二天早晨他自己掉了進去。」

「糞坑不深。」布林甘先生說。

「有多深？」伊爾卡把耳朵湊到他面前，問道。

「就到這兒。」布林甘先生用手掌在脖子下面比劃了一下。

「那不就得啦！」伊爾卡哈哈地笑著，接著說道：「還有一回，我爹當了衛生員。他在廁所裡撒了一桶碳化物，過了一會兒他卻在那裡磕煙斗。我剛走到門外，您猜我看見什麼啦？隨著大炮似的轟隆一聲，五百公斤的大糞竄上了天空，我爹在裡面翻筋斗，離地足有六米高！跌下來還掉在糞坑裡！」

「嘿嘿嘿嘿……」布林甘諾娃太太笑得肚子都在抖動。

「你說得不對，不是離糞坑六米高，」布林甘先生神采飛揚，耳朵旁邊的血已經乾了，釉彩似的閃閃發亮。

「那你說有多高？」伊爾卡把耳朵湊到他面前。

「充其量也不過五米……大糞也最多才四百公斤。」布林甘先生說，接著又補了一句：「我們這小子是個藝術家，說話總是誇張。」

「藝術家都這樣，」我說，「不過，請別生氣，那把鐮刀插在腦袋上讓我好緊張！」

「我的天，這算不了什麼。」布林甘諾娃太太說，她握著鐮刀柄晃動了一下，然後一抽，把鐮刀拔了出來。

「布林甘先生不會得破傷風吧？」我苦著臉擔心地說。

「不會的，我們這兒的空氣醫治百病。」布林甘諾娃太太說。

她攥起拳頭愛憐地在布林甘先生的腦門上捶了一下，解釋道：「他爹哪兒傷著了最好馬上在他的兩個犄角❷中間捶一拳。爲什麼呢？因爲他是個淘氣鬼。」說著，她抓住丈夫蓬亂的頭

❷捷克神話中的魔鬼頭上長兩個犄角。

髮，把他拉到院子裡，然後一手把流血的腦袋按在水龍頭下面，另一隻手壓著水泵抽水。

「夥計，」伊爾卡說，「我爹可機靈著哪。今年休假的時候他上房修理落水管，身上不繫安全帶卻在屋頂的邊沿上走來走去，一邊走還一邊笑。我媽在下面沿著水泥人行道來回巡邏，一旦我爹摔下來，她就奔去叫急救車。到了第十四天，我爹繫上了安全帶卻從房頂上摔了下來，他倒掛在那兒，我從小房間裡給他送喝的，我媽搬出家裡所有的被褥鋪在人行道的水泥地上。當我割斷繩子時，您猜怎麼著？他腦袋沖下栽在被褥的旁邊。在水泥地上！」

「嘿嘿嘿嘿……」布林甘諾娃太太笑開了，「掉在水泥地上，可是他當天晚上就坐在小酒店裡啦！」她補了一句，一手繼續壓著水泵。

「我爹也騎摩托車，」伊爾卡接著說，故意提高嗓門好讓他爹也聽見，「有幾個同我們熟悉的司機對我們說：『別見怪，不過從行車的安全規定來看，像你們老爺子這樣開摩托車，總有一天你們得用背兜去把他背回來！』哈哈哈！有一天，我爹沒回來，我們於是拿著背兜去尋找。到了拐彎的地方，當我們沿著烏荊子籬笆牆朝前走的時候，忽然聽得荊棘叢裡彷彿有什麼東西咩地叫了一聲。我們過去一看……媽，您說吧，咱們看見什麼啦？」

「嘿嘿嘿嘿……」布林甘諾娃太太笑了，一個勁兒地把丈夫的腦袋按到水龍頭下面。「我爹連人帶車插在荊棘叢裡動不了啦！」伊爾卡笑得氣也透不過來了，「他在彎道上沒把握住，一頭紮進荊棘裡了……他就這麼坐在摩托車上，兩手扶著車把，整整兩小時一動也不能動，因爲四周圍全是烏荆子，枝條上長滿了尖尖的刺……」

「有一根刺鑽進了我的鼻孔，另一根挑著我一隻眼睛的眼皮……而我直想打噴嚏！」布林甘先生喊道，抬起頭來，可是布林甘諾娃太太抓著他蓬亂的頭髮，把他的腦袋按到水龍頭的下面。

「你們是怎麼把老爺子從荆棘中解救出來的呢？」我吃驚地問。

「我先找來一把剪羊毛的剪子，之後又找來收拾園子的剪刀，把灌木叢好一陣修剪，一個小時以後把我爹修剪出來了。」伊爾卡說。布林甘先生想補充幾句，可是他剛抬腦袋，後腦勺就撞在水泵的鐵龍頭上了。

附近的小山上電光一閃，接著一聲爆炸。

「這是十點鐘。」伊爾卡說。

「一幫壞蛋。」布林甘諾娃太太溫和地說，朝山岡上望了一眼。那裡的林間空地上升起一團白煙。

小山上，在落滿塵土的松樹林中，聚集著一群戰士，其中一個這會兒走到空地上，在一面小旗的指揮下拔掉一顆手榴彈的保險栓，把手榴彈扔到了空地的中心，戰士自己撲倒在地上……

先是一聲爆炸，接著升起一股白煙。氣浪沖進山谷，震得榛子樹和向日葵身上的水泥粉塵紛紛揚揚地飄落下來。

「一幫壞蛋。」布林甘諾娃太太說，口氣溫和。她抓著丈夫蓬亂的頭髮，把他的腦袋從水龍頭下面拉出來，然後把頭髮撥到一邊，關切地仔細察看他的傷口。

「在這健康的空氣裡傷口很快就會癒合。」說罷，她做了個有禮貌的手勢，邀請我進屋去。

廚房裡掛著幾十幅落滿了塵土的畫。

布林甘諾娃太太搬了把椅子依次放在畫幅下面，然後吃力地爬上去，用一塊濕布抹淨畫上的塵土，廚房一下子被耀眼的鮮豔色彩照亮了。

每隔五分鐘，軍事訓練場的爆炸聲就把屋子震得一哆嗦，碗櫥裡的杯盞盤碟也叮咚一陣響。隨著每一顆扔出的手榴彈，銅床的四個小輪子就往前移動一點兒，布林甘諾娃太太每次必定舉目朝爆炸的方向望一眼，每次都溫和地說一聲：「一幫壞蛋……」

布林甘先生用鐮刀指著繪畫說：「您看，我們小子畫這張《南波希米亞魚塘上的落日》時，他穿了一雙尺碼小一號的鞋子，畫這張《查理城堡❸主題》時，他在鞋跟上釘了一枚釘子，扎進腳踵半公分……這張，在畫《利多梅謝爾❹的山毛櫸樹林》時，他整天憋著不去小便……還

❸著名古跡，位於布拉格西面。

❹城市名，在布拉格東部。

有這一張，您瞧，這孩子創作《在潑日彼斯拉夫❺郊外牧馬》時，他站在齊腰深的臭烘烘的沼澤裡……他著手畫《在山頂》之前，吃了三天齋……」

布林甘先生指著畫一幅幅地講解，布林甘諾娃太太則依次搬過椅子，吃力地爬上去，用濕布把畫面抹淨，每隔五分鐘舉目朝牆外爆炸的方向望一下，每次都溫和地說一聲：「一幫壞蛋……」

中午的鐘聲響了，銅床的銅輪子已滾到了廚房的另一端。

布林甘先生指著最後一張畫說：「請看，我們小子把這張叫做《冬日情思》，創作這幅作品時，他捲起褲管，脫掉鞋子，對著他的主題在嚴冬一月的溪水裡站了一個鐘頭……」

「一幫壞蛋。」布林甘諾娃太太說，從椅子上爬下來。

接著是一陣令人難堪的寂靜。

布林甘諾娃太太把銅床從廚房的那一頭推回到這一頭。

「畫得很美，充滿了強烈的感情，」我說，「不過，伊爾卡爲什麼要穿尺碼小一號的鞋子，爲什麼作畫時要腳跟踩顆釘子，爲什麼要光腳站在一月的溪水裡，爲什麼？」

伊爾卡眼睛望著地上，漲紅了臉。

「您知道，」布林甘先生說，「我們這孩子沒上過美術學院……因此他用強烈的感受來彌補

❺城市名，在布拉格東南部。

教育上的欠缺……說實話，我們請您來就是爲了……我們想知道，這孩子要是去布拉格，能不能在藝術上有出息……」

「伊爾卡，」我說道，「這些風景畫都是你在野外的寫生嗎？這樣鮮豔的色彩你在哪兒看到的？上哪兒找到的？你怎麼懂得在藍顏色旁邊配上紅色的？印象派畫家畫到這份上也就夠滿意的了。這色彩你上哪兒去看到的？」

布林甘先生用鐮刀撩開窗簾，一陣細細的粉塵立刻從窗簾上飄落下來。

「您瞧見了嗎？」他大聲喊道，「您瞧見那邊的色彩了嗎？廚房裡的這些畫差不多都是在這一帶畫的。您仔細瞧瞧那邊，五彩繽紛！」

布林甘先生拉著窗簾，我順著他的指點放眼望去，可是外面的景色一派灰白，彷彿團集著一大群老象。無論什麼東西只要稍微動一動，它的後面就馬上揚起一股水泥粉塵，長長地飄拂著，宛如一根帶子。那邊，在灰色的紫苜蓿地塊裡，一輛拖拉機拖著刈草機在收割，後面捲起的滾滾粉塵，活像馬車行駛在塵土飛揚的馬路上。再往前看，隔著三畦地停了一輛運貨車，一個小夥子在裝黑麥，他每拎起一捆黑麥，那上面就冒出一陣灰色的粉塵煙霧，彷彿他把麥捆點燃了似的。

「您瞧見這色彩了吧！」布林甘先生搖晃著鐮刀說。

一個士兵走到林中空地上。他拉開保險栓，把手榴彈遠遠地扔了出去。

銅床又稍稍向前移動了一點。

布林甘諾娃太太第一次沒有做聲。

「一幫壞蛋。」我說。

「不，您不能這麼說，先生，」她一手按在我的衣袖上，一隻眼睛的眼皮小薄餅似的耷拉著，慈母般地勸告我，「什麼時候也不能這麼說。只有我們才能這麼罵一句。我們不是罵他們，只是自己爽快爽快罷了。這是我們約好了的一種遊戲。這些小夥子是我們的戰士呀。您知道，先生，這跟在家庭裡一樣。在家庭裡，我對老伴兒怎麼著都行，罵他，差使他，隨便說什麼都可以。但這只能在家庭成員之間。出了這個範圍就不行了。誰也不行。取笑我的老伴兒，只有我和伊爾卡可以……除了我們兩個，其他人誰也不行……不過，您看怎麼樣，這小子是不是應該去布拉格？在那兒他能爲捷克繪畫做出點兒貢獻嗎？」

布林甘諾娃太太問道，抬起眼睛望著我，這是一雙敏銳的眼睛，能猜透我內心深處哪怕是一丁點兒的細微活動。

「布拉格是一把接生員的剪子，」我說道，垂下了眼瞼，「這些畫不是什麼破碎的殘品，它們已經很成熟。我想，他也許會一舉成名的……」

「誰知道呢。」布林甘諾娃太太說。

布林甘先生打開一扇房門，用鐮刀指著裡面說：「我們這小子還是個雕塑家哩，您瞧不是嗎？」他一邊叫嚷，一邊用鐮刀敲敲一座肌肉暴突猶如巨人的石膏像。

「這是沒帶野豬的彼伏依❻。」他說。

「太棒了！瞧這些個橫紋肌！」我說，「伊爾卡，夥計，是誰給你當的模特兒？是個舉重運動員或者重量級拳擊手吧？」

伊爾卡眼睛望著地上，漲紅了臉。

「既不是舉重運動員，也不是什麼重量級，」布林甘先生說，「是我！」他邊說邊用鐮刀點點自己。

「是您？」

「是我！」矮個子布林甘先生興高采烈，「我們這小子什麼都領會得快著哪，我們這小子聽見自來水龍頭的滴水聲，便馬上拿起畫筆畫出了尼加拉瀑布，自己扎破了手指，馬上跑去打聽三等喪葬費要多少錢。最微小的刺激，最巨大的效果。」布林甘先生補了一句，眨眨眼睛。

「布林甘先生，您是這麼理解的？」我說。

「嗨，要知道我是在弗爾肖維采❼長大的嘛！」他喊道，把鐮刀伸進頭髮裡搔了搔頭皮，

❻捷克神話中的大力士。

❼布拉格郊區地名。此處指愛誇張、言過其實。

「您看過莎士比亞的《特洛伊羅斯與克瑞西達》吧？二十五年前，在維諾赫拉德劇院，我恰恰就在這齣喜劇裡扮了個小配角。在戲裡的第五場，導演說門楣上要有兩個漂亮的裸體雕像。我扮了其中的一個，身上塗成青銅色，另外一個是位姑娘扮的。每次演出，在第五場裡我們就光裸著身體一動不動地躺在門楣上，被反光燈照射著，佈景員在上面注視我們，主要是注視那個美麗的姑娘……後來，《特洛伊羅斯與克瑞西達》演出結束了。我向那位塗成青銅色的裸體姑娘求婚，她答應了……於是我們在一起生活了二十五年……」

「這位就是塗成青銅色的雕像？」我問。

布林甘先生微笑著點點頭。

「在第五場裡躺在門楣上的是她？」我問。

布林甘先生微笑著點點頭。

「咱們放點新鮮空氣進來吧。」布林甘諾娃太太說。

水泥粉塵毛毛雨似的落在地毯上。

「您什麼時候要是心裡煩惱想找個地方清靜清靜，」布林甘諾娃太太說，「您就上我們這兒來，不妨住上個把星期。」

「那手榴彈，他們老這麼扔？」我問。

「不，」布林甘諾娃太太說，從櫃櫥裡抽出一個吸塵器，「只從星期一到星期六，而且只從十點到三點。不過，星期天這兒太冷清。靜得讓人覺著莊嚴得慌，甚至覺著耳朵裡轟轟直響。就那麼靜。我們只得開收音機，伊爾卡從早晨起就吹黑里康大號。我們都巴不得再能好好睡上一覺，巴不得我們的戰士趕快回來……」布林甘諾娃太太說。

「你們兩個眞的躺在門楣上，身體光裸著，塗成青銅色？這是眞的？」我問。

「是眞的。」布林甘諾娃太太說，她搖搖擺擺吃力地走到丈夫面前，把一團連接著插銷的電線遞在他手上。

「他爹，」她說，「你去把牆邊的翠菊用吸塵器吸一吸，過會兒我給這位先生剪一把漂亮的花！一幫壞蛋……」她溫和地補了一句，朝窗外山坡那邊望了一眼，那裡的林中空地上升起一團白煙，猶如一叢盛開的山楂花。

（楊樂雲譯）

鑽石孔眼

旅客的一隻腳剛跨上列車車廂的踏板便感到有人拉住了他的肩膀。他回頭一看，只見月臺上站著一位上了年紀的男人。

「先生，您這是去布拉格嗎？」他問道。

「是去布拉格，」旅客回答。

「那就麻煩您把我的女兒范杜爾卡帶上吧。在布拉格車站會有人接她的。」說著，他把一個年約十六歲的小姑娘的手遞給了那位旅客。

車站值班員的哨聲吹響，乘務員扶姑娘登上車廂，然後用手掌示意：列車準備就緒可以出發了。值班員舉起發車標誌。

那位爸爸在月臺上一面跟著列車跑，一面囑咐女兒：「范杜爾卡，祝妳一路順風！到了馬上發個電報，聽見了嗎？」

「聽見了，爸爸，」姑娘喊道，「到了馬上發個電報！」

列車馳過出發標誌後，旅客推開車廂門迎著一陣撲面大風把姑娘領進車廂。他還一直拉著姑娘的手，顯得有點兒不知所措。

小單間裡傳出說笑的聲音：「有一回，那時候我們還沒有結婚呢，她給我去買襯衫，可是買不成，因爲她不知道我的號碼。她剛要退出商店卻突然想起來了，於是隔著老遠大聲嚷嚷：『我卡他脖子的時候，我這雙手總是這個樣！』售貨員於是拿來米尺，量了她雙手比劃的圓周說：40號！那件襯衫，請相信我，穿在身上甭提多合適了……」

小單間的門砰地一聲撞開，沖出一個禿腦袋的旅客，大笑著嚷嚷：「該死的，太不像話了！」他一面喊，一面用拳頭使勁捶打車廂的板壁。鬧騰了一通之後，他回小單間去了。小單間裡又傳出原先那個聲音：「我心裡暗自琢磨，聖尼古拉什節她送了我一件襯衫，讓我好快活。耶誕節的時候我送她一頂帽子吧，出其不意她准會驚喜。我走進一家時裝店，說：『我想買你們櫥窗裡擺著的那頂別緻的女帽！』時裝店的店員說：『請問，什麼號碼？』我不知道哇，可是我想起一件事來，我說：『有一回我跟未婚妻吵架，我用了個網子這麼樣套在她頭上，直到現在我還記得她的腦袋有多大。』店員於是捧出高高一大摞女帽，一頂一頂湊到我手底下試，直到我說：『就是這頂！』我把這份禮物放在聖誕樹下，未婚妻戴在頭上就跟屁股坐在小馬桶上一樣，正合適。」

禿腦袋旅客又從小單間裡沖了出來，手帕捂在嘴巴上直哼哼。之後，他推開小姑娘，上身撲到窗外，那模樣活像號角上掛著的一條毛巾。過了一會兒，他一邊喊著「該死的東西，不像話！」一邊又捶了一通板壁。然後抹抹眼睛，走回小單間去。

一直拉著小姑娘手的那位旅客這會兒下了決心，他跟在禿腦袋旅客的後面走了進去。

「先生們，」進了小單間，姑娘開口了，「我叫范杜爾卡·克希什托娃，我上布拉格。」她伸出雙手在前面摸索，手觸到了那位談笑風生的旅客的鬈髮上。「我叫克拉薩·埃米爾，」鬈髮旅客自我介紹道。

「我叫伐茨拉夫·科霍泰克，」禿腦袋旅客說。

帶領小姑娘進來的那位旅客想把手提包撂到行李架上，不小心碰了一下禿腦袋。

「活見鬼，你就不會小心點兒嗎！」

「對不起。」

「撞著誰了吧？」小姑娘喊了起來，「沒關係，這樣的事我也有過。有一回我去寄信，我知道郵箱在哪兒，那點路我熟悉得就跟套自己的鞋子一樣。卻不料該死的郵局把郵箱挪了地方，挪近了兩棟房子，我一頭撞在鐵盒子上，受了傷。可我馬上掄起白手杖抽了那傢伙兩棒子！」

「請坐在這兒吧，」禿腦袋旅客招呼說，抹了抹眼睛，「靠窗戶，可以看看景色。」小姑娘摸摸座椅，又摸摸車窗，伸出手掌像試試是否下雨似的，滿意地說：「陽光明媚哇。」

旅客們靜了下來。

「剛才站臺上的那位是你爸爸吧？」領小姑娘進來的旅客問道。

「是我爸爸，」小姑娘點點頭，「我說，先生們，我爸爸可神啦！有這樣的爸爸誰都會眼紅。我爸爸是種果子的，有一次他開送貨車撞了瘸腿鄰居戴瑪契科娃，爲此上了法院。我爸爸的冤家對頭們可高興啦，謝天謝地，老克希什達這下子可逃不脫嘍，罰也會罰得他傾家蕩產呀。哪曉得老戴瑪契科娃卻自己跑到法院裡來啦，她沒拿拐棍，伶伶俐俐地跑來了。她吻我爸爸的手，感謝我爸爸開車撞得那麼漂亮，把她的腿給撞好啦。如今她不瘸了。她說，眞遺憾我爸爸沒有在三十年前就撞了她，要那樣她肯定嫁人了。」

「多好的爸爸，」鬈髮旅客讚揚說。

「是嗎？」范杜爾卡笑了。她伸出手掌，可是列車拐了彎，陽光轉到過道的窗口那邊去了。

「太陽落山了，」她說。

旅客們你看看我，我看看你，點了點頭。

「您的爸爸呢，他是個什麼樣？」小姑娘拍拍那位愛打趣的鬈髮旅客的膝蓋，問道。

「我爸爸十五年前就退休了，因爲他長了一顆歐洲最大的心臟，」鬈髮旅客說，「大得跟個桶似的，在胸腔裡晃悠……」

「那……」禿腦袋旅客有點兒懷疑。

「那有多了不起啊！」范杜爾卡叫起來。

「說得對。因此我爸爸跟醫學院簽了合同，他死之後心臟捐給醫學院，」鬈髮旅客接著說，「有些外國人想買我爸爸的心臟，可我爸爸是個愛國主義者，他說不賣。按照合同，我爸爸既不許走路，也不許洗澡，還不許坐飛機或特快列車……」

「我明白！」小姑娘喊叫說，「免得這顆高貴的心臟給碰破了或者丟失了，沒錯！」她邊喊邊摸索到鬈髮旅客的手，緊握了一下。「這樣一位爸爸准是好樣兒的，您的爸爸跟我的爸爸一樣，是好樣兒的。」

「說得對，」旅客說，臉上彷彿添了光彩，「有時候我陪爸爸去醫學院，在那裡他們讓我爸爸脫光衣服，教授先生用藍鉛筆、紅鉛筆在我爸爸身上畫道道……」

「對，對！」范杜爾卡快樂地說，「紅鉛筆是動脈，藍鉛筆是靜脈，沒錯！」

「是的，」鬈髮旅客手掌按在小姑娘的手上繼續說道，「他們隨後把我爸爸送進大廳，學生們圍在他身旁低著腦袋看，教授拿根小棍兒在我爸爸身上像指點河流圖似地一邊指點一邊講解、教課，然後教授把麥克風接到一個學生的身上，一切正常，那聲音就跟打小鼓，或者像當兵的穿著靴子在走廊上踱步似的。可是，當他們把擴音器接到我爸爸的心上時……」「那聲音就像暴風雨在推向遠方！」小姑娘大聲叫喊，「像山岩崩塌！像土豆倒進地窖子，像埃米爾・吉里爾在演奏，沒錯！」

「千眞萬確，」鬈髮旅客驚歎地說，伸出一根手指在領圈裡劃拉了一下。

「啊，先生們，」范杜爾卡高興地說，「跟你們在一起好快活。原來別人也有了不起的爸爸。」

火車這會兒行駛在與公路平行的線路上，旅客們眺望窗外，只見一塊廣告牌上畫著個巨大的藍色的心臟，從中淌出兩股水流，它們的下面寫著：波傑勃拉德❶地處中心。小單間的空氣中迸濺著秘密的火花。

「馮德拉切克教授都迫不及待啦，」鬈髮旅客說，「他就等著用解剖刀剜出那顆不同尋常的心臟哩。」

「那還用說！」小姑娘笑了，「眞沒想到，又將有一顆捷克心臟聞名於世啦！」

「誰能上哪兒去找像你爸爸那樣的一顆心呢，」禿頭旅客說著從行李架上取下旅行包。

「一點兒不錯，可惜我爸爸自己並不知道。親愛的先生們，我爸爸跳舞跳得好著哩！」范杜爾卡拍了一下手，「那次趕廟會，我們倆跳得可歡了，舞廳裡的人圍成一個圈兒觀看。爸爸還常常獨自表演。有一次你們猜怎麼著。那時候我還小，我爸爸吩咐說：演《紅和白》，因爲演的那支曲子的歌詞是：綠和白，我們足球隊的運動衣和隊旗都是綠和白，跟斯拉維耶一樣，一抹兒綠。一名憲兵走來了，說：『《紅和白》不能演！』我爸爸抽出一張一百克朗的鈔票遞給樂隊

❶地名，離布拉格不很遠，爲療養勝地，那裡的礦泉水可以治病。

指揮，說：『就演《紅和白》！』

憲兵說：『《紅和白》不能演！』兩人就這樣像打撲克叫牌似的叫到第三輪，我爸爸不幹了，『就要演《紅和白》！』說著啪地一聲打到了憲兵的鼻子上。親愛的先生們，你們知道嗎，那憲兵在這以前長相可難看啦，因爲他的鼻子是歪的，歪在右邊。流的那個血喲！我爸爸卻跳起了《紅和白》，一面跳一面唱：綠和白，我呀，我所愛。

鄰居們暗自高興，心想這老傢伙克希什達，這回可要把老本也賠光啦！沒想到過了四個星期開庭審理的時候，一位漂漂亮亮的憲兵出庭來了，他說他鼻子上挨的這一拳正是他需要的，甚至還爲此預約了呢。他向我爸爸道謝，多虧那一拳把他的鼻子推向了左邊，如今那鼻子長得可端正了。莊園的一位富貴小姐愛上了他，同他結了婚。直到現在，每逢過節，我爸爸總會收到這位憲兵送的一筐小點心，冬天他請我爸爸赴殺豬宴以表示感謝！」范杜爾卡興高采烈地喊叫著說。

「誰料得到呢！」禿頭旅客若有所思地說，「鼻子挨了拳頭卻得到了家庭幸福。」說著，他穿上了外套。

「您的爸爸呢，他是幹什麼的？」范杜爾卡問道。

「他已經不在人世了，姑娘，」禿頭旅客說，「他是那麼好的爸爸，直到今天他已不在人世我才看到他有多麼好……他經常上夜班——早晨門扉吱呀一響，媽媽便把熱水倒進腳盆，爸爸把帶家的碼在院子裡……」

「什麼是帶家的?」

「那是煤礦工人帶回家的一大塊煤，他們的外套上都有一個老大的口袋……過了一會兒，爸爸進屋來了，他脫掉外套，媽媽把一杯咖啡放在方凳上，爸爸洗臉洗身子，然後坐下來，就著咖啡吃塊麵包，一邊吃一邊換上一雙漂亮鞋子，穿上衣服……等他喝完咖啡，正好戴上帽子走出門，去藍星酒店跟夥伴們玩牌，我中午給他送午飯，他吃完了接著玩。四點鐘他回家來，躺在地板上說是直直骨頭架子。他睡醒之後就又去上班了。可是有一天，媽媽在腳盆裡倒了熱水……」

火車速度放慢了，禿頭旅客把手遞給范杜爾卡：「姑娘，祝妳幸福，我得下車了，」說著他走進了車廂的過道。

火車停了下來。

范杜爾卡伸手在車窗框架上摸索，摸到銅扣眼放下了車窗，她對著鄉村小站的月臺喊道：「親愛的先生，給我講完了吧，親愛的先生!」

禿頭旅客站到車窗下面接著說道：「媽媽又一次加了熱水，可是爸爸沒有回來。水涼了，媽媽走出去想看看爸爸怎麼了。不料爸爸的煙斗落到了地上……」

火車啓動了，禿頭旅客小跑著跟在火車旁邊說：「媽媽拾起煙斗哭了起來。她抓起外套就往礦井飛奔……我爸爸被岩石壓死了……夥伴們跑我們家來送信……可是不敢見我們……因此把煙斗放在門框上轉身逃走了……唉，姑娘，妳知道嗎，我從沒見我媽媽睡過覺，我醒來時她已起床……我睡下時她還在忙碌著……直到有一天……我看見她睡著了……」禿頭旅客喊叫著站住了，喘著氣。

范杜爾卡大聲嚷道：「親愛的先生，請原諒，我還有爸爸，請原諒，請原諒！」可是火車已拐了彎，陽光從過道又轉到小單間的窗口。

過了一會兒，帶領小姑娘進來的那位旅客說道：「我爸爸是製皮工，他得了一種病。那時候人們管它叫『惡性老人瘡』。那就是說，他的腳每年都得鋸掉一截子，因此他坐輪椅。他的愛好是種薔薇花，沿著製革廠的圍牆他種了一大溜。這種薔薇叫大元帥，黃顏色的。我爸爸知道它們開多少朵，他不許別人碰，總是親自剪下來，只送給教堂或者年輕的小姐。後來開馬路要穿過我們的圍牆，人家就把大元帥給挖掉了，我爸爸心疼得險些送了命。可是他爲自己另外找到了樂趣。他坐輪椅來到死亡拐角，在那裡指揮交通。起初他用雙手，後來用小旗子。他從早幹到晚，雨天也照樣。我不得不在他的輪椅上裝了把雨傘。這樣過了八年。他去世後，上百名卡車司機到墓地來弔唁，死亡拐角那兒的花束堆這麼高！」

「有多高？」范杜爾卡問。

「這麼高，」旅客說著托起了小姑娘的手，「後來那拐角又一再出車禍，人們就在那兒裝了兩面鏡子……」

「我的天哪，您也有一位了不起的爸爸！」她喊道，「一位變成了鏡子的爸爸！」

幾位旅客相互對視了一下，隨後將目光轉向窗外。火車此刻正馳進一座小城市，在一條街道的拐角處掛著兩面圓鏡子，像兩個碩大無比的夾鼻眼鏡，鏡中照見了一個預先看不到的拐角。

小單間的空氣中飛濺著秘密的火花。

「妳的爸爸在車站上看來挺瘦……」領小姑娘進來的旅客說著咳嗽了幾聲。

「說的對，」姑娘喊道，「可是您要是一年前看見他，他胖得簡直不像話！鬧得心臟負擔過重，肝呀、胃呀、腎呀，全都出毛病。媽媽常說，這是生活放縱的結果。醫生給他規定了飲食，可是爸爸意志薄弱，他嘴饞。後來，有個賣草藥的女人對他說，你既然沒有意志管住自己，那麼惟一有效的辦法就只有去找個員警對他說些不堪入耳的侮辱話了。眞走運！我爸爸給帶走啦，警察局記錄下他的那些侮辱話，他在上面簽了字。他被判了半年刑。我爸爸的那些冤家對頭可高興了，感謝上帝，克希什達這頭豹子再也不會來找我們的麻煩啦。誰知過了半年我爸爸回來了，細長個兒像個大學生似的。他馬上在維納斯酒店舉行記者招待會，擺了許多好吃的，他說：『你們這些沒見過世面的聽著，世上所有的礦泉療養院都比不上勞改所！瞧啊，我還帶回兩千克朗呢！而且健康得像條小魚兒似的！』爸爸一邊說一邊拽著外衣上的一個扣子這麼樣扇風似地扇著，那些大腹便便的鄰居不得不承認自己哪兒比得上老克希什達呀……哎，親愛的先生們，恕我冒昧，我邀請你們上赫拉德強尼宮來，在那兒我們每星期四都有舞會，你們來跟我轉圈兒吧！不過，那得從今天算起兩個月以後，好嗎？」

「跳舞？」鬈髮旅客吃驚地說。

「跳舞，因為我已經成年啦！醫生對我說，我長到十六歲他就給我動手術。就在那個星期裡動！之後，我也能看見這美麗的世界啦。我能看見人，看見東西，還有風景，還有自己做的活兒，我編的小筐兒會有多漂亮？親愛的先生們，這樣世界準是美得很哪！」

「妳這樣認為？」帶領姑娘進來的旅客冷笑地說。

「那當然啦！肯定是美麗的，」姑娘叫喊道，「因為在盲人院裡和我一起幹活的有一個人叫盧德韋克，他來我們院之前不幸失戀了，他就用墨水筆一個勁兒地在眼皮子底下劃拉來劃拉去，大夫對他說：瞧著吧，再這樣劃拉一次，你就永遠看不見這美麗的世界了。盧德韋克說，我永遠也不想要這個美麗的世界了。他照舊用墨水筆在眼皮子底下劃拉。現在他跟我一起編小筐，可是他想世界想得像窩裡的狗似的哀嚎……唉，由此可見這世界準是美得很哪，美得像您爸爸的心臟一樣，那顆小桶似的大心臟。這世界准是美得很，就像您的爸爸，成了死亡拐角的兩面圓鏡子。

親愛的先生們，兩個月以後我就能看見了，你們一定會來參加慶祝會跟我跳舞吧？」

小單間的門打開。

「請出示車票，」年輕的列車女服務員說，悶得直打哈欠。

（楊樂雲譯）

浪漫曲

1

卡斯頓・科希爾卡在燈光閃亮的布拉門食品店前站了好一會兒。當他再一次對著櫥窗看自己的面孔時，又一次證實了他早已知道的事實，那就是他不欣賞自己，他是一個絲毫不引人注目的年輕人。他離開電影院回去，比來的時候更沒勁兒了。他很清楚，他這樣的身材，絕不能同他所摹仿的鬱金香・芳芳❶相媲美。

當他再一次面對食品店的玻璃門折磨自己時，一位吉普賽姑娘站到了那兒，她推開店門出來，走上赫拉夫尼大街，手裏捧著半個圓麵包。卡斯頓對姑娘的衣著感到驚訝。那是用一對扣針別住的圍裙。她在人行道上，瞧左右兩個方向，擔心電車或汽車撞著她。卡斯頓看不出姑娘

❶法國著名電影中的主人公。

的臀部和扁平的乳房。他擦擦頭上的汗說：「您好，小姑娘！」

吉普賽姑娘轉過身來，瞅了他一眼，翹起紅紅的嘴唇，想說點什麼，可是發不出聲來。她以遊牧民族的輕快步伐，橫穿赫拉夫尼大街，手掌向上，挨近她的頭髮，捧著半個圓麵包麵包皮在暮色中劃出了她的行蹤。當她停在特普商店明亮的櫥窗前時，彎著身子站著，瞟了卡斯頓一眼。

他鼓起勇氣，走了過去。

「給我一支煙抽，」她說，將食指和中指張開。

他給她兩指之間送上一支煙，點著以後，輕佻地說：「妳的頭髮好香啊。」

「可你的兩手在發抖，」她說。

「我幹活太重了，」他眨眨眼說。

「幹什麼活？」

「我幹裝飾助理工，」他紅著臉說。

「咳，那你是老爺啦！可那件毛衣值多少錢？」她用深沉的女低音問。

「哪一件？是指那件嗎？」

「不對，是那件粉紅色的！」

「四十五克朗。」

「啊，好，給我買一件那種毛衣吧。我把這麵包給老姐姐送去，再一塊兒到什麼地方逛逛，你會看到的。」說著，她呑了一口煙，又呼出一口氣，兩眼閃亮亮的。

「我會看到什麼？」

「你會看到的。先把東西買來，你會看到的。向上帝發誓，我會喜歡你的，」她說著，舉起夾著香煙的手指，表示發誓。

「爲了一件小毛衣？」他驚訝地問。

「爲了一件小毛衣。」

「可商店已經關門了！」

「沒關係。你給我錢，明天我自己去買。」

「錢？」

「錢，」她說著，噗地一聲吐掉了煙頭，抹抹手指。

「啊哈，就這麼回事，錢？」卡斯頓懂了，「我說話算數，妳會從我這兒拿到錢的。」

「向上帝保證，要是你不給我錢，聖母瑪麗亞夜裏會來嚇唬你的，肯定會來的！」她威脅說，表情嚴肅，臉上沒有一絲皺紋，兩眼直盯著卡斯頓的眼睛。她的一對眼睛睜得大大的，像露露布麗姬妲❷。她彷彿發現了什麼重要事物，煞有介事地對卡斯頓說：「你長著這麼一對眼

❷義大利女演員。

睛！」她用大拇指和食指作了一個O字，放到自己的眼睛上。

「它們就像兩口泉眼，」他說。

「對，像兩口泉眼。」她毫不感到驚訝地說，「吉普賽女人年輕的時候，一切都是美的，而我正是這樣的年華，」她說著，把手指伸了過來。

卡斯頓溫柔地將香煙放進她的指頭之間，自己也點燃一支，往櫥窗玻璃上看了一會兒，他挺直身子，勇敢地注視著赫拉夫尼大街上的人流。人們都回首張望他們。卡斯頓突然產生一個希望：讓他熟悉的所有男女同學和親友，這時都沿著赫拉夫尼大街往下走，看看他緊挨著一位標緻的吉普賽姑娘站著，眼對眼地相互注視著，還一道抽煙……這時，他同她正並肩走著。吉普賽姑娘的鞋跟雖然踩壞了，但還是像貴夫人一樣，踏著小碎步朝前走。

「這眞好，」他邊走邊說。

「什麼眞好？」

「一切都好，」他大聲說，挽著吉普賽姑娘的胳膊，因爲一位女鄰居買了東西正迎面朝他們走來。

「晚安，芬傑羅娃太太！」卡斯頓問候說，好十拿九穩讓這位鄰居注意到他。

芬傑羅娃放下提包，看了年輕人一眼，見他正挽著一位姑娘的手臂，不禁大聲說：「可憐的母親啊！」

但吉普賽姑娘從赫拉夫尼大街拐進一條小巷，朝河邊走去，抽著煙，好像想歇口氣。小巷寂靜破舊，預示著這兒可能會出點什麼事。煤氣燈高懸在類似蒂洛爾莊園的破陋建築物上。木質樓梯通到二樓就斷了。欄杆已經腐朽下塌，像梯子一樣吊著。

白色的圓麵包皮閃亮亮的，吉普賽姑娘撕下一塊皮就吃起來。一塊塊白色麵包皮，就像她那阿拉伯型的眼睛一樣發亮。

「有一回在這兒，」卡斯頓說，「我站著，下起了大雨，瓢潑的大雨。煤氣燈像跳舞似地搖晃。三個吉普賽男孩唱起歌來，身上的雨水直往下淌……可那個男孩不停地唱，大聲地唱。穿上衣服，又把它脫掉，還跳著舞……傾盆大雨下個不停。我對那些男孩突然產生了好印象。」

「他們是我老姐姐的孩子，」她說著，將高跟鞋放在二層樓梯上，「你同我一塊兒上樓去嗎？」

「當然……可妳姐姐會怎麼樣？」

「她帶著孩子們摘啤酒花去了。」

「那妳給誰送麵包？」

「兄弟，不過他已經上班去了，」她說著，沿樓梯跑上去，站在上面，對卡斯頓說：「站住！那兒缺一塊踏板……好，不要踩空了！」卡斯頓抓住欄杆。咔嚓一聲，欄杆掉到院子裏了。

他爬上樓時，發現房頂上有個洞，可以望見天上的星星。吉普賽姑娘高興得跳起來，跳得木板裂得直響，木屑濺到院子裏。她拉著卡斯頓的手，用腳朝門上一踢，門響了好一會兒。隨後，他們走過陰暗的走廊。她打開下一道門，走進去，卡斯頓拍了一下手。

「你好，小姑娘！」他叫了起來。

兩座窗口，其中一個有煤氣燈照著，燈掛在人行道上，光線斜射到一個又大又空的房間地板上，又由窗臺上的鏡子反射出來，一直照到天花板上，形成一個銀色的長方形。然後又反射到房間裏，成爲一道輕柔的光，同天花板上的威尼斯吊燈小玻璃上的光交織在一起，閃爍著，如同一個珠寶商店。房間頂部呈拱形，像一把張開的有四根鐵絲的白傘。

「你們在什麼地方……這吊燈？」他問。

「什麼……你以爲是偷來的？」她叫起來，做出一個小偷的姿勢。

「是……偷來的，」他說。

「讓我的孩子都死掉吧，」她生起氣來，把麵包放在第二個窗臺上，「如果我們不在舊貨店買這玩藝兒，老姐姐就能買點廚房的設備，可她寧願要這面鏡子，」她大聲說，沿著牆根跑。牆上掛著一面從地板到天花板的大鏡子。

卡斯頓轉過身子，看到威尼斯式吊燈又映在鏡子裏，向四周射出的光芒，像一棵閃爍的聖誕樹。

「我們可不是普普通通的吉普賽人，」姑娘說，將一條腿擺成芭蕾舞演員的姿勢，「我爺爺是吉普賽人的鉅賈！穿西服，手拿竹手杖。我一位老姐姐爲他開門，還有一個姐姐一直替他擦皮鞋，你知道吧！」她抬起頭來，但有點咳嗽。

「那好……可妳總是這麼著涼嗎？」

「我們吉普賽人總是這樣。我們在劇院看《卡門》時，那卡門是吉普賽姑娘，演唱時，就像著了涼一樣。」

「妳在什麼地方幹活？」

「我？就在我睡覺的那個地方，在磚廠上面。我在那兒做飯，打掃，」她歎氣說，拿著報紙走到窗前，借街上的路燈流覽起來。

卡斯頓往鏡子上摸自己的面孔，覺得他頭頂上的威尼斯吊燈變大了，弧形的光亮像顆顆鑽石，光芒四射，就像一座噴泉。他從鏡中看到吉普賽姑娘坐在窗臺上閱讀白色的報紙……

他想，假如他熟悉的男女孩子，有誰此時此刻看見他，准會發瘋，會嫉妒。他張開雙手，在房間裡旋轉起來，發出甜蜜的喊聲。

「喂，捷克人，」吉普賽姑娘跳下來說，「給我四十克朗，你不會後悔的。我們吉普賽姑娘也是純潔的。」爲了證明這一點，她撩起用白扣別著的圍裙，指指鏡子裏潔白的短褲。

「那就給我四十克朗吧！」她大聲說，偎依在他身上。

她像電影鏡頭一樣擁抱他。可當他去摸她那高高的肩部時，他控制了自己。他說：「行，三十五克朗，再多連這也沒有了！」

「好，三十五就三十五，但馬上就要！」

「不行，等以後再說，等我看到妳所說的。」

「我知道……你們都是一路貨，先答應得好好的，然後將姑娘一腳踢開。」

「我可不是這種人！」卡斯頓指著自己說，並且站起來，「我呀，小姑娘，答應的事，一定兌現。」

「好，好，」她嘶啞著說，「那好，至少把錢給我瞧瞧！」說著，在乳房上劃了一下，抬起了兩眼。

「怎麼啦？我答應妳了……把手給妳！」

「又答應，又伸手，可我要見到錢才更放心。因爲我多麼想要一件小毛衣啊！」她抓住伸過來的手，放到自己的胸部說：「你要知道，我如果穿上那件小毛衣，該有多漂亮呀？」她問，雙手將他抱著，緊緊偎在他身旁。他把手伸進胸前的口袋，小心地將紙幣分開，擔心把一百克朗掏出來。這樣，他拿出了五十克朗的一張紙幣。

「你有錢！」她興高采烈地喊起來，踮起腳跟，用額頭挨他的前額，兩眼閃閃發亮。她轉動腦袋，讓兩人的視線相對，一個人的眼睛，映入另一人的眼瞼，她的眼睫毛同他的眼睫毛交織在一起。她大聲說：「你有錢，你有錢！我們走吧，要不馬上就在這兒幹！」

「不，」他呑呑吐吐地說，從嘴裡拉出一根長長的頭髮，「不，媽媽不在家，一起去我家吧，我們自己煮咖啡，放爵士樂……還有……」他沒有說下去。

吉普賽姑娘吻他。每一吻都散發出一種苦杏仁味。卡斯頓用一隻眼看鏡子，那面鏡子就是個電影銀幕。抹紅了的嘴唇對著他另一隻眼喊道：「這眞開心！家裏沒有任何人，一個人也沒有，只有我們兩人，還有咖啡和爵士樂！」

他擁抱著她，對鏡子看看，然後說：「妳眞迷人，尤琳卡。」

「我不是尤琳卡，可是那錢你給我嗎？」

「好，錢給妳。」

他對著鏡子看銀幕，把錢交給姑娘。

她拿住錢，吐點唾沫，小心翼翼地把錢放進一張八開的紙裏，掀起圍裙，將紙包放入褲子的皮兜。

卡斯頓眼前，出現了白色的麵包，白色的報紙，短褲，還有窗上的玻璃投射在天花板上的燈光。他摟抱著吉普賽姑娘，吻她，像菲力浦❸一樣，用手去摸她的臀部。他感覺到，吉普賽姑娘多麼警覺地用手捂著皮兜裏的紙幣。

然後，他們一起走上過道，群星透過房頂閃閃發亮，卡斯頓笑著說：「小姑娘，妳眞好！」

❸法國著名演員。

他又說：「我嬸嬸講，吉普賽人，口袋裏要是沒有十五克朗，就會感到像丟了魂似的……對不對？」

2

收音機背後，散射的光和碧色的小孔，把小房間照得微亮。那兒傳出了歌聲，響著爵士樂。靠近麥克風，聽到路易士・阿姆斯壯呼哧的聲音。他這時可能把小號放在膝上，用受了涼的嗓子，與其說在歌唱，不如說在哼哼。彷彿喝了幾杯毒品，在嘮叨很久以前發生的事情。

「你，」偎在冰涼被子裏的吉普賽姑娘說，「小雞雞，給我一支煙吧！」

「煙在椅子上，火柴也在那兒，」卡斯頓說。

路易士・阿姆斯壯的歌聲停了。他將自己的小號放進黑色的袋子，用臺布將袋子包著，像包一瓶酒似的。接著他用嘶啞的聲音，歌唱一位橘黃頭髮的姑娘，可表情上卻好像有人在撓他的肝臟，或者像呑下了玻璃碴。

「別把我的床燒著了，」卡斯頓提醒她。

「沒有。假如燒了呢？但他唱歌，同我說話差不多。」

「那黑色的嘴巴也同你一樣。把煙灰磕在床沿外面！」他命令說。

「好，可是小雞雞，過來吧！」

「我要開燈嗎?」

「不用。人在黑暗中更美麗,可是……」

「可是什麼?」卡斯頓有點生氣了,「妳連圍裙也不讓我掀開,我受不了,還有什麼可是?……」

「可我總在想,你想踢開我。」

「我可能吧……」

「小雞雞,過來,」她在床上親昵地說,「讓我睡在你身旁吧。你知道……我們吉普賽女人,只要同誰睡覺了,馬上就會相愛做愛的。」

「別把我的床燒了!」

她將煙頭舉到自己的頭上。

「哪會呢!喂,這時候我只想你。我求你,讓我睡在你這兒,行吧,你不會後悔的。」

「我一大早得去幹活。」

「你以為,我會偷光你的東西?」

「當然不是,但……」

「好,這下子我可抓到你的話把了!你們這些無賴。你以爲我不知道,伊隆卡常往這屋子裏跑嗎?她爲你在這兒把手腕割斷了,對吧?」

「割斷了，割斷了，」他急起來，又坐下去，「但不是在我這兒，是在隔壁。弗蘭達同她鬼混。可妳把煙頭扔到哪兒了？」

「哎呀，加把勁呀！你的眼睛長到哪兒去了！我的煙在盒子裏了。可我要告訴你，我們的人反正要跟蹤弗蘭達的。要報復，我發誓。要報復的！」

「別在床上亂動呀！」

「你，捷克佬，到底是怎麼想的？我是什麼人？我可不是窮姑娘。我有兩床鴨絨被，兩個窗子上掛著窗簾。我爺爺是富商，拿竹手杖，穿藍色西裝。我的窗簾掛在你這兒，也會給你臉上增光！」

「可能，但你爲什麼不讓我解妳的圍裙？爲什麼？爲什麼我只能摟住妳的脖子？」

「你想知道爲什麼嗎？因爲我想，你可能會……」說著，她做了一個小偷的動作。

「我會偷那五十克朗！」他跳了起來，「難道妳不讓我解開妳的圍裙？」

「我們是很小心謹愼的……但是，小雞雞，過來呀，坐到床上，靠著我。我們一起開始過新的生活，怎麼樣？」

「這我從來還沒有試過……」

「沒關係，一切由我來教你。我們一塊兒過，等到你不喜歡了，可以趕我走。但是要等到那以後。我會做飯，打掃，給你洗洗涮涮，縫縫補補，爲你送午飯。我在你面前，將全身敞開，可是不許你去追求別的女孩子。」

「我反正誰也不追。」

「這就對了。有什麼事，我立刻能看出來，那我會跳伏爾塔瓦河的。可要是我們到斯維托夫去跳舞，有人請我跳，你怎麼辦？」

「我怎麼辦……」

「你會讓我同別人跳舞嗎？」她從床上一躍而起。

「上床以前，你得洗個腳，你的腳原來這麼髒，」他感到有些吃驚。

「對，」她說，擦了一下腳後跟，「你同意成一個家，可你就這樣讓我同別人跳舞嗎？」她放大嗓門說。他打了個哈欠，不理解地望著她。她叫了起來：「你不給我兩耳光？」說完，又躺在冰涼的被子上。卡斯頓閉上眼睛，用兩手揉太陽穴，再一次看到了當晚開始時在布拉門商店櫥窗上自己的面孔，他對著鏡子看了一下自己。這吉普賽姑娘對他如此多情。在這床上她開始是有幾分驚愕，然後是羞怯，笨手笨腳……他思量了片刻說：「我會摑妳兩耳光，讓妳嘗嘗滋味！」

「這我明白了，你到底是愛我的！」她高興地說。

她晃動身子，翻身俯臥在被子上，赤著腳蹬起來。

「可我大概是個獨身者，」他說。

「這就對了，」她誇獎說，「應該這樣。你知道，小雞雞，假如家裏只有你和我，我在這兒可以像不在這兒一樣。吉普賽姑娘善於按她男人的意志，變得服服貼貼！」

「可通常的情況是，也會有孩子，這就帶來了麻煩。」

「什麼麻煩！我已經有了個小女兒，名叫瑪爾吉塔。」

「可惜呀，我總想要個金黃頭發藍眼睛的孩子。」

「那你也會有的。瑪爾吉塔就是金黃頭髮藍眼睛，是我同一個金黃頭髮的捷克人生的……可他後來總是喝得醉醺醺的，我就把他轟走了。啊，你會感到那小孩很漂亮的！」

「是呀。可是她睡在什麼地方？」他撓著癢說。

「就像我平時睡的地方一樣。孩子睡在沙發上，要不就在櫃子裏。往後呢，瑪爾吉塔三歲了，可以替你買香煙、啤酒，給你遞拖鞋。這兒的窗戶有多寬？」

「一米二十釐米。」

她晃動了一下身子，又翻身仰臥著，顯得格外高興。

「那眞走運！我那窗簾正好這麼寬，可以給你添個好裝飾。你要知道……」她從床上蹺起雙腿，把圍裙脫掉說：「這就是那五十克朗。我總算開始有點錢了，知道嗎？」她從白短褲的皮兜裏取出紙幣，放到噴有綠顏色的桌子上。

「妳多大了？」他問。

「十八歲，我還可以爲你漂亮十年。可你多大歲數？」

「二十三歲。」

「這是最佳的年齡。你還可以作我十五年的漂亮小夥。但假如我同別人跳舞，你會整我嗎？」

「整，怎麼整？」

「你發誓！」

「好，我現在相信你了。你會看到，吉普賽姑娘愛上一個人的時候，將多麼能幹。所有的人都會羨慕你。你是我的丈夫，也就是我的主人。從現在起，你就是我的一切。」

她講得鄭重其事，還不斷地點頭。卡斯頓四下看看房間，感到平淡乏味。當他回想起那懸掛著威尼斯吊燈的房間和窗外的煤氣路燈，也就別無所求，但願馬上捲起他的行裝，永遠離開這個地方，搬到猶太人街，住進一所牆壁剝落的小屋。在那兒，從過道的天窗可以望見星星，晚上能借街上的路燈，看看報紙。

「可我媽媽會說什麼呢？」他問。

「這讓我去對付吧。我會對她說：『夫人，我也是人呀！』可是，假如你媽媽說：『想娶吉普賽女人，除非從我的屍體上爬過去，』你怎麼辦？」

「那我就告訴她：『媽媽，你躺下，讓我從你身上跳過去。』」

她捂住他的嘴。

「這就是愛情，」她說。

然後，他解開一個又一個紐扣，當他解到那像牧師道袍一樣的圍裙掉下來時，他的手發抖了……

他們身後的收音機播放著爵士樂曲，三名女黑人歌手，彷彿站在深井中的梯子上，每人都放開嗓子，唱著那似幸福又不幸福的情歌……啊，約翰尼，我親愛的……

3

城堡街前面的樹林裏，第一隻鳥兒唱起歌來。緊接著，其他鳥兒也跟著唱起來，歌聲在清晨的空氣中蕩漾。卡斯頓摟著吉普賽姑娘，站在電影海報欄旁邊。海報上，吉爾拉德・菲力浦手持長劍，襯衣敞開著。

「有一天，我要扮演鬱金香・芳芳就好了，只扮演一天也成，」卡斯頓憂傷地說。

「是那個嗎？」她用手指著問。

「那不是他，是吉爾拉德，有點像鬱金香・芳芳，知道嗎？」

「怎麼回事？好，我來告訴你。你是搞裝修的小工。如果廁所堵了，誰來修？你！水管不出水了，人們打電話找誰？找你！人們可能會將你和我拍成電影。那樣，你就有了保證，對人們有益了。但何必手拿寶劍，在屋頂上跳來跳去呢？等我們去到磚廠，你就會看到，兩個吉普賽人當中，就有一個鬱金香・芳芳，可他幹的活是製磚，別人用那些磚蓋樓房。」

「可吉爾拉德長得多英俊！」

「英俊，英俊，」吉普賽姑娘說，抓起海報的一角，猛地一下把它扯下來。「等我們結婚的時候，我要邀幾個堂兄，裝卸煤的，你會看到四個吉爾拉德！我爺爺也要來的，身穿藍色西服，手拿竹手杖，」她嚴肅地說。

他們從博多利普尼塑像旁走過。那塑像彷彿用一根手指在召喚流浪的狗到他的腳旁去。

「你長得眞像我爸爸季米特一樣漂亮。他從前將我抱在手裏抽煙。媽媽跟著他走。爸爸有時給她煙抽。他在日什科夫區裝卸煤。人們說，他像個軍官。」

吉普賽姑娘不停地說著。兩人沿著伏爾塔瓦河的老河岸走的時候，卡斯頓第一次認識到，女人的手善於將信任直接噴射到人的心坎裏。天空電閃雷鳴，幾個釣魚人像魚竿一樣弓著腰。馬甯島邊上，關在籠子裏的小狼狗在嗥叫。林中響著的鳥叫聲在顫抖。

「一句話，你是個裝修小工，誰比你更了不起呢？」吉普賽姑娘最後說。

「妳知道，」卡斯頓告訴她，「我那個新來的師傅，眞是一條狗，總要我用『你』來稱呼他。可是，小姑娘，他比我大二十歲，我怎麼能稱他爲『你』呢。所以，當我不願意用『你』來稱呼他時，他就在酒店指著我嚷道：『諸位，你們見過這樣的蠢驢嗎？』」

「你眞好，小夥子，」吉普賽姑娘說。

「這就是了，」卡斯頓笑著說，「你知道，小姑娘，我明白，當師傅對我說，『等到幹活的時候，我們彼此以『你』相稱，在這種親切的氣氛中，我們可以談各種奇談怪論，講怎樣機靈地對付各種事情。可是現在呢？』他說得對。我望著他說：『師傅，別生我的氣。可您已經有了成年的孩子；還有，在工作上您是個出色的人，我怎麼能夠同您相比呢？』師傅又當著全酒館的人指著我嚷道：『大家看看，卡斯頓竟跟他的師傅疏遠了。你們見過這樣的笨驢嗎？』他就這麼樣對我大叫大嚷，還對我說：『卡斯頓，你一定要超過我，你仔細聞聞我的手，你應該幹得更好！卡斯頓，小馬駒吃母馬的奶時，也是亂頂一通！打今日起，如果你不用『你』來稱呼我，那就別幹活了。沒有活幹，而是進兵營，也不是兵營，是進集中營！卡斯頓，咱倆再也不會共用一個皮包了！』師傅就這麼嚷著，拿起皮包，從裏面將我裝午飯和匙子的飯盒扔到地板上。我撿起飯盒時，他還朝我手裏的飯盒踹了一腳。」

「你名叫卡斯頓？卡斯頓，卡斯頓！我給你說，這個名字比芳芳好聽得多！可是，卡斯頓，你爲什麼不稱師傅爲『你』？你總算是他的助手呀，不對嗎？」兩人走上特洛伊橋，她問。

他們停了下來，她撫摩著粗糙的欄杆。

「你摸摸，這上面還能感覺到昨天的太陽。可你爲什麼不稱師傅爲『你』？」

卡斯頓伏在欄杆上，然後抱著吉普賽姑娘小聲說：「我膽子太小了。」

他用手指往下指。

通往河邊的小道上，有一個大個子裸體吉普賽人，仰臥在被子上，整個肢體都露在外面，紋了身的，像一本散亂的畫冊，一隻手枕在頭下，又肥又壯，當做枕頭用。兩綹八字鬍活像馬尾。那個巨人的另一隻手握著煙，從容地抽著。他面向藍天，望著幾顆殘星。他身旁躺著一個頭髮蓬鬆的人，頭偎在枕頭中。拱橋下面，停有一輛帶篷的馬車。棕色的馬，臀部豐滿，不停地擺動尾巴。

「是我們的人，」吉普賽姑娘自豪地說，「也是從很遠的地方坐馬車過來的，大概像我們一年以前那樣，來找活幹的。」

「但是能將馬拴在橋下，自己卻躺在露水中嗎？」

「像我們一樣，都會習慣的。我們也是如此，只要天氣好，寧願睡在露天，室內悶死人。我爸爸季米特也是這樣紋了身的。星期日，我們同他一塊兒躺在床上，我用手在他身上指指點點。那身體像本畫冊。爸爸笑起來，因爲他很怕撓癢。」

「這眞太妙了，」卡斯頓說，「世上還有這樣的人們！」

紋身的大鬍子旁邊那個蓬鬆的腦袋，翻了個身，手將頭髮像柳樹葉一樣撩開。那是個吉普賽女郎。她伸伸懶腰，打哈欠。一直望著藍天的吉普賽人，把正抽著的香煙遞給她。吉普賽女郎也望著早上的天空抽起煙來。隨後把煙還給他，他又蠻有興味地吞著藍色的煙霧。等候電車的人們，依在橋的欄杆上。但兩個吉普賽人繼續交換著煙抽，望著玫瑰色的天空，最後一顆星星在眨眼。隨後，一輛電車開過來了。

卡斯頓他們兩人跳上電車踏板，站到車後面的平板上。吉普賽姑娘很自豪，挺直身子站著，正視著便道上剛才打量著他們兩個吉普賽人的那些人的眼睛。但過早醒來的人們還在犯睏，有的人愣愣地望著地面。小別墅的籬笆旁邊，一個婦女走過來，手持竹竿，挑熄一盞盞煤氣路燈。

「我爺爺有竹手杖，穿藍色西服，」吉普賽姑娘說，「他在街上碰到有的家吵架，相互吐唾沫時，爺爺有這樣的權威，只要把手杖這麼一揮，」吉普賽姑娘用手在空中劃了一條線，「那些人家就不再爭吵了。要是有的家還吵個不休，爺爺就用手勢叫對方過來，」吉普賽姑娘抖動指頭，「吵架的吉普賽人就不得不跑到爺爺跟前。爺爺像吉普賽人的男爵，用手杖在他頭上狠揍一下……就了事了。」

「只是這些事是眞的嗎？」卡斯頓說。

「卡斯頓啦，要是我講了假話，就讓我們的孩子全死光！」她將口水吐在手掌上，舉起手發誓說，「我爺爺像個男爵，還當過足球裁判。在羅茲傑洛夫比賽，二十個吉普賽老人對二十個人……」

「可是小姑娘，足球比賽是十一個人對十一個人，」卡斯頓大聲說。

他的師傅從條凳上站起來，把他嚇了一跳。師傅踉踉蹌蹌地向他的助手走去，看看他，又瞧瞧吉普賽姑娘。她朝地下跺了一腳說：「我說二十人對二十人，是我當場看到的。爺爺用竹手杖進行裁判，脖子上用金線掛著銀色哨子。有隊員用腳踢人，爺爺就打手勢，」吉普賽姑娘揮動纖細的手指，「那個踢得粗野的人跑過來，爺爺作爲吉普賽人的男爵和富人，就用竹手杖鉤他的腦袋。足球隊員捂著頭，叫『哎喲，哎喲！』等到不痛了，又繼續踢球。」

「在我們運動場上，也應該這樣，幹活的時候也是，卡斯頓，你看到了吧，」師傅說。

「喲，先生，您灌醉了，去管您自己的事吧！」吉普賽姑娘說，兩眼亮閃閃的。

「他是我師傅，」卡斯頓介紹說。

「是您呀！」吉普賽姑娘轉過身說。

「她是我的……未婚妻，」卡斯頓說。

「卡斯頓哪，卡斯頓，從今天起，又有共同的皮包了……用『你』或用『您』稱呼我，隨你的便……你也算個師傅，算個頭頭……可我從來沒有對吉普賽姑娘胡思亂想，只在夢裏想過她……吉普賽姑娘眞漂亮啊，吉普賽女郎多麼嬌小啊……」他醉醺醺地唱著。

師傅站到電車踏板上。清晨的微風，將他那稀稀拉拉的頭髮吹起來。電車停下了。

「小姐，您什麼時候見過這種笨驢嗎？」他指著自己說，身子往後仰，伸出一條腿，跳下去了。

「師傅，你又在哪兒閒逛了？」卡斯頓從電車裏伸出頭問道，「要我送你回家嗎？」

師傅舉起雙手，像投降似的，彷彿承認了年輕人的優勢……在小坡上，他們從電車上下來，卡斯頓挽著吉普賽姑娘說：「妳知道，我師傅是個好人，儘管他猛喝酒。可他什麼人也沒有了。結過婚，也有孩子，可是當孩子長大了，他妻子對他說，孩子都不是他的。妻子把他甩了，到同她有孩子的人那兒去了，還說謝謝他對孩子的撫養……師傅回想起這些，就對著酒摸摸腦袋，抹抹眼睛。他向我講這些事的時候，問道：『卡斯頓，你聽說過這類的事嗎？』我沒有聽到過。這事沒准也會落在我身上。」

他們在郊區一條小道上下車，沿著磚廠柵欄走。一位手持霰彈獵槍的老人站在洋槐樹下。

「誰在那兒？」老人問。

「是我，大伯，我，」吉普賽姑娘嘶啞著嗓子說。

「一群流氓跑到這兒來了，要出事了！我不會乞求什麼人來幫忙，我要用子彈直接去塡他們的狗嘴！」看守老人氣呼呼地說。

「大伯，」卡斯頓說，「我帶來了一個吉普賽姑娘！」

老人走近柵欄，獵槍扛在肩上。

「妳這個女淘氣鬼，早該去睡覺了，」他大聲說。

「他是我的情人，」姑娘說。

「情人？可他是不是知道妳的名字？」

「這我可眞不知道，」卡斯頓說。

「可您已經同她睡覺了。我們年輕的時候，也常有這樣的事，」看守自誇說，打開大門，拉著卡斯頓的胳膊，又說，「我喜歡這樣。不過在愛情上要持久，我也是這樣。在去茲維日尼克的小路上，我碰到一個女人，還沒有進村，我就向她求婚了。她說，行了。然後我們才相互介紹。我們沒有結婚證，一起過了兩年，後來才辦婚事……可你們沒有聽見什麼？」看守人驚訝地問，像獵犬似地蹺起一條腿。

「沒有啊，」卡斯頓小聲說。

「那好。因爲我聽到的多，看到的少，而且總是做夢，夢見強盜撬開了我的錢櫃，」老人說。他們走進玫瑰色一樣的霧中，踏上藍色的草地。

「您這値班眞辛苦，大伯，」卡斯頓說。

「非常辛苦，」看守老人歎氣說，「不過我感覺很好。您談上了一個吉普賽姑娘？您可眞是個勇敢的人。我告訴您，不要幹笨事，只要牢牢地抓住她……那您的家就是天堂。我那一位也是從大篷車裏來的……懂得世事。可是作爲妻子呢？」他搖了搖手說，「你這個淘氣鬼，有點冷吧？這麼年輕，來吧，讓您看看，您那個小婊子，瑪爾吉特將睡在什麼地方。」

「啊，瑪爾吉特！」卡斯頓大聲說，「這可是個美妙的名字！」

吉普賽姑娘冷得發抖，但還是笑嘻嘻的。看守老人指了指一叢正開花的洋槐，樹下的被子裏，躺著幾個吉普賽人，有的雙手伸到枕頭上，好像在游蛙式，有的蜷縮在被子裏，有的像被槍斃了一樣。不過所有人都睡得很香。幾個兒童的小腦袋上的鬈髮和綹綹，成了這磚廠宿舍的裝飾。

「那邊有些小房子，是他們的。夏天一到小房子裏憋壞人。這您知道，熱血沸騰嘛。」看守人笑著說。

那下面，是布拉格被籠罩在藍色的蒸汽之中。路燈還亮著，好像是忘了關燈的馬戲場，五彩繽紛的燈光，裝點著城市。佩特馨❹山上高塔的紅色標燈還亮著。斯特列肖維采煙囪上的避雷針如同一顆紅寶石。可這兒睡的是磚廠工人。快要凋謝的楊槐樹葉，在他們上面飄動……吉普賽人，過去的遊牧民族，不久以前，戴著耳環和獵人禮帽，乘坐大篷車來到布拉格，希望通過普通的勞動，換取浪漫式的流浪生活。

「我不能在樹下睡覺，」吉普賽姑娘咳嗽著說，「我總夢見有花兒落在我身上，飛蛾撲到我頭上，要不就是雪花落了我一身，」她兩隻腳不停地跳著。接著她說：「卡斯頓，再見吧！明天我要去斯維特店，晚上將站在展有鬱金香·芳芳劇照的櫥窗旁……要不，就是在你知道的什麼地方來找我吧，到猶太人大街……再見！」她從睡著的人們身上跳過去，還在黑丁香花樹旁招手，兩片用白扣別著的圍裙攬到一起，她鑽到正睡著的孩子們的被子裏去了。

❹布拉格市內的山上公園。

「我們該走了，」夜間看守人踏著腳步說，「那些流氓沒有別的辦法，就在這兒遊晃，弄穿天花板，摸到我的錢櫃那兒去……當然，要是在這兒，情況就不一樣了。只要我在場，絕不對任何人講客氣，而是馬上開槍。啊，您找了個吉普賽姑娘嗎？」他問，但卡斯頓看到，被子裏鑽出來一個小個子吉普賽人，身穿短短的襯衣，掛著圍兜，走到樹林邊上，對著山下的布拉格撒尿。

「注意！」看守人喊道，指著那個小男孩說，「他說不定是將來的總統哩！……誰能料得到呢？」又說，「啊，您和一個吉普賽姑娘相好了！可您家裏怎麼說呢？如果媽媽說：『要娶吉普賽姑娘？那只有從我屍體上爬過去！』您怎麼對她講，嗯？」「我就說：『媽媽，妳躺下，我從妳身上跳過去。媽媽，那個吉普賽姑娘，會讓我站起來的！』」卡斯頓說，一隻手叉在腰上，遠望著山谷。一輛電車，像拉著的手風琴，駛過白色的橋上。清晨的陽光，照耀著車的窗口……

（萬世榮譯）

雅爾米卡

1

我又來到了冶煉廠。大老遠我就瞧見送飯工雅爾米卡正拖著大湯桶在走著。我疾步迎上去，目不轉睛地看著她，直看得她垂下了眼瞼。她懷孕六個月了，嘴一張就露出了殘缺不全、掉了一半的牙齒。不過，她很純樸，仍不失爲美人中的美人兒。

我走在她身旁低聲說：「哎，雅爾米卡，咱倆什麼時候結婚呢？」她回答：「等牛鞭子開花吧！」我說：「瞧您，瞧您！您不喜歡我啦？」她毫不留情地說：「不喜歡，因爲您成天在這波爾托夫卡廠子裡跑來跑去瞎忙乎，活像屁股上長了刺似的。」

我放下幫她提著的湯桶，責備地注視著她，她垂下了目光。我看見了她浮腫的眼圈、臉頰上的雀斑……沒錯，今天她仍然穿著那件棉布外套，用根繩子繫著。她抬起眼來，說：「您幹嗎這樣看著我？活像老漢看犁過的地似的。」

我解釋道：「因爲您近來對我有點兒冷淡。」我拎起湯桶繼續朝前走，我不能眼看著一個懷有身孕的婦女提這麼重的東西吧。到技工學校的拐角處，她倚著牆角嘔吐起來。當她把那張扭曲的臉轉過來時，歉疚地對我說：「瞧這鬧的。」她兩手托了托隆起的肚子又補上一句：「您是知道的，大叔，我身子重了。」

我說：「那又怎麼樣？您那位上你們家去了嗎？」

她興奮起來：「去啦。那會兒我已經躺下，茨複爾喬維采的一幫小夥子來了，他們隔著籬笆嚷嚷：『大嬸，雅露什在家嗎？』我媽走到門口，說：『呦，這可是來了稀客啦，雅羅斯拉夫先生！把我們家的姑娘糟蹋了隨後又甩了她，這叫什麼作風呀？』」

雅爾米卡打住了，神色變得嚴峻：「您知道嗎，大叔，他是怎麼回答的？」

「這眞是不知道。」

雅爾米卡提高了嗓門兒：「他對我媽說：『那該怎麼著呢，大嬸，難道要我把大腿掛在脖子上？』您說說看，當未婚夫的有這麼說話的嗎？」

我拎起湯桶承認：「沒這麼說話的，至少不該這麼說話。」

「可不，況且我們該舉行婚禮呀。不過，我不會死皮賴臉地再去找他。這都怪他媽！可是我不會白白給她的，總有一天我會跑去對她說：『給您吧，您的寶貝兒子，好讓您把他掖在您的……您知道掖在您的什麼地方！』」

她怒氣衝衝，可是我們已走到了食堂，一夥男工朝雅爾米卡圍上來：「哎，姑娘，妳可是美美地灌足啦。妳吞了個硬玩意兒吧？」

雅爾米卡也不示弱：「去你們的，你們這幫子無賴，去你們的！你們個個都裝作光棍兒，女人跟你們才說了幾句話，你們就放肆起來，讓她丟醜。這還不夠，還寫匿名信給女人的家裡，說她死乞白賴糾纏有婦之夫！」

雅爾米卡提高了嗓門兒，可是臉上出現了笑容，甚至顯得挺高興。她瞭解他們，他們也瞭解她。小夥子們撫摩她的肩膀，她一躲閃，湯灑出來了。她舉著湯勺嚇唬他們：「怎麼樣！瞧我打你的嘴巴子！」

我站在遠處注視著雅爾米卡，暗自把她跟我認識的所有的女人做了比較，我的目光無法從她身上移開。我慢條斯理地喝著湯，反正有的是時間，我又會單獨和她在一起的。

她終於坐到了桌旁，臉貼在鍍錫烤盤上冰著。

我說：「您告訴過我，說星期天您跟雅羅斯拉夫先生談了話……」

她臉對著烤盤回答道：「是的，可是他不理睬我。他不停地跟人家跳舞，氣得我姐姐走進舞圈來到他面前說：『你這玩弄女人的無賴，你就一點兒不害臊嗎？你玩完了我妹妹，這會兒就這樣追別的姑娘啦？』」雅爾米卡說著站起身來。「可他呢，竟然在舞圈裡打了我姐姐一巴掌！您倒說說看，大叔，在舞圈裡打一位婦女耳光，這像話嗎？」

「這確實不像話，」我答道。

「這可不！我要上法院告他去，他得爲此付出代價！」

「雅爾米卡，聽我說，情況以後會好的。他只是現在，沒結婚的時候，才亂打人耳光。」

她把湯盤收拾起來，困惑地向旁邊掃了一眼。她的心軟下來了：「您認爲會是這樣？眞的認爲會是這樣？要知道，我，我這傻瓜，可眞是打心底裡喜歡他！您說說看，大叔，沒有他那將會是什麼樣的生活啊？我會一輩子嚇破了膽的。我怎樣地懇求他啊，傷心地哭了又哭……」

她揮了一下手。我站起身來，我必須走了。

雅爾米卡打開門，在我身後喊道：「您再來，大叔。」

2

在虎樓和王樓之間，我挖著一大堆生了鏽的鐵屑，然後把鐵屑裝進裝料槽裡。當我直起腰來時，小道上啪噠啪噠走來的不正是雅爾米卡嗎，攜帶著食品箱和桶。

我翻過一堆鐵料迎上去。

「這陣子過得怎麼樣呀？」我問道。

「哎喲！我剛從老太那兒得知，雅羅謝克對她說：『誰曉得那婊子是跟什麼人懷上的！』瞧著吧，今兒個我會等在汽車站上要他的好看。」雅爾米卡說著在食品箱上坐了下來。

「我會站在車門口當著眾人的面對他說：『您好啊，雅羅斯拉夫先生，對不起，打擾您啦。想當初我跟您坐在溝渠裡那會兒，您覺著我好著哪，是吧？可現在您卻說誰曉得那婊子是跟什麼人懷上的！好啊，自己的賬不認了，那我就收下它啦，感謝不盡，您哪。』」她用拳頭捶著腦門兒：「我那天幹啥要去參加那個舞會呢，幹啥要去呢？幾個小夥子找我來說：『和我們一塊兒去跳舞吧，雅露什！』我這蠢鵝，就和他們一起去啦。舞廳裡擠滿了人，我跟雅羅謝克鬧彆扭已有半年，我不經意地朝桌子旁邊掃了一眼，他正坐在那兒呢。誰料想這一眼我就迷了心竅，他也一樣，我們倆在一起跳舞，他一場接一場地拉著我跳，不讓我離開他，後來我們夜裡走回家去……」

她辛酸地木然呆視著前面，可是過了一會兒，她眼睛裡閃出了光芒：「您知道嗎，大叔，他的夥伴們出了個點子。他們打算讓我躲在一家的衣櫥裡，然後把雅羅謝克請去，把話題引到我倆的婚禮上。我們約定了暗號。等我的朋友說：『你這個愛撒謊的天主教徒！』我就從衣櫥裡出來。那時候雅羅謝克會怎麼說呢！這點子不賴，是吧？祝我走運吧，大叔！」

她站起身，拎著食品箱疾步朝食堂走去。

我喊她：「雅爾米卡，今天中午吃什麼？」

她嚷道：「素菜湯，熏豬肚和飲料。您說那衣櫥的點子不賴，是吧？」

我點點頭，表示是個好點子，但我已預見到以生性暴躁出名的雅羅斯拉夫先生會給衣櫥旁的雅爾米卡一記耳光。

有啥辦法呢？我還是自管裝我的鐵屑吧，這是我的活計。裝完鐵屑，組長派我去裝石墨。瓦謝克・潑盧哈拿了一把鐵鍬，我倆從廢棄不用的鐵軌上推出一輛斗車，推到了板棚前。我們打開板棚的大門，把斗車的一頭側到一邊，底下墊了塊磚頭免得翻倒。我從碼得頗爲整齊的紙袋堆上拉下幾袋裝滿研成細末的石墨，然後用鋒利的鐵鍬把袋口割開，瓦謝克把滾出的石墨粉裝進車裡。

我說：「咱倆裝的倒像是世界上所有的罪孽。」

「怎麼說是罪孽呢？」瓦謝克鏟了滿滿一鍬石墨往空中一揚，弄得滿天烏黑，什麼也看不見了。「不如說這是天使幹的活兒。」

「老兄，你得注意！」

「爲什麼？」瓦謝克歡叫著鏟起滿鍬滿鍬的石墨粉往斗車裡扔，每扔一鍬就揚起一根粉塵的柱子。粉塵鑽進襯衣，鑽進鼻孔和嘴巴。塵柱落下之後，顯現出來的瓦謝克已是通身烏黑，只見一口白牙。他倚著鐵鍬說：「我也曾經是這樣一個口袋。在集中營裡，一向就是這樣，當那些議員們吹牛說誰對誰怎樣直言不諱時，我就讓他們吹去，過後我說：『你們，議員先生，那會兒有豁免權護身呀，能夠想說什麼就說什麼。可是，德國佬來抓你們的時候，你們是怎麼給他們的頭兒腦兒捎信的呢？』在集中營我盡耍滑頭，以致有一天他們把我調到了辦公室。在那兒，我的頭頭是個維也納人，他一個勁兒地給我灌輸馬克思，也不管我說什麼。過了兩年他對我說：『作爲文書你今天在我這兒算是告終了，從現在起，你是另一個人啦。你已經出師，可以四下裡去散毒了。』」

「後來呢？」

「這不，如今這毒是我整個兒的幸福，我的一切。」

「問題在於觀點，」我說。

「是啊，因此我擁護。當有人詳細向我解釋他對某件事情提出的異議何等正確時，我說：『儘管如此，我依然擁護！』」瓦謝克說罷又接著揚起石墨粉來。

過了一會兒，他回憶說：「黨衛軍閒得無聊的時候就把我們召集起來過兒童節。他們先要我們跳巴棱舞。這種舞跳十分鐘就把那些體弱的人累得倒下了，黨衛軍便走來把他們一一打死。之後命令我們跳岡塞瑪什舞，接著跳波林庫赫舞，又是誰累倒誰就被打死。我們於是不停地玩躍起，坐下，玩天堂——地獄——樂園，最後是在地上一個勁兒地打滾。」

我拄著鐵鍬，一手搭在瓦謝克的肩上仔細地看他，可是一點兒也看不到他敍述的這件事情的痕跡。當我拉下一袋石墨粉時，竄出了一隻耗子。

瓦謝克說：「瞧，一隻耗子！黨衛軍養了一籠子的耗子，爲了開心他們用麵包餵耗子。我們常常爲這麵包煞費苦心，我們把耗子引到另一個角落，總會有某個囚徒來偷那點麵包吃。有一次有個囚徒吃了還送了命。」

我想起了一件往事：「我在化工廠幹活的年頭，有一隻耗子幾乎被我馴養了。晚上一到十點半它準時從池子底下跳出來，我餵它吃的。後來我把它馴養到這種程度，它會在離我半米遠的地方大吞大嚼地吃東西。可後來，有幾個小夥子用捕鼠器捉住了它，把它扔在鹽酸池裡，看鹽酸怎樣先剝掉了它的毛，之後剝掉了它的皮。」

「這件事你不該告訴我的，」瓦謝克苦著臉說，「我看不得虐待動物的事。在科列姆尼采我見一個趕馬車的抽打一匹馬，我沖上去用拳頭狠狠地打那個趕馬車的，結果被他用鞭子抽了一頓。」

我說：「德國佬撤出斯萊斯柯的時候，在冰天雪地的日子用火車往我們車站運牲口，裝在敞篷車裡，走了半個月。羊餓慌了吃羊毛，那些牛，瓦謝克，那些無辜的牛啊！你要是瞧見了！」

瓦謝克抹了一把烏黑的眼淚，嘶啞著嗓子說：「你眞不該對我講這些事的！因爲人，儘管德國佬運人也跟運這些牲口一樣……可是人有思想啊……」

他思索了一會兒，糾正道：「可是，人給折磨得衰弱無力時，也就跟這些羊差不多了。至於說手下留情？那些折磨你的人才不懂得什麼叫留情呢。對他們來說你是臭狗屎。在集中營，有個黨衛軍人家叫他古斯塔夫上校，這傢伙每季能在採石場上幹掉三千人。替補的下一批全挑的是壯漢。有一次他目不轉睛地盯著我看，我也瞪著他。我的目光裡充滿了憤怒和仇恨。不料他卻笑了，乾巴巴地說：『Na nu, so was, dass der Hund noch lebt?』❶」

瓦謝克鏟了最後一鍬扔進斗車。我們走進食堂的時候，雅爾米卡叫嚷起來：「眞夠嗆，你們這兩隻野山雀，這會兒才來！」

我說：「可您給我留下羊角麵包了！」

「哎呀，大叔，您沒有交條啊。」

「請您看一看櫃子裡吧，雅爾米卡！」

「櫃子裡沒有。」

「您就過去看一看吧，昨天那兒留了一個，今天想必也會留的。」

「別惹惱上帝了，大叔！」雅爾米卡嚷了起來，她打開了櫃子，架子果然是空的。她關上櫃子輕聲說：「要不您就吃黃油小麵包吧。」她遞給我兩個小麵包，抱歉地解釋說：「這位大叔心眼兒可好啦。他幫我提湯桶。」

我吃了一個小麵包，另一個給了瓦謝克，我們喝著半冷不熱的溫香茶。瓦謝克又講了起來：

「那個叫古斯塔夫的黨衛軍挑選身強力壯的囚徒送去採石場，與他在一起的另一個黨衛軍卻

❶德語，意爲：怎麼回事，這隻狗還活著？

專挑身體衰弱的送進煤氣間。知道了這情況的可憐蟲便掙扎著使出最後那點兒力氣去扛大石頭，以示自己有力氣。可是黨衛軍卻哈哈大笑：『Ach sic sind so jung und kraftig!』❷他想出了個主意，誑說並非去煤氣間而是讓這些被挑選出來的人去採藥草。Krauter sammein❸。他把猶太人兩個兩個綁在一起。列隊行進中猶太人意識到他們這是被領往煤氣間。有個舞蹈演員便和他的同伴相約一起奔跑著用腦袋撞倒了那個黨衛軍，其他被捆綁的猶太人也一齊上來用腦袋撞他……可是，另外的黨衛軍趕來了，一陣血腥屠殺，那個酒吧間的舞蹈演員被他們活活踩死了。據我記憶，這是我國猶太人唯一的一次造反。」

我一邊聽他講，一邊瞧著雅爾米卡在櫃檯那兒一遍又一遍地數著那點錢，她不時地悄聲自語，抱一下腦袋，舔舔手指，再一次數錢。瓦謝克粗野地問道：「哎，雅爾米卡，怎麼樣，妳用毛毛扎他了嗎？」

雅爾米卡停下計算，當她發現瓦謝克的目光盯著她的肚子時，她的臉漲紅了，說：「哪有的事啊！我舔一下嘴唇他都會扇我耳刮子！」——她滿意地點點頭，爲自己有了可以依靠的人、

❷德語，意爲：你還年輕力壯！
❸德語，意爲：採草藥。

扇她這個耳刮子的人而感到自豪。幸福的想像甚至使她落下淚來。過了一會兒，她把錢鈔碼在桌上，打開櫃子用兩根手指數點餐具。數完之後說：「雅羅謝克這幾天煩躁著哪，因爲他病了不能去酒館。上次他鬧病的時候去了盧謝克酒館，被他的夥伴告了密，結果人家扣了他三天的工錢。舞會上，奧達，就是那個告密的，找我來了，我對他說：「先生，我和您沒有共同語言！」他第二次又找我來了，我對他說：「先生，我不跟告密分子跳舞，您吻我的錢袋吧，哼！」在舞廳裡我就是這麼對他說的。那時候情況不同，那時候雅羅謝克離不開我，我們倆常常一起上池塘裡去游泳……」

她氣喘吁吁，臉都漲紅了。接著她解掉小圍裙，朝烤爐跑去。

3

我們已經渾身烏黑。後來，我們順著小梯子下到石灰庫。在沒踝深的粉末裡我們手拉著手。瓦謝克回憶說：「在集中營，我們一個個正是這樣行進的，只是戴著鋳鐐……摩拉夫斯卡——俄斯特拉伐的警察局長和俄斯特拉伐的共產黨議員彼萊克手拉著手。警察局長巴查個子矮小，彼萊克則是個彪形大漢。他們兩個走在我的前面，只聽得他們在說話：『哎，局長先生，您不是對我窮追不放吧？這會兒行啦，在下就在您身邊！』——『可是，議員先生，那次我派人去抓您的時候，您是怎麼逃脫的呢？』『嗨，局長先生，只怪您的部下是一幫子蠢才。那天他們過來問我：彼爾卡❹議員，請問彼萊克議員住在哪兒？我那時候，局長先生，留了鬍子，而且穿上了守林人的制服。』」

瓦謝克從牆角取了一把鐵鍬，我拿了一根火鉤子，我們開始從牆上刮石灰，因爲那裡雖然有挖掘機卻使不上。過了一會兒，大吊車開來了，它張開鐵爪在石灰堆上抓了一大把舉起來。

「你知道什麼事情老讓我犯迷糊嗎？」瓦謝克發牢騷說，「咱們那些領導人的相片兒，在寫字桌旁的，在花園裡的……而且不斷地政變！」

「沒錯，」我說道，「我記得列寧的模樣兒像個大叔，還有他那位克盧潑斯卡婭！我的眼前老有一幅畫面。列寧伏在膝蓋上撰寫發言稿，坐的軟椅上鋪著雪白的單子。儘管我是天主教徒，當我看到他在那沒有電燈、沒有爐火的宮殿裡，透過掛著冰花的窗戶指點那些尚不存在的東西時，我也不免深受感動。他說，那地方我們要建發電廠，那兒是播種機廠，這兒是拖拉機廠……」

瓦謝克激動地在沒膝深的石灰堆裡蹚水似地蹚來蹚去。接著他舉起雙手：「是啊，我看到這個夢啦。我多幸福呀，正好生逢其時。一看那最最讓人傻了眼的圖表，我的呼吸就輕鬆起來，因爲這必勝無疑。歸根結底嘛，一切都在於偉大的信念，我可是最相信不過的了！」

❹在捷克語中，名詞的詞尾應按照該詞在句中的作用和它與其他單詞的關係而變格。彼爾卡爲彼萊克的第5格（稱呼格），兩者爲同一個詞。

大吊車在降下來，再一次落到石灰堆上，我們緊緊地貼牆站著。它吊起一堆石灰，又嗡嗡響地升起送到柳條箱那裡，接著歡快地叮叮噹噹一陣響。

瓦謝克坐在了石灰上。

「我給你講過聖經派教徒的事兒嗎？」

「沒有……」

「那你就想像一下吧。這些人有自己的街區，每隔半年黨衛軍就把一份退出他們那個教會的聲明書擺在他們面前，要他們簽名。說簽了名的可以釋放回家。然而，簽了名的不多不少隻有三個。捷克人。據說戰爭剛開始的時候，集中營的頭頭是個奧地利人，名叫洛韋茲。此人把聖經派教徒們叫來，隨便問一個：「你簽不簽名？」一聽回答是不，洛韋茲便抽出手槍結果了他。這樣一連幹掉了九個。然後，他回身對他的隨從們，彷彿事先跟他們打過賭，確信情況准是如此似的，他臉上掛著勝利的微笑，說：『Na, was hab ich gcsagt?❺』可是，到我們關進集中營的時候，他就更加倡狂了。集中營裡，在公共廁所旁邊有一間小屋，他們管它叫 kapuff❻，

❺德語，意爲：「瞧，我怎麼說來著？」

❻德語，意爲：洞穴。

那裡堆放著掃帚、掃把。哎，不對……」

瓦謝克用手指支著腦門兒，說：「那時候已經是波爾了……波爾！他下令把這間沒有窗戶的小屋的門封死，將聖經派教徒一個個從屋頂的洞口扔下去，直到屋子塡得滿滿的，頂到了天花板。然後他在上面用一塊木板把洞口堵上，兩小時之後才打開。那時，屋裡三分之二的人已經死去。他問那些還活著的：『你們在退出教會的聲明上簽字不？』全體都說不。這些人又被扔進小屋重複一遍，就這樣反復了多次，聽到的回答始終是：Nein⑦。對於這些聖經派教徒來說，頭號反基督的是教皇，其次便是希特勒。今天我在報紙上看到，教皇還爲過去薩克森豪森集中營的頭目祝福呢。」

我從地洞舉目外望，下雪了。

「你見過希姆萊嗎，文查⑧？」

「嘿，他站的那地方離我約莫兩米遠。」

「一看就是個兇神惡煞，對吧？」

「哪兒的話！純粹像個斯文的神父。貝爾納托特伯爵作爲紅十字會的代表陪同他。我們這

⑦德語，意爲：不。

⑧文查爲瓦謝克的暱稱。

些身子骨強的囚徒站在前面，那些可憐蟲排在後面……我們排列在餐廳前，那兒放著半隻生豬，玻璃櫃裡擺著豌豆、大米、豬油……每件物品都標有價格……貝爾納托特伯爵代表紅十字會向我們發問：『你們是由於什麼原因進來的？』我們便按照教給的詞句回答：由於三重兇殺案……殺害兒童……姦污未成年的女兒……最爲經常……」

「那麼 hochverrat ❾呢？」

瓦謝克一躍而起，再度在石灰堆裡胡亂地蹚來蹚去。

「hochverrat，哪兒有的事啊！准是無中生有。反正我至今不信有那檔子事。當我對伯爵說我殺了生身父親時，我朝他擠了擠眼睛……可是他挺滿意，同希姆萊握握手，繼續向集中營裡穆斯林躺著的地方走去。」

「那是什麼地方？」

「那裡躺著的都是些病危的人。黨衛軍在他們身上扔了些稻草，在稻草上放了草墊子，然後指著窗外對伯爵說：『這是我們爲一旦發生霍亂時做好的準備。』說罷又同希姆萊握手。」

起重機駛過來了，我們開始裝石灰。

我已感到疲勞，可是瓦謝克卻充滿了活力和幸福感，他精神抖擻。彷彿過去的這段經歷非

❾德語，意爲：叛國分子。

但不曾壓垮他，反而使他振奮了精神。不過，我知道他回來的時候，體重才四十五公斤。這會兒他樂呵呵地笑著，嘴角閃著白沫……

我們順著梯子走上去，走出了黑乎乎的地窖，站在暴風雪中看著電磁起重機怎樣從廢鐵堆上抓一把雜七雜八的廢品，然後帶著這些獵獲物升起，把它們投入槽裡。

我們邁步向前，可是過了一會兒便不得不站住了。一輛電磁起重機的長臂正在落向一堆藍色的鐵屑，只見數以千萬計的碎鐵片兒爭先恐後地迎著磁鐵飛過去，然後隨著磁鐵壓上的其他鐵屑一起被舉到空中，送到裝料槽裡。

「這可算得是抱做一團啦！」文查笑著說。

「是的……不過，你現在體重有多少？」

「九十二公斤。那些捷克壯漢也跟我一樣。這些人誰比得上喲！想當年集中營有二十個民族，可只有捷克人知道什麼在哪兒，怎麼去，上哪兒買麵包，等等。」他搓了搓手心：「說來也怪，作爲一個整體，我們喜歡吵嘴，可是作爲個人，我們寬宏大量。這簡直不可思議！我曾經讀到過，拿破崙戰爭中，十名奧地利輕騎兵可以輕而易舉地幹掉三十名法國兵，但一個法國師卻能輕輕鬆鬆地戰勝一個奧地利師……再說美國人吧！作爲個人，美國人比德國人勇敢、優秀。可是一個連的德國人，那就是另一回事了……有趣吧？」

「有趣，」我說，瓦謝克的健康令我羡慕。

「那你就瞧瞧這個。一個連的美國俘虜在這兒會餓死。可是一個連的俄國人在這兒會找到生計。他們用野草熬湯喝，用那邊的那些東西做柳條小船，從礦床找點兒機油，給自己做醬，他們會活下去。又比如這麼一個俄國老太太，賣劣酒的。爲了這酒她躺在雪地裡兩夜以等待德國的汽車！再比如這個，他們給老太太一桶汽油，她能把它滾到前線……對俄國人我什麼賭注都敢下……只有德國人讓我驚恐。即使他們這樣解除了武裝！從他們送往前線的包裹就看出來了……一點兒糖塊免得打瞌睡，一點兒葡萄糖、罐頭水果。這是一個小包裹，但是可以靠它支持一兩天。以最少的資金取得最大的效益，這也使我們後來驚訝不已。當然，如今在這兒的是俄國人！他們曾經是，現在也是我的驅動機……至於女人？酒？那算得了什麼……要的是思想！」

我說：「可是，這現實也該點點火動起來了吧，也該邁邁步啊……」

「這倒也是！不過，我朝前看。儘管我知道有反對的人，但是對我來說最重要的莫過於我樹立在地平線上的。那就是社會主義……順便說一下！集中營裡有個黨衛軍頭目名叫巴郭達。此人有一回把我國的一位醫生叫到跟前吹捧哄騙，要他將一名集中營的囚徒活活地開膛，以便看看人心的跳動。」

「我的天哪！」我不禁雙手抱住了腦袋。我推開食堂的門，抖掉身上的雪。

雅爾米卡在數點錢款。

過了一會兒，她轉過身來，拉著我的衣袖，幸福得閉上了眼睛：「想想看吧！有人來給我送了個口信，說雅爾達⑩在他們那個院子裡修理了一間小屋。我明天得去擦擦地板。雅羅謝克帶話要我方方面面都考慮考慮，哪兒掛家人的照片，哪兒掛鏡子……」

4

今天又下雪了。不是白雪，而是混合了塵土的克拉德諾的雪。我迎著雅爾米卡走去，一直走到食堂。我看見她站在一旁，靠近櫃檯的地方，兩名女工輪番把食品筐湊到女售貨員面前去接她們扔進筐裡的新出爐的羊角麵包。女售貨員邊扔邊計算著數。我看見雅爾米卡兩手十指交叉著擱在肚子上，過了一會兒她舉起定貨單喊道：「海倫卡，行了，給我吧！」最後海倫卡把裝滿羊角麵包的食品筐給雅爾米卡擺好，接過她手裡的定貨單，我連忙跳過去，幫雅爾米卡套上帆布帶子。

女工們叫嚷道：「雅爾米卡，這是你的未婚夫嗎？」

她笑了笑：「哪兒的話！要真是，雅羅謝克可要打爛我的嘴巴了！」

我提著幾桶咖啡豆和她走出食堂，走進暮色。食堂牆邊煮熟的牛頭閃閃發亮。

⑩雅爾達跟雅羅謝克一樣，也是雅洛斯拉夫的昵稱。

我說：「過得怎麼樣啊？」

「挺好，大叔，挺好，不過您得祝我一帆風順。雅爾達在二號爐被鉗子弄傷了腳。昨天我在家正靠窗坐著，突然間一輛汽車駛來停下了，走出一位先生，說他是某某人，問我是否願意去看看雅爾達，我說去。於是我坐上車去了……天哪，大叔，在這結冰的路上您可別滑倒啊，要不然九十七克朗就掉進茅坑啦，連個響聲也沒有！」

我嚇了一跳，說：「哪兒能啊！」雅爾米卡接著說：「老爺子親自出來迎接我，老太太給了我六個雞蛋和一公斤半的麵粉讓我做扇蛤餅和糖果。就這樣我在他那兒坐了一會兒，他哭哭啼啼，因爲不能上酒店。我臨走的時候抹著眼淚對他說：『雅羅什卡⑪，送送我吧。』他卻說：『怎麼回事啊，你這個傻透了的傻瓜，我這腳能走嗎？』結果，由老爺子送我，直送到斯代海爾切夫塞，這也夠意思的啦。」

「那什麼時候舉行婚禮呢？」

「大概在三月。二月份我還在這兒，然後嘛，波爾托夫卡，再見啦，再——見！」

雅爾米卡說著轉了個圈兒，舉起一條胳膊朝冒著煙的那些煙囪招招手，然後突然問我：「您呢，大叔，您是獨自一人嗎？」

⑪雅羅什卡跟雅羅謝克一樣，也是雅洛斯拉夫的暱稱。

我說：「我還有一個兄弟，不過他病在醫院已有三個月了。」

雅爾米卡安慰我說：「您的父母聽到這消息還不急瘋了……」

我不知說什麼好，後來我們從昏暗的路上走到了燈光下，工廠廣播喇叭響得發顫的管樂聲從高處傳來，穆格勞什歡快地歌唱……碧綠的田邊，豆角兒青青……

雅爾米卡將身子壓在拉食品筐的帆布帶上，仰起腦袋對著天空叫嚷：「去你的吧，別跟我提波爾卡舞了！瞧我今天鬧了個什麼結果？我去買嬰兒車，要四千，我不偷哪兒弄去？還有小衣褲，哪兒來？怎麼樣？」可是穆格勞什彷彿沒有聽見雅爾米卡的聲音，依舊嘰嘰喳喳地唱著……黎明時分我前往，爲何事，我心中明白……雅爾米卡伸出一根手指指著天上說：「說得對，可是您得給可憐的姑娘想個辦法呀！那時候我也心中明白著哪，可現在夠受的啦！無論要什麼，動不動就是上千克朗！」

還是那歌聲迎著我們撲面而來，只不過發自另一個擴音器，它依舊在歡唱著……要讓家裡明白，我這是去找你……

雅爾米卡四下裡看了看，說：「這玩意兒裝得夠鬼的，你就沒法躲開它的聲音。」我們走進了食堂。我把咖啡罐放到了桌上。雅爾米卡解下帆布帶，脫掉了外衣。這件外衣今天撕破了，破得不像話，可是在我眼裡她的衣服都很可愛，都是夜禮服中的夜禮服。

飯後，我和瓦謝克去裝錳。瓦謝克抱起一塊四十公斤重的錳，把它倚在料槽邊上。「我們建造 sturmbannfuhrer ⓬洛威茨養熊區的時候，扛的石頭就這麼大。那些熊是他的部下從挪威給他送來的。」瓦謝克說著一使勁，錳塊滾進了槽底。

「我說，文查，你們就是這樣像共產黨員似的熬過來了嗎？」

「怎麼個熬法呀？共產黨員們手裡掌握著整個集中營裡的內部資訊。因而……因而，比如說吧！德國國會代表納尤克斯，共產黨員，他得到資訊，說一名捷克共產黨議員正在被送往集中營的途中。作爲營區的頭頭，納尤克斯站在大門旁邊等著，囚徒一到他就撲上去，表面上看他拳打腳踢，惡語咒罵……實際上他把此人安排在管區內他想要安排的地方。之後便是改名換姓，改了號碼……最後完全變成了另外一個人。可是，有一天我們從外面回來，就在大門口一個囚徒的口袋裡掉出了一張小紙條，黨衛軍撿起來一看，竟是俄國電臺的最新消息……

「他們把他抓起來，搜查他，在 wascherei ⓭底下找到了電臺，」瓦謝克說著在敞開的槽底劃拉出一道小堤壩。

「這下子這可憐的傢伙便落到了黨衛軍古斯塔夫手裡。他們先一截一截地打斷他的手，從手指往上，可是他什麼也不說。後來他們把他押到花園裡，用碾平人行道的壓路機在他身上碾

⓬德語，意爲：特種部隊的頭頭。

⓭德語，意爲：骯髒衣服堆。

過去……把他碾死了，可什麼也沒從他口中得到。古斯塔夫，這個畜牲！」瓦謝克歎了一口氣，飛快地鏟起錳塊扔進槽裡，質硬而脆的錳塊破裂了，斷裂面上油光閃爍。

「有時候古斯塔夫沒等起床鐘響就來到了，他不讓打鐘……卻卸下鐘錘子親自去叫醒……說是像母親敲孩子的腦門那樣……就這樣用鐘錘子打死了六七個睡夢中的人之後，再將五公斤重的鐘錘子放回原處，戴上白手套，騎上馬洗澡去了……不過，在集中營偶爾也有動人的時刻。從沼澤地來的那些人給我們講了好多情況，說我們算是幸運的了，這裡乾燥，在集中營裡……他們來自呂訥堡[14]的某個地方，那裡長滿帚石南，在交戰地帶，那裡可是職業犯罪分子的司令部。這些犯罪分子在這沼澤地幹活可以減刑一半。後來，政治犯也送來這裡幹活了，爲的是死亡率……他們住的棚子支在木架子上，永遠處在潮濕之中，從早到晚填沼澤地，填平之後撒上帚石南的種子，讓它們長成帚石南灌木林。他們唱著一首憂傷的歌。這首歌後來我們也唱起來，在別的集中營裡也傳開了……歌詞大概是這樣的……」

瓦謝克挺直了身子。

「Wir sind Soldaten...wir rucken mit Spaten，fur uns ist kein Fruhling da.[15]之後彷彿是……

[14] 德國城市名，在漢堡東南35公里處。

[15] 德語，意爲：我們是兵……我們用鏟子勞動，我們沒有春天。

我們只能透過蚊蟲的面紗看太陽……最後是：Dic Albcit ist unendlich⑯……」

我一直扶著錳塊站在槽邊。我俯視水池裡石塊鋪的池底，由於池水溫暖，石塊周圍長出了碧綠的水草。我們幹了一陣活，休息了一會兒。瓦謝克沉浸在他那六年經歷的回憶裡。「我在運輪隊裡呆過。有一次我們來到了過去的砂石場。那時候人們管這地方叫 sonnenkomando⑰。那裡一些光身子的老年人站在七月的烈日下奄奄一息。他們長時間地站在那裡直至倒斃或被打死。他們已經骨瘦如柴，或者腿腫得像桶似的……黨衛軍踢他們的水泡，這些老人便尖叫起來……他們一邊逃跑一邊怪聲怪氣地尖叫著……我們站在高處見他們的樣子那麼滑稽，不禁由衷地哈哈大笑起來，簡直要笑破肚子。後來，我們你看看我，我看看你，心裡說：『我們這是在什麼地方？』你知道嗎，我們那笑比哭還悲慘。」

我們扔下最後一塊錳，兩人挽著胳膊彎腰迎著穿堂風走了出來。大雪打得鶇鳥眯起了眼睛。

拐角處我們撞上了雅爾米卡。

「您怎麼這個樣兒？」我問道。

她把外套裹得緊緊的。

⑯德語，意爲：苦活幹不盡。

⑰德語，意爲：站在烈日下。

「我忘了給小夥子們買香煙，他們就不肯把皮襖給我！不過，他們愛把它藏哪兒就藏哪兒吧！我照樣一轉眼就到家了……」

瓦謝克摟著我的脖子，像我一樣地注視著雅爾米卡。「雅爾米卡，我們倆都喜歡您，等您生了孩子，我們來看您。」

她嘴唇一撇，臉漲得通紅：「我倒要看看你們會不會說話算話！」說罷，她匆匆向食堂走去，一雙紅手在紛紛揚揚的雪花中擺動。

5

大吊車的鐵鏈吊著斗車在整個車間的空中穿來越去，可是下面的人們若無其事地工作著。後來，斗車徐徐降落，起重機司機瞄準緊靠軌道的上方剎住了。我推車到位，發出信號，它不偏不倚落到了軌道上。

班長胡亂地談論著養豬和製皮，走過我身旁時對我說：「希芒德爾沒有來……門口有個茨岡人找你！」說著他匆匆朝電爐走去。

我舉目一看，只見門口站著瓦謝克和一個戴寬邊帽的茨岡人。

「那就別傻瞅著啦，男爵，過來推車吧！」我喊道，茨岡人不情願地慢吞吞邁動著腳步。

「別要求他像要求媽媽似的……」瓦謝克勸告我說，「他是孩子！」

茨岡人只是扶著斗車。

「活見鬼，使勁呀，男爵！」

「哎咦……老爺壞，壞……」茨岡人嘟囔著。

「別對他這樣，」瓦謝克再次勸告我，「希特勒大批屠殺了他們，如今你又來了。你要是看到在集中營裡那些幼小的茨岡孩子怎樣手拉著手，唱著德國歌列隊前進，後來卻照樣跟婊子雜種一起被殺了……」他邊說邊用鋼鏨撬開了一箱銀色的矽。

可是茨岡人在這裡感到不自在，他認爲在這兒他是客人，看得出來他在捉摸著怎麼溜走。

「男爵，你哪兒也別想去，我知道你想編一套鬼話蒙我們！」我喊叫說。

「上帝的傷口！耶穌的心！茨岡人得吃飽肚子呀！」

「可是你屁活沒幹！先幹活，然後才有吃的！」

「不，茨岡人要先吃了才幹活。還有，我冷。」

「別對他這樣，」瓦謝克低聲對我說，一邊把矽鏟進斗車。

「那就這樣吧，男爵，你到爐子那兒去暖和一會兒。坐在八號爐下麵，過半個小時我來找你……」

「啊……老爺，老爺好……好……好……」他哆嗦著飛快地跑掉了。

「你這笨蛋！」瓦謝克笑了。「他身上帶著刀子哪。據說班長有三班沒讓他登記，他要給班長吃刀子。他給我看那把刀子了。而你卻跟他吵架。」

「我不喜歡幹活磨磨蹭蹭的人。」

我登上斗車的半腰，用手套撥開矽。

「你瞧，」瓦謝克支著鋼鏨說，「有時候我也是這樣看人的，和你一樣，可是我一想到薩克森豪森，我馬上就寬厚了。那些人跟我們所熟悉的、教科書裡說的完全不一樣。黨衛軍也許感到無聊了，於是便不給我們吃飽，可是卻讓廚師們敞開吃，想吃什麼吃什麼，外加大桶的啤酒和燒酒。當這些廚師吃得都撐到喉嚨口的時候，黨衛軍便下令要他們一忽兒nieder⑱……一忽兒auf⑲！nieder…auf！後來還必須不停地打滾，直到把吃下的東西統統嘔吐了出來，而那些囚徒……那些被挑選出來的教授、藝術家則被逼迫著去吃地上的嘔吐物……那些黨衛軍，他們的祖輩曾經以見過歌德爲光榮，這會兒卻格格地笑著，高興非凡。再比如，亨利赫・卡姆菲是什麼人！」

瓦謝克回想往事，把鋼鏨杵在軌道上。

「他是個美男子，腰細得跟姑娘似的，寬寬的肩膀，無簷帽壓在腦門上……總之是個漂亮

⑱德語，意爲：蹲下。

⑲德語，意爲：起立。

小夥子，然而卑鄙可惡。作爲集中營的頭頭，他不喜歡哪個囚徒便拔出紅筆在那囚徒腦門上寫個號碼，意爲幾日內清除。過節的日子集中營要釋放幾個囚徒，那簡直像押了彩票一樣……會不會是我呢？亨利赫・卡姆菲叫名字，問履歷，釋放的條件是必須身體健康。

「他叫到一個可憐蟲……Wan geboren, wo geboren ⑳……如此等等……約莫過了一刻鐘，亨利赫・卡姆菲這才問道：『Und sind Sie gesund?㉑』可憐蟲使出最健康的嗓音大聲說：『Jawohl!㉒』漂亮的亨利赫舉起腳來踢斷了他的脛骨，問扭曲著身子的可憐蟲：『Sind Sie noch gesund?㉓』他再次大聲說：『Jawohl!』亨利赫於是彎身在他腦門上寫了個紅色的號碼，因爲他說了謊話。他們也把歐洲一千二百米長跑冠軍荷蘭人奧森達爾帕折磨致死。他們對奧森達爾帕說，倘若他在與他們的猛犬賽跑中得以取勝就釋放他……他們給奧森達爾帕的脖子上繞了根 leberwurst ㉔，於是一聲令下歐洲冠軍便與猛犬賽跑了……奧森達爾帕跑得比狗快一步，到終點他就

⑳德語，意爲：你何年何月出生在哪裡。
㉑德語，意爲：你健康嗎。
㉒德語，意爲：是的。
㉓德語，意爲：你還說是健康嗎。
㉔德語，意爲：香腸。

可能獲得釋放了，誰知到終點時黨衛軍開槍打穿了他的腿，惡狗撲到他身上，把他咬死了……」

我們倒出矽，把空箱子堆放好……

茨岡人回來了，可是一見還有活要幹，他捧著肚子愁眉苦臉地說：「聖母瑪麗亞！茨岡人得病了……茨岡人肚子疼！」

「去吧……」我說，「去吧，茨岡人……也許茅房倒塌在你身上我們就走運了。」

茨岡人高興了：「……啊，老爺好！」

他逕直跑去喝湯了。

我們把裝滿矽的斗車面上弄平之後，便出來朝小賣部走去。在那兒，只見一位消瘦的、人們管他叫原子的義務勞動隊隊員在取暖。

他張開雙臂說：「祝賀我吧！我重生啦，小夥子們！」

我說：「怎麼回事？」

「我坐了十天牢……冤案！」

瓦謝克祝賀了他，接著問道：「試驗進行得怎麼樣？」

「好著哪！教授起先不相信。後來，我給他做了個陰極炮，他這才傻了眼啦！不過，對這件事我始終提心吊膽，生怕這臭玩意兒別把整個宇宙給禍害了！因此我在想辦法利用自然電。自然電，小夥子們，可是豐富著哪！磁極中的力線，高頻率壓力桶，作爲首創我製作了一枝電子手槍。法甯教授對這枝槍表示懷疑，我於是走到視窗，說：「那隻狗是誰家的？」教授先生說：「那是我的哈裡克。」我用電子槍瞄準那隻汪汪叫的小東西，手指一扳……小狗倒下了……法甯教授馬上趕過去，解剖了它的大腦……大腦已被打得粉碎！小夥子們，抓住這種自然電我可以淘汰掉標準石油公司、煤、爆炸性的馬達！因此很多人來找我……想套住我！可是我要在巴爾的摩申請專利！」

「那好，再見吧！」瓦謝克說，一邊撓著癢癢。

當我們要開門出去的時候，原子喊道：「小夥子們！……今天烏托邦，明天現實！」

我們走進了食堂。

雅爾米卡朝我點了點頭，我馬上看出來我即將聽到的話不會是愉快的。我把杯子拿在手裡，眼睛看著別處問道：「說吧，什麼事？」

「您知道，大叔……您知道，這有多麼難堪，跟我同年的姑娘們都幸福地結婚了……可我呢？我對您說過，談情說愛，什麼我都經歷啦，我以爲一覺醒來一切都會像我想像的那個樣……誰知他不要我，他不跟我結婚……甚至都不跟我說話了……我原想也許他會認識到……」我拿著杯子，把它放到桌上，接著又把它拿在手中。我不知說什麼好，於是轉了個話題：「我知道妳以前喜歡跳舞，是吧？」

雅爾米卡落下淚來，可是她的眼神已轉向某個愉快的地方。

「我嗎？哪兒有舞會我往哪兒跑。克拉德諾有舞會我上克拉德諾，布傑赫拉德音樂響起來，我在布傑赫拉德跳舞，管樂隊在赫謝勃采擺開了攤子，我便在赫謝勃采一個勁兒地繞著場子歡舞……至於在家裡，我們這兒？我怎麼對您說呢？我們一塊兒去的有三十人，這兒的小夥子們，全都是愛打架的，誰只要惡意地看我一眼，他們的拳頭立馬就上去了……」

我這才把目光轉向她，我看到她說的每句話都仁慈地把她從身孕上引開去。

我說：「不會提前嗎？」

她微微地搖晃了一下身子。

「不會，絕對不會！他是九月二號給我鬧下的，那麼我把它磕出來該是六月二日……行了，咱們去數羊角麵包吧！」

我繫上圍裙，一面扔出羊角麵包一面計數……

「一共九十六個。」

雅爾米卡拎起一隻裝著藍色咖啡杯的箱子，可是組長卻對她喊道：「妳呀，哪兒也別去！到了高爐那兒妳又哭哭啼啼！」

「那您就自己去吧，大媽……」雅爾米卡說著朝自己的櫃櫥走去。她臉沖著櫃門站住了，把頭巾揉成一個團捂在眼睛上，腦袋低垂。可是組長走過去，把箱子給了她。雅爾米卡用手指計算著咖啡該送給哪些人。

「翁德里一杯，鑄桶組一杯，工會組長一杯，爐灶組一杯，爐門工瑪什卡一杯……」

6

我站在七號爐，馬丁爐的旁邊，我問煉鋼工穆德拉：「師傅，您瞧見了吧？」

他瞧見了，可是佯裝不曾。

「在哪兒？」

我說：「嗨，在布拉格呀，在民族大街，在教皇院如今是唱片廠的對面。那裡的那塊勞動勳章獲得者光榮榜有兩米高……是您！」

煉鋼工穆德拉到那兒去看過了，而且不止一次，可是他依舊愛聽：「掛那兒的是我的相片？」

「是啊，」我說，「有那、那麼大，佔了整整一面牆啦，您看上去像一位作家。」煉鋼工晃了晃腰，拿起火鉤子，戴上眼鏡，對爐門工瑪什卡打了個手勢，示意她按電鈕。火紅的高爐散發著炙人的熱氣，煉鋼工指點著兇猛翻滾著的鋼水告訴助手那是什麼，怎麼做。

過了一會兒，他慢吞吞地蹭過來。

「相片上我穿的是啥樣的衣服？」

「敞領襯衫，宴會穿的外套。」

「呦，是那張相片掛那兒啦？」他在裝傻。「不過，現在那兒要掛我最新的相片了……繫領帶的。好得很你告訴了我，我一定得帶我的老婆子上布拉格去一趟，讓她看看我是誰。她現在又有點兒跟我調皮搗蛋了……那你是說在民族大街？」

起重機開過來了，我和瓦謝克要給高爐上料，我順著梯子爬上去改了檔，裝料起重機便變成了普通式。滑輪動了起來，鐵鉤降落。瓦謝克把一個帶鏈條的圈兒套在鉤上……我們扣緊門車，起重機把它送到生產線上。我把鏈條用搭鉤扣在斗車的腰部，起重機啓動時，它便依次撒下錳、石灰、矽，等等……

我一抬頭，卻見雅爾米卡正沿著平臺走著。

「你好，雅爾米卡！」

我拉著鏈條微笑著。

「您理都別理睬我吧，我賠了五十克朗！」

「那是怎麼回事？」

「大概是我丟了……」

爐門工瑪什卡喊雅爾米卡：「怎麼樣了，妳這大肚子的小女人，什麼時候噓、噓、噓呀？」

雅爾米卡翻了一下眼睛，緊挨著爐門工在小板凳上坐了下來。爐門工趁這會兒休息正在打毛線，織件小衣裳，她不時把織物攤在膝蓋上長時間地端詳來端詳去。雅爾米卡抹抹手指，把它拿了過來。

「雅露什，小心別給我弄脫了針！」

「好吧，瑪什卡……」雅爾米卡臉上泛起了一陣紅暈。「這是兩針下兩針上吧？」她問道，可我知道她由於自己從沒打過毛線而感到臉紅，她這樣問只是爲了避免瑪什卡追根究底。她把織物還給瑪什卡，收拾起盛湯的碗盞。年輕的瑪什卡則繼續織她的毛線，她可以無憂無慮地織著，因爲她該蓋的章都蓋上了，家裡有體貼的男人，肚子裡有孩子……可雅爾米卡呢？

起重機司機把湯碗還給雅爾米卡。

「情況怎麼樣？社會部來找過妳沒有？」

大夥兒都圍到了雅爾米卡身邊。

她垂下了眼睛。

「找我了，大叔，找了，可是我沒有去。我媽去了，人家問她這樣那樣的經過，我媽也哭起來了。於是他們決定上我們家裡來問我，可是我一句話也說不出來……」

「妳瞧，雅露什，現在的問題是關係到孩子……」起重機司機把手搭在她肩上。

「我知道……可是一想到我控告的是一個我連他的一根毫毛都不願意碰傷的人，我就覺得這樣做太奇怪了，情況就是這樣。」

「問題是孩子！」

「是的……」雅爾米卡說，「可畢竟有些事情是，有些事情非，有個是非……因此何必找公家呢？」

眼淚撲簌簌地滾到了她的圍裙上……

老管道工對她說：「記著，雅爾米卡，到時候妳先找社會部，然後找法院……從前我跟蘿拉也鬧過一回。那時候我在部隊，接到傳票我去了法院，法官對我說：『你坐下，抽支煙，事情可是夠你受的！』

「我說：『法官先生，我喜歡蘿拉，我一復員馬上跟她結婚，我們彼此相愛！』

「他於是問我：『你是孩子的父親？』我說：『是。』我簽了字，蘿拉已在法院門口等我，我倆逕直就去旅館決一勝負了。當年情況就是這樣，人都比較純樸。」

「就該這樣才對呀！」雅爾米卡含著眼淚喊道。隨後她神態嚴肅地問道：「爺爺，如果啥也盼不來，您看怎麼辦？我是不是該給雅羅謝克寫封央求他的信？」

就在這當口三個管道工過來了，有一個喊道：

「老爺子，你這老醉鬼，你看，我們要不要給霍莫托夫隊押叉子呀？」

老頭兒呼哧呼哧地說：「我看不要……或者押聯合彩吧，上一次我就沒押中……那裡的婊子給我抹去了二！」

雅爾米卡拉了一下老人的圍裙：「爺爺，您說我該不該寫一封央求他的信呀？」

可是老人的臉色變得越來越陰沈了。

過了一會兒他說：「我想不如先保住茲博羅約夫卡隊吧，一、二、叉子。給霍莫托夫隊來個意外，給它打一……」

「天哪！我該不該寫那封信呀，爺爺？」

可是老管道工惡狠狠地向周圍掃了一眼，低聲對夥伴們耳語：「冶煉廠隊會贏……不過，爲這籃球賽我都兩夜沒睡著了。布拉迪斯拉伐隊讓我著急。」

雅爾米卡繞到老人面前，對著他問：「爺爺，我該不該給他寫封央求信呀？上帝啊！」

老管道工撩窗簾似地把雅爾米卡撂到一旁，跳起來說：「給布拉迪斯拉伐隊我們也得押一和二……在籃球賽中打成平局是罕見的……可是萬一呢？」管道工苦惱地說。

起重機司機替他回答道：「你就試試看吧，雅爾米卡……」

說罷，他跳上起重機，別的人也各忙各的去了。

雅爾米卡還站了一會兒，看著那位繼續打毛線的年輕婦人。後來她踏著梯階走下平臺，先只看到她半個身子了，其後只見她的腦袋，再後來就完全消失了。

7

午後，我去了洗澡房，想請那裡的管理員給我開一下櫃子。我把糖票忘在裡面了。我下到地下室，又到鍋爐房，可哪兒也找不見管理員。我爬上小梯子，俯視下面的鍋爐，心想也許他在那兒打瞌睡……下面躺著的是雅爾米卡。我輕輕地走下去，她睡著了。腦袋枕著一堆破爛兒睡著了。

離她的頭髮兩米遠，虛掩著爐門的鍋爐嗞嗞作響。我在她身旁坐下，握著她的手，摸了摸她的腦門。她臉上通紅，肚子鼓得那樣高，我不禁暗自說：也許是到日子了吧？

她醒了。

「呦，是您啊，大叔？」

「您怎麼啦？」

她摸摸腦門。

「我覺得不舒服……」

「我去找醫生來！」

「不用了，我已經去過……今天我在這兒是最後一天了。現在幾點鐘？」

「已經下班了……十二點半。」

「老婆子沒有找我吧？我跟您說，她壞著呢！不過，她也許已經不知道懷孩子是什麼樣兒了……當年她能懷上的時候，她一下子就把它挖掉了……如今怎麼著！掏空了膛沒轍了。」

「您可是在發燒啊！」

「是的……我的鞋濕透了……我說，大叔，等我在家待著的時候，您來看看我吧！」

「那還用說，我會來看您的，怎麼會不來看您呢。我還喜歡來看您呢。跟瓦謝克一起來……」

「那我就高興了……現在，您就讓我獨自待著吧。」

我離開她，順著小梯子爬上去，到了出口處走不過去了，只得回轉身，卻又看見了雅爾米卡。她蜷縮著身子，樣子很怪，好像體重超不過十五公斤。

「大叔！」

「什麼事？」

「您過來，我跟您說件事……」

我連忙跑下去，俯身問道：

「怎麼啦，是小傢伙……」

「大叔，借我二十克朗吧，回家的路上我想買點兒薄荷糖……」

「那還用說！」

我給了她一張二十克朗的鈔票，隨即匆匆順著樓梯跑上去，我得洗澡……

後來，我乾乾淨淨上樓，朝出勤記錄器走去。

雅爾米卡靠在門上站著，眼睛呆呆地一動不動凝視著天花板上的一個點。

「這是怎麼啦？」

她嘴一撅做了個怪相。

「我已經好了……還有一件好事，就是我在這兒是最後一天了，絕對最後一天了……」

「以後妳就可以散散步啦……」我想鼓起她的勇氣來。

「哪兒能啊！我忙乎著哪。我得跟姐姐一起縫小衣裳，買各種各樣的東西……那輛搖籃車想必會整得我夠嗆。您知道，大叔……」她看了我一眼。「孩子將要到來，我們得歡迎他呀。我有的是針線活兒要做，您有時間就來看看我吧……我不知道情況會怎麼樣，可是您來吧！」

自從認識雅爾米卡以來，她第一次伸出手來跟我握手。那麼平常的一隻手，掌心粗糙得像牛舌頭似的。我久久地握著它，直至雅爾米卡把手抽了回去。走到門旁我回轉身，只見她又是撅著嘴凝視著天花板。

8

八月的一天，我和瓦謝克，誠如我們許諾的，駕了一輛摩托車去看望雅爾米卡。那是中午時分，太陽照得草木發青，小村莊的紅屋頂耀得人眼花。

在村子裡我們誰也沒有見到，惟有拴牛的鐵索嘩啷作響。

小教堂附近，一個老婦人坐在草地上，她光著腳，腳趾上沾著泥巴。她的頭巾拉得低低的，遮住了眼睛，因而能看見的惟有她的下巴頦兒。

瓦謝克問她：「大媽，雅爾米卡在這村裡住哪兒？」

老婦人撩開了頭巾，但陽光那樣強烈，她又把頭巾拉到眼睛上。

「您找的是哪個雅爾米卡？我們這兒可有兩個雅爾米卡……」

「我們要看望的是在克拉德諾幹過活的雅爾米卡。」

「哦，是雅露什……！她已經沒事啦。她的孩子沒到日子就出生了，人家把這小雅羅謝克放在那麼個柳條籃子裡。如今呢？如今小傢伙長得結實著哪！只不過所有這一切給姑娘的壓力太大。她現在躺在床上像沒有了靈魂似的，什麼也幹不了啦。」

「上她家怎麼走呢，太太？」瓦謝克問。

「從這兒沿著那邊的農莊下去，拐角的地方是鞋匠馬爾萬奈克的房子。在那兒，從那個拐角可以看到一座小棚屋，就像擺渡口的那種小棚屋。雅露什卡就住在那裡……窗臺上擺著一盆天竺葵……是我送的！如果你們能做到讓她開口說話，請轉告她老花兒匠問她好，這麼一說她就知道了……」

瓦謝克踩了一下油門，我們便在熱水似的空氣中朝那個方向駛去。

到了拐角處，瓦謝克放慢了速度，再稍稍向前，下面便豁然展現一座白色小屋，那模樣的確像擺渡口的。我們於是沿著一條兩旁長滿鵝毛似的牛筋草的小徑往下麵駛去。四境一片寂靜，炎熱的空氣熱浪滾滾，彷彿有一道透明的簾子在翻動。

瓦謝克把摩托車依在籬笆上，抹了一把汗，說：「哪兒找這麼漂亮的顏色啊？」

我們回轉身。

「雅露什卡的媽媽不在家，她帶著小傢伙上中心去啦！」這是花兒匠。她站在高處，雙手攏成話筒狀大聲把這消息傳給我們。她穿著一身洗舊了的粗布衣裳，手腳烏黑，看上去猶如死神。

「午神……」瓦謝克緩緩地舒了一口氣。後來，穿過一片小菜園，那裡種著香芹菜、胡蘿蔔、洋白菜和一棵碩大無比的飼料甜菜，我們來到了小屋的前廳。

櫃子上放著一棵乾了的小松樹，肯定還是耶誕節時候的，因爲那上面的空錫紙在穿堂風的吹動下沙沙作響……瓦謝克按下了門把手。

屋裡滿是陽光，桌上臥著一隻大貓。牠一動不動，只從眼縫裡注視著我們。屋子的一角放著一張農村裡的床鋪，床鋪上方掛著一幅耶穌畫像．他撕開藍色的襯衣，指著自己那顆火熱的、圍繞著荆棘的心。

雅爾米卡躺在床上，穿著工作服躺在那兒，被子踢到腳邊，雙手枕在腦袋下面，眼睛一動不動凝視著天花板，就跟那天我見她在煉鋼廠凝視著食堂的天花板一個樣……

我低聲說：「雅爾米卡，瞧，我們來啦，我和瓦謝克．潑盧哈來啦。車間裡大家都讓我們問您好，大家老是打聽：『那個姑娘到底什麼時候來上班呀？』休息的時候也總是說：『送茶點誰也比不上雅爾米卡。』連工會也問您好……」瓦謝克從手提包裡取出一件小衣服，當他舉著給雅爾米卡看的時候，他的手在顫抖。

「我們給您帶來了這個……」他含糊不清地說，「這是全車間送給您的……以後還要送小鞋子……還有小氈靴……車間的婦女們讓我們問您尿布夠不夠。」他舔了一下嘴唇。

「還有爐門工瑪什卡，她讓我帶話，說她正在給小雅羅謝克織一件小毛衣。」

可是雅爾米卡卻一味痛苦地凝視著天花板不動，額上掛著濕乎乎的汗珠。她透過棚頂看著的是某個遙遠的地方，一個無人的世界……瓦謝克一手按在胸口說：「雅爾米卡，誰家都有煩心的事兒……我……我在家也並不是那麼……每隔半個月我就要打點行李……我那口子幫我捆箱子……樓下停著計程車，我對她說：『既然你趕我走，那我就離開這個家，我走了！』她說：『是我趕你走的嗎？』我說：『對啊，是妳趕我出去租房住……我走了！』她說：『你走就走，不過我沒有趕你出去。』我說：『這話當眞？』她那麼樣地看了我一眼，開始解我的箱子。我下樓給計程車付了錢……可是過了半個月，計程車又停在我們的窗戶下面了。這一切，雅爾米卡，全都因爲我們不能生孩子。您呢，雅爾米卡，您有了兒子啦……」

我們看著雅爾米卡，可是她已經知道了自己的……也許她已經什麼都不想知道了，這一切在她周圍消逝了，流走了……

「雅爾米卡！」

瓦謝克俯身跪在床畔。

「眞的，大家都問您好，您聽見了嗎？我們兩個都喜歡您，我們會再來看您的！我們現在走了……聽見沒有？」

瓦謝克站起來，我們注視著她，但顯而易見，話語已經沒有什麼作用了……

我們彼此遞了個眼色，輕手輕腳地從房間裡退出來。那隻始終臥在桌上的貓，這會兒站起來稍稍向前挪了挪，臥在陽光裡。炎熱的太陽直曬到了桌邊。

嬰兒的小衣服搭在床頭板上，床鋪上方的耶穌依然撕破了藍色的襯衫，指著自己那顆火紅的、被烈焰和荆棘圍著的心。

可是雅爾米卡一動不動。她什麼都聽見了，但不爲所動。也許有可能……？

我們關上了門，走出來時烈日熱得猶如熔鎳的電爐似的。

高處，那位花兒匠依然站在那兒，兩手遮在頭上。

她大聲嚷嚷：「怎麼樣啊，她說話了嗎？」

瓦謝克搖搖頭，做了個否定的手勢。

「那敢情好！」花兒匠喊道，「這丟人的事兒要她上吊！」

瓦謝克說：「有啥辦法呢。我那老婆子有時候對我也是這樣見死不救，撲滅了我的一點兒美好心願。不過，後來我還能捉住這點兒心願。也許，那兒的那個可憐的姑娘也能捉住它……」

他指指那座無辜的小房子，它看上去像個擺渡口，窗臺上放著紅色的天竺葵，花叢中出現了雅爾米卡一張揉皺了的小臉蛋。

「向車間裡所有的人問好！」她喊了一聲，隨後又消失了。

（楊樂雲譯）

葬禮

1

「清晨，我可做了個美夢。夢見我跪在樹林裡一架脫粒機旁邊，聖約瑟夫從天上飛來，在我頭頂上方劃了一個大十字。早上我馬上明白了，我要買冰球和自行車比賽的彩票。因爲聖約瑟夫是三月十九日……」雅爾達說著，扣上大衣。當他打算將買彩票正好與夢相符以及夢的意義告訴貝比克時，室外響起了沉重的聲音，接著又是叮噹聲和罵聲，使他到嘴邊的話止住了。兩人都掉進了公共廁所的小便池。當他們站起來時，雅爾達注意到，一個乳白色的碎片，正向他飛來，上面有個8字。

「啊……山區服務隊，8號！」雅爾達興高采烈地喊道。「可我穿的什麼樣的大衣啊！」貝比克看著自己的袖子說。「這是蒼天發下的旨意，」雅爾達興奮地說，一直望著眼前的碎片，「我告訴你，除了這個數字，別的數字，一錢不值！這可是事關命運的事。要知道，大清早，是冰球和自行車，現在又加上山區服務隊！」

「我要送衣服去洗衣房……」貝比克冷冰冰地回答。

他們從公共廁所出來，看到一輛卡車在棕櫚樹旁，正好撞上高高的玻璃鐘，這是一部四面都看得見的鐘。這一撞，把所有的時針都撞到了地上，鐘的鐵架也倒在廁所旁邊。

這樣，兩個朋友就只能走在數字中了。

「你們知道，你們交好運了吧？」一名員警說，從記事本上揭開一頁，「你們沒有事吧？」

「沒有事。」

「你們看到了？」

「沒有……我們只聽見了那兒的響聲，」雅爾達指著廁所說。

「那好，你們可以走了，」員警說，向卡車司機走去。司機那顫抖的手，正在清理證件。

「山區服務隊！還有一個星期，我們就要發財了！」雅爾達說著，吻了一下玻璃片，把它扔進地上的碎片當中。貝比克看看錶說：「這眞棒，可我們別耽誤了葬禮啊！」他們登上布拉粲克橋。風刮得很猛，兩人幾乎貓著腰朝前走。

雅爾達說：「這樣的體育彩票，使你的一隻手似乎產生了魔力，好像蘑菇也能幫你中彩。我記下了公佈的全部號碼。你知道嗎，摩托快艇和划船的號碼還沒有公佈。可猶太人那幸運的號碼只會出現一次，但那個不吉利的13號已經出現了九次。我們要出席你叔父阿多爾夫的葬禮。

他說過：『鼴鼠只在單數的鐘點打洞。單數是幸運的數字，』我們就押上了……可那部機子出的全是雙數……」他不往下說了，歎了一口氣。

「是這樣。人對數字要有一種個人的關係，同那些數字交上好朋友，找到一種近乎愛的關係，那就行了。好比說，那樣一種斯巴達克車，對我來講，只是一輛普通的玩意兒，但假如它險些從我身上壓過去，那它的車牌就有用了。是這樣嗎？」

「雅爾達，注意！」貝比克叫起來，往前跳了一步。他看見朝下開的卡車上，滾下來一個沉重的桶，正好落在往上開的斯巴達克的車輪下面，離兩人站的地方才幾米遠。一股黃色的煙柱騰空而起，接著是一陣輪胎的吱吱聲。

貝比克站在路旁，無可奈何地看著自己的葬禮服，變得像濃濃的煙霧一樣黃。雅爾達也正好從煙霧中走出來。

「你的臉像一個畫得亂七八糟的小丑，看你怎麼乘車！」貝比克對著煙霧嚷道，又瞧了瞧自己的衣服。

「別糟蹋自己了，」雅爾達堵住他的嘴，「這都是上天的信號！」說著，他指了指狂風掀起的黃色塵土煙柱，它同黑色的雪混在一起了。巴爾幹山下，漸漸變成一片黃色，模糊起來了。

「這個月我們就會發財了，」他咳嗽著說。接著，繞過從煙霧中現出來的斯巴達克車，蹲到一尺來深的黃塵中，擦車牌。可是大風馬上又把它變黃了。他集中注意一排排的數字，快速擦拭著。

「簡直像跳水！」

他繼續觀看……

「車技表演！」

他又快速地擦起來。

「這是藝術體操！」他又一次喊道。

大風掀起的塵土蒙住了車牌。車身猛地一響，又是一股黃色的苯胺塵土。斯巴達克車的司機的手仍舊握著方向盤，閉上兩眼，一直想著，這一切不過是一場夢。等他睜開兩眼的時候，就不會像他所聽到、看到和感覺到的那樣了……他終於睜開了眼睛。塔塔拉一一一號小車在山上響著，一直開到他的車旁，給斯巴達克車又噴上一層塵土。

「藝術體操！」雅爾達興奮地叫著。

「優美的體操！」斯巴達克車主鼓起勇氣，從車裡出來，「上帝呀，這車我可是頭一回開啊！」當他看到自己兩條腿全是黃塵土時，驚訝地拍了一下手。

「各位，我眞害怕往那兒看。那車輪下面是什麼東西呀？」他擔心地問，額頭上的皺紋一直延伸到耳邊。

「兩公擔一桶的苯胺，」貝比克說。

「我幹嗎要跑這趟車！」車主用黃色的手拍打前額，「這下我老婆該找麻煩了！我眞不敢看那兒……是不是壞得很厲害呀？」

「我的衣服又怎麼樣了？我們是去參加葬禮的呀！我的大叔去世了……」貝比克歎息說，但他還是看了看車的前部，然後說：「您要費的勁還不大，只是左輪脫了一點……擋泥板有點捲了，冷卻器內部給壓壞了……」

「我老婆會說什麼呢？」車主捂著自己的臉說。

「這您清楚，她不會講您的好話……但最糟糕的是……我該不該對您說呢？」貝比克問，將手錶擦了一下，看看時間。

「您說吧，我已做好一切準備了！」

「這麼說，您是胸有成竹。」

「我的上帝！」車主喊道，「明天可有好戲看！」他絕望地穿上沾滿黃土的衣服，鑽進斯巴達克車，從後車窗旁邊拿起雞毛撣子，死勁地撣車。他是第一次開這輛車啊。

一個男孩坐著雪橇，從幾乎光禿的小坡上滑過來。他抓了一把苯胺粉末，拉住車主的袖子問道：「先生，請問這是什麼東西？」

「去，去，去，」車主吼叫道，「滾開，要不就把你趕走！我神經受不了！」他嚷著，向空中揮動彩色雞毛撣子。

「我給您從橋上叫員警來，」雅爾達說著走開了。他自言自語重複說：「簡直像跳水表演……像車技表演……藝術體操……」

2

奧爾尙公墓，風刮得那麼凶，連光禿禿的枝椏，也像旗杆一樣搖動。墓地教堂旁邊，手凍得僵了的號手，活動著指頭，鼓起腮幫吹著。但人們幾乎聽不見，大風將他的號聲吹散了。貝比克讀了刻有叔父名字的牌子，大聲說：「人們都到哪兒去了？」

號手眯著兩眼，繼續吹著，用銅號指了指，他們到那邊去了。

「那邊……」貝比克指了指方向。號手點點頭，是那邊，同時接著吹號。從袖口露出的指頭尖按著號鍵。「那些樂手吹的時候，好像樂譜是用鉛筆輕輕地寫出的，不大清楚，」雅爾達靈感來了，「但也可能，經大風一吹，在日什科夫區，音符碰在牆上，變了調。人們奇怪地問：『什麼地方吹來的哀樂……』他們大概在那邊吧！」

「你說什麼？」貝比克用手掌擋住黃色的耳朵。

「大概在那個地方！」雅爾達大聲說，馬上朝墓地跑去。可是葬禮儀式已經結束了。神甫拿起一塊石板，往棺材上灑聖水。風刮得那麼大，出席葬禮的客人用雙手扶著禮帽。大風將灑的聖水吹到別的墓上了。一位穿紫色袍子的小個子助祭，死勁握住被大風吹動的十字架，幾根飄帶，來回打在他的臉上。

「是哪一排呀？」雅爾達大聲問。

「羅馬字九號！❶」

「多少？」

貝比克爲了壓住風聲，拼命喊道：「羅馬字九號！」可是這時，暴風停止了。出席葬禮的人全都轉身離去，看到了一位渾身黃色的遲到的來賓，他正在高興地喊道：「快艇比賽！」

（萬世榮譯）

❶墳墓按排編號。

頭戴山茶花的夫人

郊區有座出租的樓房，從它的院落和涼臺可直接進入寓所。每個寓所門前，有個像木盒一樣的小前廳。房客進進出出，如同穿過櫃子一般。那些前廳，也眞像些櫃子。螺旋般的樓梯通向涼臺。人們每過一些時候，就在樓梯上抹石灰，使得昏暗的地方稍有一點光亮。從樓梯的小玻璃窗可看到一座耶穌像。他頭戴的不是荆冠，而是人造玫瑰花環，是一位房客從旋轉木馬上射下來的。一位公寓女管理員，跪在耶穌像下面。她身旁有只水桶，她用力擦洗樓梯。

「晚上好，媽媽，」女裝飾師羅塞特卡問候說。

「晚上好，」母親說，繼續用抹布擦髒物。

「媽媽，我給您說過多次，要您在膝蓋下墊個厚厚的墊子，要不，就在下面放個布袋！」

「是啊，」母親說，手還放在桶裡。

「您看，您看，將來得關節炎，會整夜叫苦連天的，」羅塞特卡說，很反感地用皮鞋尖將濕抹布踢開，站到高於母親的樓梯上，手裡拿著金線繫著的白盒子，像鐘擺一樣晃動。

「啊，你就是我的一切，」母親歎息說，用蘸水的刷子擦髒物，「妳帶錢回來了嗎？」

「要等到下個月，」女兒說。

「這麼說，我要養活妳一輩子嗎？」母親叫起苦來，好像這樣能吐出她的不幸似的。

「好吧，母親，要是您不樂意，我就收拾自己的東西，離開這個家。難道我活在世上，就是爲了看別人汪汪的淚水嗎？」羅塞特卡說。

「妳那盒子裡裝的什麼呀？」母親問。

「這你可很清楚，」羅塞特卡說，將指頭舉起，金線繫著的小盒叮噹地響，姑娘低下了頭，粗聲粗氣地說：「我又該到外地去了！」

她於是走上涼臺。

有兩個老婦人靠在欄杆上。

「我呀，」一位老婦說，「要是我處在辛普森夫人的地位，就會對溫莎公爵說，作爲你的情婦，可以，但絕不做妻子，因爲那樣大英帝國就會遭到不幸。」

「晚安，」羅塞特卡說。

「好，好，」第二位老婦親切地說，「可能要下雨了，溝裡已在冒臭味。」

羅塞特卡走進小前廳，再進入廚房。她將紙盒放在鋪好的床上，然後去到陰暗的房間。從房間朝街上望去，可看到亮著燈的小酒館。

「妳在這兒？」她問。

「是的，羅塞特卡，我的公貓不在走廊上嗎？」

「我沒見著。晚安，爸爸，」她說，胳膊依在她父親坐著的沙發上。父親望著酒店。那裡的檯球桌旁，玩球的人正手持球杆在走動，窗口不時現出他們的頭和腿。

「那個拉佳打得很一般吧？」父親奇怪地問。羅塞特卡解開胸罩。

「我說什麼來著，」父親滿意地說，「還有，卡米爾現在可要咬住美國女人了！」

「是嗎？」羅塞特卡說，脫去長褲，但一隻腳被鞋絆住了，她只好跳著走，一直跳到身子倒在沙發上。

父親咳嗽了，開始嘔吐。

羅塞特卡將桶放在他旁邊，然後打開櫃子，取出白色晚禮服，披在身上，撫摸冰涼的緞子面，看看穿著多麼合身。

「我要放棄這該咒詛的生活了，」父親說。

接著，他蜷伏成一團，傾聽那檯球柔和的響聲。

「要是我那公貓在這兒就好了，」他憂傷地說。

「它會回來的。可能在什麼地方發情叫春，或者發生了什麼事，」女兒說著，扣好她那乾乾淨淨的胸罩。然後，她走進廚房。

母親站在鏡子前，手拿一枝美麗的山茶花。鋪好了的床上，放著金色條帶和打開的白盒。

「媽媽，快放下那袋子，」又小聲說，「他的情況又不大好。」

母親輕輕地將山茶花放在床上，解開她繫著的代替圍裙的袋子，指著花兒大聲說：「每回去參加大舞會，我都戴這樣的山茶花！」接著她小聲說：「他想吃小牛肉餡餅，可能已經不會再吃了……」

「媽媽，您幫幫我吧！」羅塞特卡說，接著又補充道，「他不斷地打聽那隻公貓。」

母親從櫃子裡取出銀白色的玻璃後跟皮鞋，望著俯在洗臉盆上的女兒，大聲說：「我要是穿上它，肯定會打腳的！」又小聲說，「那個壞種被埋掉了。大夫說過，公貓一定得弄走。」羅塞特卡用毛巾角擦耳朵。母親從房間裡拿出綢衣，舉到面前，照照鏡子，看看對她是不是合適。

「媽媽，洗洗手吧，您會把衣服弄髒的！」羅塞特卡說，又小聲地問，「妳把貓弄到哪兒去了？」

「羅塞特卡，人人都會羡慕妳的，」母親大聲說，接著又壓低聲音：「我將那壞東西扔到魔鬼崖去了。」

「媽媽，現在您幫我把那晚禮服從腦袋上拉過去，」羅塞特卡說，「明天我去找它，這是您幹的好事。」

「哈哈，這衣服挺合身，」母親大聲說，接著，壓低聲音講道：「昨天，妳爸爸有生以來第一次哭了，沒有一個朋友來找他，沒有人告訴他任何事，沒有人向他問好……」

羅塞特卡翹動她那淘氣的嘴唇，將山茶花別在衣服上。

母親擦了眼淚，歎了一口氣。

她然後打開房門，扭開電燈，指著走回來的女兒。

「爸爸快看呀，戴山茶花的夫人！」

一個瘦削的面孔，從沙發椅中伸出來。

「小寶貝，妳穿著很好看，很好看，」父親說著，將小鏡子舉到面前，對著看，然後指指窗子之間的照片，一個健壯男子的照片，身穿敞開的襯衣，站在檯球桌旁，給球杆上白粉。他指著那照片說：「那樣的開始，這樣的結束，」說著，他又對著鏡子看自己，用手摸摸嘴邊的皺紋。

「爸爸，」羅塞特卡說，像模特兒似地扭動身子，顯示她的種種身姿。

「很合身，小寶貝，」父親輕聲地說，「去好好地玩吧，像我從前那樣去樂吧。我勸妳，總要希望比我幹的要好得多。我……我如今已經懂了，爲什麼朋友們不願意離開檯球……有的也不去了，我自己也去不成了。」父親笑著說，又對著小圓鏡看看，說：「要是我那隻公貓同我在一起就好了。我的公貓啊，在它的眼裡，我總是那麼年輕漂亮，親切可愛。妳知道嗎？」

窗子下面，響起了汽車的喇叭聲。

「計程車來了，」羅塞特卡高聲說，「爸爸，晚安！」向空中送了個飛吻。

「去吧，孩子，去玩吧，玩吧，像我從前正當年的時候一樣地玩吧！」父親低聲說，靠著窗沿，看那玩檯球的人擠到酒館窗口，觀看誰來了，誰又走了。

母親在廚房裡，將人造銀鼠皮大衣披到羅塞特卡肩上。

「媽媽，快給我五十克朗。」羅塞特卡說。

母親打開破舊的碗櫃，歎氣說：「唉，妳是我的上帝。」

接著，一個穿綢衣的跑上涼臺過道。

母親一隻手扶在欄杆上，另一隻手按著疼痛的胯骨關節，看到螺形梯上，一個穿人造銀鼠皮外衣和玻璃高跟皮鞋的，橐橐地跑出院子，跑向更好的世界。

羅塞特卡跑到院子裡，站在水溝上，向母親揮動纖細的手，真誠地對她微笑。母親擺擺頭，閉上了眼睛。

老婦人中有一位惡狠狠地說：「要下雨了，已經感覺到溝裡在冒味兒了。」

（萬世榮譯）

速食店世界

速食店的落地玻璃窗上，黃昏的雨水閃著銀光彎彎曲曲地流淌。廣場上走著幾個行人，身子向前傾著，手扶著帽子或撐著雨傘。

速食店裡，二樓大廳傳來歡快的樂曲聲、說話聲和不時譁然爆發的哄堂大笑聲。

售酒大娘打完啤酒之後便上洗手間去了。

她推開洗手間的門，只見離地一米高的地方垂著一雙帶孔眼的鞋子，往上是紅黃兩色方格裙罩著的兩條腿，再往上是外套和衣袖中耷拉出來的手，姑娘的腦袋歪倒在胸前……她是用一根軍衣腰帶掛在通風窗的把手上吊死的。

「哎喲，」售酒大娘說了聲，隨後找來梯子，讓一名女售貨員托起上吊的姑娘，自己則用一把切香腸的長刀割斷了帶子。她把死人搭在肩上扛到啤酒櫃檯後面的燒酒部，放在一張備用臺上，鬆開了她脖子上的帶子。

她抬起眼睛來。

速食店落地玻璃窗的外面，一名男子站在雨中呆呆地凝視著那張備用台。

售酒大娘拉上了印花布窗簾。

後來，一輛救護車開來了。

一個年輕醫生衝進速食店，兩名工作人員支起了擔架。醫生把耳朵湊到少女的胸口聽了聽，拉起她的手腕把花布衣袖撩開一點兒，然後打了個手勢，示意工作人員不用忙了。

「我們在這裡已經沒有意義了，」他說。

「那我們怎麼辦呢？」售酒大娘問道。

「病理科會來人的，」他說。

「那就快點兒來吧，我們這裡是賣食品和飲料的地方。」

「那就暫時關門停業吧，」醫生說罷冒雨跑了出去，救護車呼嘯著開走了。

速食店裡，二樓大廳傳來歡快的樂曲聲、說話聲和不時譁然爆發的哄堂大笑聲。落地玻璃窗外站著幾個看熱鬧的人，他們貼在玻璃窗上的手掌顯得蒼白而且異樣地大。手的上方閃爍著一雙雙好奇的目光。

過了一會兒，一個高個子青年來到門前。他渾身濕透，兩隻袖子上滿是白灰，彷彿曾在兩面牆上撞來撞去過。他手扶在門把上卻又想離去。

售酒大娘打開了店門。

「進來吧，夥計，進來跟我聊個天，」她說。青年進來後，她兩手一拍，說：「您這是讓電車撞了還是從山崖上滾下來了？」

「比這更糟，」他說，「前天我的未婚妻跑掉了。」

說著他用一雙髒手抹抹眼睛。

「您訂婚了嗎？我可從來沒見您跟女人在一起呀，」她驚訝地說，伸手從洗滌盆裡取出幾隻空酒杯，斟了啤酒把杯子放進身後的傳送帶，拉上小窗戶按了一下電鈕。她取出一杯放在濕漉漉的鍍錫鐵皮櫃檯上只一推，半升啤酒便滑過去，滑到了青年的手裡。

他喝著啤酒，靴子在銅架上蹭來蹭去，他凝視著靴上滴落的水珠。

「她跑掉了，」他說，「晚飯我們吃的是敲碎的乾麵包，姑娘一想起自己出生在男爵家庭便大聲嚷嚷起來：『卡爾里克，我恨不得把你媽塞在手榴彈裡！』我安慰她說：『姑娘，咱倆快要結婚啦，你別這麼跟我說話！』可是她拿起一把厚背的折疊刀往門上猛扎。刀子合攏來，姑娘割破了手。我連忙把窗戶關上，生怕她從窗戶裡跳出去。這姑娘老想著要尋死，那勁頭就跟清潔工尋找香煙頭一樣。」

「你們晚飯就吃敲碎的幹麵包？」

「嗯，是的。不過，她希望我跟她一塊兒死，」他接著說道，「她對我說：『你瞧，卡爾里克，咱們把窗戶打開，咱倆手拉著手跳下去吧。』我們都洗過澡啦，穿上了最漂亮的衣服，我打量深深的樓底下，看院子裡有沒有孩子，免得跳在他們身上，我看到二樓拉著一根愚蠢的天線，從我住的四樓跳下去，這根電線毫無疑問會削掉我們的耳朵或鼻子，我們的樣子會很醜，」他說，啤酒從他的嘴巴上流下來猶如幾縷稀疏的鬍子。

「那時候你們的模樣如何畢竟已無所謂了，」售酒大娘說著兩手一合，神態之優美，猶如農業部的一尊塑像。

速食店裡，二樓大廳傳來歡快的樂曲聲、說話聲和不時譁然爆發的哄堂大笑聲。

「我是唯美主義者，這就說明了一切，」他說，「我那姑娘也許不在乎。有一次，她用一根軍衣腰帶上吊，我好不容易把她救活了。她對我大吼：『你這白癡，幹嗎把我給拽回來，我已經上路了！』我們的鄰居敲敲門，喊道：『卡爾里切克先生，你們這是幹什麼呀？這兒有孩子哪！』我的未婚妻嚷道：『我恨不得殺了你們的崽子，放把火燒了這破房子！』爲了讓她平靜下來，我抓住她的一隻手和一隻腳打算掄圈兒，可是一失手，姑娘的腦袋撞開了上面的小窗，人就竄了出去，撞倒了走廊裡趴在鑰匙孔上窺視的女鄰居。我那姑娘說：『太太，我和卡爾里克在家裡可以想怎麼樣就怎麼樣，對吧，卡爾里克！』年輕人說著微笑了，發炎的眼圈兒紅得跟電報紙似的。

「太不像話了，」售酒大娘說，「您瞧瞧！那些傢伙居然搬了小板凳來啦！」她斟了一杯啤酒走出售酒櫃檯朝落地玻璃窗走去。玻璃窗外，在傾盆大雨中站著幾十個看熱鬧的人，交頭接耳地說著，有幾個已坐在小板凳上，手掌貼在玻璃上彷彿取暖似的。他們的樣子顯得很醜陋。

售酒大娘喝了幾口酒，俯下身子，落地玻璃窗猶如架在她眼前的眼鏡片，過了一會兒她退後幾步，把杯裡的剩酒潑在玻璃上。啤酒泡沫順著玻璃上的人像往下流淌。

「布拉格人，」婦人說，聳了聳肩膀。

她回到啤酒桶旁，斟了一杯放在濕漉漉的鍍錫鐵皮櫃檯上一推，半升啤酒順順溜溜地滑到了青年的手裡。

「夥計，」她說，「什麼事都讓我趕上了。去年，我沿著鐵路線散步，鐵路線的另一邊走著一個姑娘，火車開來時她撲到了火車頭底下，於是小路上她的腦袋便直衝著我滾了過來。兩個眼睛還眨巴著哩！」

可是青年卻沉浸在自己的思路裡自管說著，猶如一架攜帶型的縫紉機。

「我反正怎麼著也不會放棄那姑娘的，」他說，「哪怕一場空，就她那份冷漠也會讓捷克藝術揚名於世的。我若是娶一個正常的妻子，那又能怎麼樣呢？我們可能相愛，但純藝術存在於煙裡霧裡。」

他拿起酒杯，啤酒流到了他的襯衫上。

速食店裡，二樓大廳傳來歡快的樂曲聲、說話聲和不時譁然爆發的哄堂大笑聲。傳送帶在運行著，把一個個托盤從餐廳運出來，托盤上放著喝盡的、殘留著泡沫的空酒杯。

「我那姑娘也總是訓斥我，說我神經病。可是，我若神經不正常，我還怎麼可能在工廠幹活，用我這雙手繪製噴氣機主體、後坐制動器的剖面圖，其準確度爲一毫米的百分之一絲呢……」

「不行，不行，該收場了吧，」售酒大娘氣憤地說。

有幾個看熱鬧的人坐在了濕淋淋的菩提樹伸展的枝杈上，像在電車裡似地還一手拉著樹頂上的枝子。從這個方位他們正好鳥瞰速食店，看到稍稍撩開的花布窗簾和備用臺上躺著的那個吊死的姑娘。

「什麼倒楣事總是讓我給趕上了，」售酒大娘發牢騷說，「烏黑的夜裡我穿過克爾查克時迷了路，我伸出兩手像大時鐘❶裡的哈奴什似地在灌木叢中摸索……我觸到了一隻冰冷的手。我擦根火柴一照……正對著個吐出舌頭的吊死男人哪。哎，外面雨下得好大！……」說著她的目光越過看熱鬧人的頭頂投向鈉光路燈，一陣風吹開了燈光後面洋槐樹的枝葉，顯示出宮堡街明亮的大時鐘。

速食店裡，二樓大廳傳來歡快的樂曲聲、說話聲和不時譁然爆發的哄堂大笑聲。

❶指布拉格古城廣場的大時鐘。每到報時，鐘上的小窗户便自動打開，有聖徒模樣的木偶出來表演。

鑲著玻璃的店門前出現了一個穿工作服、渾身淋濕的年輕人，他指指一只裝著許多容器的箱子。

售酒大娘開了門，給他在容器裡一一斟滿啤酒。她驚異地說：

「瞧你，多漂亮的小夥子，怎麼穿了這麼一身？」

「我們廠裡就時興這個，」裝配工說，「那些小夥子下了班一個個衣冠楚楚，漂亮著哪，可上班的時候就都穿成這樣，聖母瑪麗亞！有一陣子時興穿打補丁的工作服，車間裡就滿眼都是小丑的補丁，活像衣衫襤褸的流浪漢開舞會。後來時興用金屬絲修補工作服，整個廠子就只聽得窸窸窣窣一片響。今天呢，時興破靴子，」小夥子說著讓大家看他那只沒有鞋跟的靴子，鞋帶是一根銅絲，「褲子嘛，得有一條褲腿讓齒輪碾過或者磨爛了的，」他邊說邊往後退了幾步以顯示他的褲子。

「趕時髦的小夥子，」售酒婦人讚賞說，一面把裝滿啤酒的容器放進箱子。

「那些姑娘們，初進廠時個個像電影明星，可現在呢，班上幹活穿雨靴，那模樣兒甭提多難看了，」小夥子說，淺棕色的濕髮披垂著，銅屑似的閃閃發亮，「我說，大娘，那些人冒雨等什麼呢？」

「樓上有人辦喜事，」大娘說著目光投向天花板。

後來，她內行地看著漂亮的裝配工一個勁兒地想用拇指扣緊一根繩套卻屢屢失誤。小夥子走的時候，她問：「怎麼樣？對廠子還是很喜歡？」

「還是喜歡，」小夥子說，「沒有廠子就像沒有了我的姑娘一樣，我沒法活。要知道他們佈置了我的頭一個畫展，」他動情地說，「他們佈置了！不過，事先我不得不跟負責幹部吵了一架，後來他建議我把我的那些畫晚上掛在大廳裡。於是我闖了進去，把我那幅主題為《工廠的觸覺感受》的畫貼在告示牌的牆上。第二天早上文化幹事看見了大吃一驚，我們兩個爭吵起來，我撕破了他的上衣……不過開幕式舉行了。工人們喜歡這幅作品。文藝節目中還有盲童表演的歌唱，他們的上方掛著長幅的大標語：像愛護眼睛一樣愛護我們的團結。——如今廠裡寬鬆了，我的第一個展覽因而是在國內舉辦的，在工廠裡……」

歡樂的、不時爆發出哄笑的人群從二樓下來了。走在最前面的是頭上披著白婚紗的新娘，她很年輕，亮閃閃的眼睛帶著醉意，她扭轉身，引領著新郎下樓。男儐相和女儐相們則扶著欄杆胡亂地抓住新娘禮服後面的長衣裙。新娘唱著歌，一邊唱一邊用手裡的花束打拍子，她順著傾斜的臺階跑進玻璃通道，朝那些看熱鬧的人喊了幾句，然後就衝進了銀色的雨幕，她伸開雙臂，仰起了腦袋，頭髮和小帽兒在滂沱大雨中耷拉著，雨水勾勒出她美麗的體型。新郎和參加婚禮的人歡叫著追了上去。

然後，他們在街對面的人行道上排成一行前進，新娘轉著圈兒，邊唱邊用婚禮的花束打著進行曲的拍子。「好快活的婚禮，就應該這樣，」售酒大娘說著從一摞裝著啤酒瓶的小木箱上爬下來，「可是，您的未婚妻昨天跑掉了？」

「不，是前天，」年輕人說，抹了一下紅腫的眼睛，「我到現在也找不著她。那姑娘讀了不少紅色叢書和名人傳記。她要我住房有兩間起居室，高朋滿座，要我把我的純藝術當做一種癖好晚上搞搞。因此她老是要麼用未來，要麼用過去威脅我，說什麼某個情人曾經對她如何如何，或者只是打算對她如何如何，再不然就說她要離開我逃回家去，說她家可以追溯到七百年的歷史，說有個祖先曾是教皇的侍從。

「但是，這有什麼用呢，我半月一發的工資或補貼跟她兩天就花光了。之後，晚飯我們就吃榔頭敲碎的乾麵包，或者我那姑娘找些舊瓶子去賣掉，或者把她的什麼衣服剪碎了當破爛兒賣給收舊貨的。當然，這也不無小補，要不然我們的生活就陷入絕境了。」

玻璃門前來了兩名員警。

「眞夠嗆，你們總算來了，」售酒大娘說，員警在地上跺了幾下，抖落高筒靴上的雨水，「這些瘋瘋癲癲的傢伙把我這裡當成蠟像陳列館了，」她指指看熱鬧的人，他們靜下來了，默不作聲，一雙雙眼睛閃著有所期待的光芒。「我眞不明白這些人是爲了什麼？」她說，「看處決哪！」

當她抬頭看了一眼那位比較年輕的員警時，她不禁吃了一驚：「您這是受傷了嗎？」年輕員警從口袋裡掏出一面小鏡子，仔細審視一隻眼睛下面烏青的一塊，說：「讓蹄子給踢的。」

較年長的員警插口道：「我說什麼來著？別跟醉醺醺的婚宴上的人講道理。一句來一句去的，結果我們的小夥子讓新郎美美地畫了個單片兒眼鏡。」

「可是我給他厲害看啦！鎖上了，鎖上了，」年輕員警說著拿出鑰匙給人看，一邊再次用根手指捋著眉毛。

「行了，那姑娘在哪兒呢？」年長的員警問。

「在這兒，」售酒大娘說，撩開了花布幔帳。速食店落地玻璃窗上佈滿了白手掌，後排的人手撐在前排人的手背上，有幾個看熱鬧的人頂著暴雨爬在電線杆的支架上，一個老頭兒站在菩提樹的樹頂中活像一隻狒狒，狂風抽打著暴雨的幕布和帷幔……

年輕員警掏出筆記本，理了理複寫紙。售酒大娘走到落地玻璃窗前，朝一個看熱鬧人的臉上輕輕地吐了口唾沫，那人卻眼睛也沒眨一下，唾沫順著玻璃流淌猶如乳白色的眼淚。

「莫非我用鐵鏈子打死我爸爸啦？」售酒大娘喊道，她用指關節敲敲另一個看熱鬧人的腦門，怒衝衝地走開了。她解下圍裙，蓋上啤酒桶的嘴子，然後鬆開滿頭濃密的、盤成白蟻窩似的頭髮，抽出髮插塞在嘴裡，重新像做五公斤重的甜麵包似地把頭髮捲成彎彎曲曲的一條盤在頭上，用髮插牢牢地卡住之後走進售烈性酒的櫃台，坐下了。

「您來了很好，」年長的員警說，「您把她的襯衫給解開吧。這姑娘沒有證件，現金嘛……三十個哈萊什……」這時，只見新娘擠到了鑲著玻璃的店門前溫順地曲著手指敲了幾下。青年給她開了門。

新娘進來了，她脫下銀色的小皮鞋倒掉鞋裡的雨水。她的婚禮小帽兒和眼圈兒上描的顏色都花了。

「怎麼樣？」她說，「你們放他呢，還是不放？」

「不放，」年輕的員警說。

「爲什麼不放？」

「因爲我執行公務的時候他打傷了我。」

「可那算不了什麼傷，」新娘說著俯身湊在啤酒龍頭上喝那一直在往洗滌盆裡流的啤酒。

「我的一隻眼睛都青得像複寫紙了，」年輕員警照著小鏡子說。

「您本來就不應該干涉我們，是您開的頭。現在您就必須來收場。您什麼時候放他？」

「要到明天！」

「那我就坐在這兒等您，您得跟我回去睡覺，新婚之夜我不能獨守空房。」

「您不對我的口味，」年輕員警說著站了起來。

「哎，天哪，這兒不是還有別人嘛，」新娘叫喊說，她跳華爾滋舞似地旋了個圈兒，問那青年道：「您怎麼樣，喜歡我嗎？」

「喜歡，」青年說，「您跟我那跑掉了的姑娘一模一樣。她頭一次跑進我的地下室時，帶著個小箱子，小女孩玩遊戲時拿著的那種小箱子，腳丫也幾乎是光著的，只套了雙有孔眼的鞋子呱噠呱噠地跑著，頭髮也是剪得短短的，活像科斯托姆拉代勞教所的女孩子。還有！您的藍眼睛，也是碎玉髓兒似的異彩紛呈。我喜歡您，您對我的口味兒。」

「我也喜歡您，」新娘說著擰開水龍頭，往一隻銀色便鞋裡灌滿水，然後像舉酒杯似地舉著它一飲而盡。

「反對口味兒，沒門兒，」她說，吧嗒了一下嘴巴。

年輕員警坐下來，年長的那位撩開簾子，開始口述：「不知名的死者身高約一米六零，身穿紅黃兩色方格子女裝。腳穿黑色帶孔眼的便鞋。粉紅色的襯衣以花邊爲衣領，領角綴著小花朵……」

年輕員警站起身，走去關上了店門，青年和新娘剛從那裡出去邁進了黃昏暴雨的珠簾中。年輕員警回到座位上，繼續記錄年長員警的口述……過了一會兒，病理科的車子來到了。

「我那姑娘第一次跑來看我的時候，」青年說。

「我聽不見！」新娘大聲喊道，風把她的話語刮走了。

「我那姑娘，」青年湊到她耳邊叫喊，「第一次跑來看我的時候，我剛巧給我的一個夥伴做了個死後面具。她見了就要我給她也做一個這樣的面具，說這樣一來她就開始新的生命了。我把她平放在桌子上，給她塗了凡士林，用報紙做了個小圓錐體塞在她的鼻孔裡，然後用液體石膏澆在她臉上……脖子那兒放了塊毛巾就像被殺害了的那樣……我呢，握著她的手，像地震記錄儀一樣感覺著她的心跳……」

「美極了！」新娘喊道，一陣風刮走了她的帽子，轉瞬間帽子便消失在烏黑的天空。

後來，青年站住了，他注視著路燈下街頭小花園裡的一棵小白楊樹，狂風刮得它彎得那樣厲害，樹枝子都掃到地上的泥潭了。

「過去扶住那棵小樹，」青年一邊喊一邊把自己的領帶撕下一半，用它牢牢地綁住了樹幹。

「這些樹跟您有什麼關係？」她嚷道。

「好好地扶著！」

「我說這些樹跟您有什麼關係？」

「不然就會刮斷了。」

「斷就斷吧！干您什麼事啊？」

「這些公共樹木是屬於我的，正像我自己認爲我做的一切都爲公共所有。小姐！我已經是公共所有，正像公共的小便池，公共的公園。」

他叫喊著，拽下新娘身上濕淋淋的泥汙的拖地長裙的後襟，以指揮樂隊的有力動作，把絲織品撕成條條，然後編成繩子。

「石膏乾了以後，」他喊叫著說，「我卻無法把它取下來了，除非用鏨子。後來我不得不把她的頭髮剪到了頭頂心，這才使我們倆得以接近了。她對我說，有了這死後面具她的新生命就開始了。她向我作懺悔作了三天，聽著她的懺悔我直往牆上撞腦袋。我還不得不弄了一大桶焦油塗在地下室的牆上以隔音……就這樣，我充當了懺悔神父，我把刷子蘸上柏油，根據她的懺悔給我的印象，在白牆上胡亂地畫著，她向我敍述說，小天使怎樣挽著她的胳膊把她領到廁所去嘔吐，有一個天使怎樣離開了她，她通夜躺在斯特洛莫夫卡公園，痛苦得吞食泥土……如此等等，她通宵向我作著懺悔，直到天明，我則在地下室的白牆上胡亂地畫著，畫了整整一桶黑焦油。您還有一塊衣裳嗎？繩子用完了！」

「您撕吧，」她說，把肩膀湊過去。

他抓住她的肩膀猛一使勁，於是跟折斷一根樹枝，或者像電車售票員拽小皮帶似地，一下子就把她身上殘餘的那點兒結婚禮服統統扯下來了。

一道閃電掠過，只見半裸的新娘站在街心小花園裡。

「看啊，」她說，「給我也做一個死後面具吧！」

（楊樂雲譯）

電離子滲入療法

鋅板薄片和纏得緊緊的繃帶，將菲力克斯先生的腦袋，壓到了地板上。他的頭上還纏著綠紅藍色的金屬絲，活像一幅立體旅遊地圖。

電流通過他身上時，他感到頭部和嘴唇上有一種閃電和燒焦了的骨頭味道。

「護士小姐，」菲力克斯先生喊道。

「又有什麼事？」白帷幕後面一個女聲音問。

「護士，是不是可以不用電離子滲入療法，給我開點啤酒店供應的牛腿肉？」

黃銅色的金屬環叮噹地響著。

「您知道，中世紀怎樣治療神經性疾病嗎？用槌子敲打腦袋！這對您正適合！您是幹什麼工作的？」小護士問。

「代理商❶，但我現在在克拉德諾鋼廠。」

「該不是一個搞挑釁活動的間諜吧？」小護士笑著說，將棉花浸入石灰水中。

「不是！」菲力克斯先生說，「是熱水供應單位的代理商，焰火產品的業務代表，焰火爆竹，服飾用品業務代表。」

小護士走進了白帷幕後面。

「護士，聽見我說話了嗎？」菲力克斯先生問。

「聽見了。」

「我於是到你們特魯特諾夫城，在商店打聽：『民政局的代表先生在哪兒？』售貨員指著天花板說：『在二樓。』我去到那兒，作自我介紹。還說，我也有焰火。民政局的代表先生疑惑地問：『會不會爆炸？』我說，『會爆炸，還閃動尾巴哩。您試一試！』民政局代表點著一支。那玩藝兒從他手裡飛了出去，沿著弧線直飛到小布娃娃玩具車間。一時間，整個玩具櫃煙火四起。我們把輕微燒傷的民政局代表抬上救護車時，他小聲說：『我爲什麼不相信他呢？』護士，在您看來，這是個大笑話！」

黃銅色鐵環響了。

「您覺得那件事好笑嗎？是不是塞到您腦袋裡的東西太少了？」白衣小護士嗔怒說。

❶此字亦可譯爲「間諜」。

「少了，」菲力克斯先生說，「要是再多一點，那我就不是一條腿，而是兩條腿都邁進天堂了。」

「不要褻瀆神明了，您這張撒謊的嘴，」她大聲說，開玩笑似地拍了一下菲力克斯先生的嘴唇。

他感覺到她手掌上有電。

然後他動了一下。

她抓住晃動的儀器。

「不像話，」她嚇了一大跳，「您知道，這東西值多少錢？」

「肯定值……六十克朗，」菲力克斯先生說。

「上帝總有一天會懲罰您的，」小護士說著，走到白帷幕後面去了。

菲力克斯先生旁邊治療間的帷幕掀開了，一位裸體女人俯臥在那兒，女按摩師正在給她搓背。

「護士小姐，」菲力克斯先生問，「您記得第一次收聽收音機的情形嗎，電晶體的？」

「那時我還沒有出世呢，」小護士不高興地說，「上帝會加重懲罰您的！」

「會懲罰的，因爲我想結婚啊，」菲力克斯先生說，「開始使用收音機的時候，每個小學生都戴一副耳機。全校的學生都在旅館門口，神甫同校長先生來回踱步，搖頭說：『我弄不明白，

不明白，這個發明不會給人類帶來任何好處。』也是，我們家第一次買晶體管收音機，爺爺忘了他戴有耳機，跑出去買一罐啤酒，站在窗口，晶體管收音機掉下來，摔壞了。父親不能對爺爺生氣，就衝著我發脾氣。這就是世界上的公道！」

「可您妻子同您一道過得不錯，」小護士笑著說，給坐在幕後的一個人解掉頭上的繃帶。小護士對著窗口，站在上午的陽光下。她除了工作服，身上什麼也沒有穿。菲力克斯先生看到他總愛看的東西，就是女人大腿上幾釐米地方的東西。

小護士站著，陽光照耀著她。

隨後，白色的門打開了。

最先進入門裡的是紅玫瑰花，接著才是持玫瑰花的手，最後才是穿藍運動衫的男子。

「什加斯特尼先生，您已經一個人溜出來了？」小護士說，手拿著繃帶走出來。繃帶的另一端還有一個人。護士牽著那位彎著身子的病人，像牽一條狗一樣。「這有進步！」小護士誇獎說。

「這花獻給您，」什加斯特尼先生說，「謝謝您，我來了。」

他的聲音，像水通過瓶頸的響聲。

「您眞好，」小護士說，繼續替病人解繃帶。被牽著的病人一步一步往前走。「您知道，什加斯特尼先生，我們這兒是盡力而爲的。可您得稍等一會兒，馬上讓您坐上去！」

菲力克斯先生調轉頭，看見一個人進來。彷彿有誰在那人的臉上用爪子撓了一下，兩邊的臉頰都凹下去了幾釐米。右眼紅得像護士放進窗臺上半公升瓶裡的玫瑰花。

她給病人解完了頭上的繃帶，鉡板也掉下來了。

「星期二請再來，」小護士說，蹲到什加斯特尼先生面前，鼓起小嘴吹氣，並且笑了起來。

「好，我們試試兩個人吹，行嗎？」她問。

什加斯特尼先生使勁讓他嘴邊的肌肉動起來。

小護士然後慢慢地吹著。

她稍稍鼓起腮幫，讓病人好好注意，吹之前，該怎樣動作。

小護士又吹起來，但什加斯特尼先生嘴邊的肌肉紋絲不動。

他又試了一次，同小護士一道，齜著牙。小護士隨後用手指扯動他嘴邊的肌肉。

可他吹不起來，有點灰心喪氣了。

「不成！」他說。

白帷幕後面的鬧鐘響了。

「別爲這事擔心，什加斯特尼先生，會成功的，肯定會成功的。我知道，會的。您只要想一想，他們送您進來的時候，您是個什麼樣子？」

小護士後面的黃銅色鐵環響了。

「我在鋸廠幹活二十多年，現在落得這般下場，」什加斯特尼先生說，「那就是，那種鋸把我折騰得太凶了……要不就是那高壓線給我弄的？可我知道，永遠也無法復原了。有一天，我過不了中風那一關。唉，那我就完蛋了……」什加斯特尼先生痛心地說。

菲力克斯先生問：「您說什麼來著？」

「唉，」什加斯特尼先生重複說，「我就完蛋了。」

小護士跑過來，手舞足蹈地說：「什加斯特尼先生，您嘴邊的肌肉活動起來了！」但什加斯特尼先生坐著不動彈，又說了一遍，「唉，我就要完蛋了。」

菲力克斯先生旁邊的鬧鐘又響了。

小護士關掉電源。

「我家裡正好有這麼個鬧鐘，羅斯科普牌的。我連手錶的聲音也受不了。在小店裡，夜裡我用頭巾將鬧鐘包起來，放進櫃子裡，加上鎖，可是它照樣鬧，把鄰居都吵起來了。這種鬧鐘……」菲力克斯先生說著說著，不言語了。

小護士給他解頭上的繃帶，但兩眼卻望著什加斯特尼先生，嘴裡還吹氣，什加斯特尼先生也吹起來。

一位臉色灰白的老人進來了，一隻手用綠色的套子托著。後面跟著的，可能是他的妻子。她拉著怒氣衝衝的老人的手，兩人相距幾釐米。

女按摩師從帷幕後出來，汗流滿面，氣喘吁吁，胸前的紐扣和白大褂有節奏地起伏。

菲力克斯先生站在窗前穿襯衣。

下面是燈火輝煌的布拉格，像一張黃銅般的嬰兒床。一個瘦骨嶙峋的人，在醫院下面小街上走著，扶著他的人可能是他的妻子。妻子手拿玫瑰色靠墊，不停地揮動。男人咳得很厲害，全身顫抖。女人搖晃著玫瑰色靠墊。菲力克斯先生心想，他們可能是一對夫婦。剛剛在小街上，相互愛上的，這種時候，兩人最親密，可以開始一起過平靜的生活。

菲力克斯先生想著，頭上已痊癒的傷口又痛起來，痛得他大聲尖叫。

後來，他看到什加斯特尼先生不僅頭上，連兩腳兩手都上了繃帶，四肢都接上了彩色的鋼絲。他坐在電椅上，活像一台電話交換器。

小護士完全變成了另一個人。

她低著頭，好像想喝龍頭裡的水。她說：「什加斯特尼先生，您還得戴上加了碘酒的面罩，好嗎？」

什加斯特尼先生吹著口哨，說：「唉，我快完蛋了。」

黃銅色鐵環發出了笑聲般愉快的響聲。

菲力克斯先生在路上考慮，用剩下的幾張購物券買半公斤牛肉，煮好以後，加點鹽和芥末或者洋薑吃掉。

接著，他在一座櫥窗前停下來。窗裡擺著一盆豬心和切好的血肚腸。賣肉的人站在店裡，臉色不大好看。他的頭上方，鉤子掛著牛心牛肺。菲力克斯先生走了進去。

「哼，」賣肉的人揚起眉毛說：「人家用汽車往肉店送肉，可我必須到屠宰場去取肉！」說著，用手指捅了一下豬心。

「如今世道不好，人們也壞，」菲力克斯先生小心翼翼地說，「有沒有排骨或豬肚？」

「他們搞錯了，給了我一塊好肉，您買去吧！」賣肉的說，抓起一塊肉。把肉放在磅秤上。菲力克斯先生回想起來，上一次買的肉，都有臭味了。他猶豫了一會兒，踮起腳來，俯身上去聞了聞牛肚的味道。

他站直以後，意識到不該那麼幹。

賣肉的人像隻貓頭鷹。

他從肉上抓起一團油脂，扔到菲力克斯先生的臉上，蓋住了他的一隻眼睛。賣肉的人還從腰間抽出屠刀，磨了起來。菲力克斯先生撒腿就往街上跑。賣肉的人邊追邊嚷，還罵罵咧咧地，用刀捅那被太陽曬熱的空氣，他說：「去聞聞你自己的屁股吧！」賣肉的說屁股這個字時，把「ER」(PERDELI) 念成了「U」(PUDELI)。

(萬世榮譯)

您想看看金色布拉格嗎？

殯儀館小個子老闆班巴先生走出市區，下到河邊，接著朝橡樹林走去。

「班巴先生！」聽到有人喊，他轉過身來。

「啊，基特卡先生！」班巴先生說，「怎麼到河邊來了？是來找美感吧？」

「不是，」基特卡先生說，「我剛好從你們那兒來，在你們的物理學家家裡沒有找到他。班巴先生，您能給我點時間嗎？」

「對於詩人，我總是有時間的，」班巴先生說。

「是這樣，我們超現實主義小組，想將您的倉庫借用一個晚上。」

「那大概不成！你們是不是要在我小倉庫的棺材上舉辦滑稽詩朗誦會？」

「不是什麼蹩腳的歪詩，班巴先生，您要知道，我們不僅向勃勒東[1]和艾略特[2]，也向馬哈[3]做過保證。

「還有什麼？……」

「在您那兒，要辦個馬哈逝世周年紀念報告會，由沃伊科維茨做報告。」

「沃伊科維茨？他不是生病臥床二十年了嗎？」

「正因爲這樣，我們才來找您，班巴先生。」詩人說，「您要知道，我們要把那位老詩人送到您倉庫的棺材上，連他的床也一起抬過來。」

「這可眞是個大玩笑，」班巴先生說。

「正是這樣，」詩人基特卡說，邊走邊望著石牆，牆後面躺著兩頭公牛。

「要在這兒拍照吧？」班巴先生問，把腳跟兒踮起來。

「正是這樣。那些色情照片將寄往巴黎，勃勒東先生親收。這些母牛就像公牛一樣，」詩人說。

「在哪兒？」班巴先生問，踮起了腳跟。

「請讓我把您舉起來！」

❶勃勒東（1896—？年）法國超現實主義詩人。

❷艾略特（1895—1952年）法國超現實主義詩人。

❸馬哈（1810—1836年）捷克著名浪漫主義詩人。

殯儀館老闆抬起羽毛一樣的小手，大個子詩人不費吹灰之力，將他舉起來了。

當班巴先生將石牆那邊看了個夠時說：「那些不是公牛，是母牛。」

「想下來嗎？」

「看夠了，」班巴先生說著朝前走，「就擔心老詩人對這麼搬動他會不樂意。他只相信傳授思想。」

「行了，」詩人說，「我最後一次性交的對象，是郵局一位漂亮小姐，只是胸部嫌平了一點。就讓老詩人伸手給治療一下。她已經同他談好了的。」

「基特卡先生，您不是在整我吧？是不是想出我的洋相？」

「我？讓您患腸炎，瀉肚嗎？」

「好，我相信您。」

他們於是沿著橡樹林走。樹林那邊，消防隊正在演習，頭盔都閃亮亮的，兩名消防隊員蹲在噴水管旁邊。一個手握水龍頭管，蹲的姿勢很標準，因爲他正等著強大的水流。號手站著，一隻手叉腰，另一隻手將號緊對著嘴巴，眼盯著指揮員給他發號令。號令響了，龍頭水管一滴水也沒有噴出來。

「性器官出故障了，」詩人說。

「可我那裝棺材的倉庫在地下室，而運煤要到三樓，」班巴先生說。

「這更可能是犯妄想病，」基特卡先生滿意地說，將身子轉過去，朝水邊嚷道，「但願你們那噴射的玩藝兒能噴出東西來！」

「你是頭笨牛，」消防隊員高聲說，「讓你那噴射的東西起作用吧！」

「只是您抬著那張床能不能進入我的地下室？」班巴先生擔心說，「要是下雨了，怎麼辦？將那張載著詩人的床，裝上我的靈車，是不是更好一些？開著靈車，沿著長廊走，老詩人可以同人們見面，表示問候，是吧？」

「正是這樣，」詩人說，「那可能是精神分裂症。可是班巴先生，您挺有主意的！您不想參加超現實主義小組嗎？」

「不打算參加，」班巴先生謙虛地說，「我是裝飾協會會員。」

「主要的是要有足夠的黑天鵝絨，就是你們蓋在棺材上的料子，我們可用來裝飾您的地下室。」

「這是對的，」班巴先生說，「只要那天鵝絨一飄動，棺材裡的死人們就會動彈了。」

「正是這樣。可我們還是印好出席馬哈講座的請帖……印在紫羅蘭的葬禮緞帶上，行嗎？」詩人問道，又朝著水邊大聲說：「可你們的噴射器得發揮作用啊！」

「你這頭笨牛，想必是要挨耳光吧？」消防隊員跳進膝蓋深的水裡，大聲威脅說。

「這樣我倉庫裡的照片將要運到巴黎……」殯儀館老闆得意地說。

「好。因爲我們超現實主義者組織，是洲際性的運動，」詩人說，驕傲地指了指自己，「我們是遭過雷擊的男子漢，躺在獅身人面獸旁的男子漢！」說著，他轉身對著水那邊喊道：「可你們的噴射器得發揮作用啊！」

消防隊員放下安裝噴射器，同隊長一起跳進膝蓋深的水裡，用螺絲刀和扳子威脅說：「你這頭笨牛，想用腦袋鑽廁所是不是？」

班巴先生嚇了一跳，說：「那可不是我嚷的！」

「等你去參加葬禮時，我們要用十字架砸你的腦袋！」隊長嘶啞地說。

「您看，老弟，您搞的什麼名堂，」班巴先生沈著臉說，「消防隊員有的是，他們在葬禮上會有競爭的，消防隊員的葬禮可是很隆重！」

「我們特別珍惜那些好男兒的生命，」詩人說，用手捂著嘴，又喊道：「是我嚷叫的，我，基特卡！」

「你，基特卡家族的雜種！」隊長說，「我們也會收拾你的！」班巴先生搓搓手。

「基特卡先生，您不僅是詩人，而且品行也好。喂，我們將雜貨店上面的白天使取下來，掛在我倉庫裡的床頭上，怎麼樣？要不，如果鐘錶匠澤爾哈同意的話，將他店上的大鐘拿下來，掛在讀書的詩人頭上方，行嗎？假如像我的腿一樣粗的秒針在那馬哈之夜，滴答滴答地響起來，那該多有趣啊……」

班巴先生喘起氣來，詩人咽了一口唾沫。

「班巴先生，」過了一會兒，詩人說，「雙重的瘋狂巨流，通過您身上湧出來了，我朝前走著，用腳尖踢著，尋找聯想，可您從袖口中就給我撒出來了。」

基特卡先生調轉腦袋，仰望著烏雲說：「詩人不是我，是這位，」說著，指了指殯儀館老闆。

「您過獎了，」班巴先生謙遜地說。

「不，不，」詩人說，「當然啦，不信基督的人，也能認識眞理……這樣，班巴先生，說定了嗎？」

他伸出一隻巨手。

「說定了，」班巴先生說，將他的小手掌伸到詩人的巨掌之中。

基特卡先生然後取下手錶。

「好，」說著，從胸前口袋裡拿出幾張明信片，「過一會兒我將這些扔到布拉格火車的郵政車上。郵局的頭頭不許我寄這些東西，說什麼是些黃色的玩藝兒。」

班巴先生將明信片像扇子一樣散開，抓抓自己的腦袋。

「您這是幹什麼？」班巴先生看得發愣了。

「我是替母親剪下的有關性保健的資料，還有一張隱秘的女盥洗室價格表，另外就是聖經故事，」詩人說著，用手止住殯儀館老闆，「後來我坐到一個非常僻靜的地方，低聲自言自語，把形形色色的剪報貼在直線派裸體女人的照片上……」

「郵車上的人會說什麼呢？」

「前天，昨天，還有今天，情況都一樣。我將那些玩藝兒從車縫裡塞進車廂，用拳頭敲兩下。工作人員拿起明信片，蓋上郵戳。我退到鐵軌外望著，看到工作人員用手抓腦袋，指指車廂裡面，讓他的同事將事情都放下，到車廂裡去。他們看看明信片，用手抓腦袋。然後拿著綠色帽子上車頭那兒去。車頭靠近水池，列車長用抹布擦手，看看那些玩藝兒，也用手搔腦袋。超現實主義作品的吸引力眞不小啊，班巴先生！」

「可我是裝飾協會會員，」班巴先生不以爲然地說，「但您把這些東西寄給誰呢？」

「寄給那些不願意生活在沒有性自由的環境裡的漂亮小妞們，」詩人說，又以預言家的口吻講道：「因爲現實生活如酒一樣令人醉啊！」

「正是這樣，」班巴先生說，揚起他的小腦袋，「可當您把我舉到那牆邊看那兩頭公牛的時候，我想起了一個故事：一位女傭人怎樣舉起男孩，讓他看金色的布拉格。她放下那個男孩時，男孩倒在地板上死了。您聽說過這件事嗎？」

「沒有聽過……」詩人帶著幾分警覺說。

「事情還沒有完呢，高潮出現在法庭上。法官大聲問道：『怎麼會發生這樣的事？』那個女傭工，像您一樣的高個子，問那個小個子法官：『您想看看金色的布拉格嗎？』法官說：『想看。』女傭工將法官的頭捏著，朝天花板上一舉。可當她把法官往下放時，法官摔倒在地上，也死掉了！」

「這眞是自然界的奇思妙想，」詩人說，抬頭望著天空，抱怨說：「我找聯想，在廣場上用腳到處踢。可是他，」指著殯儀館老闆說，「卻這麼一抖袖子，就撒出來了！」

「基特卡先生，」班巴先生身子挨近他說，「這個故事讓我睡不著覺。我爸爸多次將美麗的布拉格指給我看，可從來沒有出什麼事。是不是如今的人要脆弱一些？來，我們試一試。」

「要是您舉不動我……」詩人說。

「那您就舉起我吧。同您相比，我像個嬰兒，」班巴先生說。

河對岸，機器已在工作了。號手又將金色小號對著嘴巴。消防隊員手握水龍頭嘴，蹲在地上，怕被水沖倒。所有消防隊員的安全帽，像金色的頭盔，閃閃發亮。隊長一聲口令，號聲響遍草地。一股強大的水流，從管裡噴射出來，噴得隊員們左右擺動。「怎麼回事？」消防隊長嚷道，裝腔作勢地指向以拋物線形式湧向河中間的水道：「水向我們這兒噴，還是不噴？」

「這會兒噴了啊，」詩人說，「可那一次，你們在德拉赫利采鎭救火的時候，情況怎麼樣？」

「你這頭笨牛！等我們再碰到你的時候！」消防隊長吼叫道，從腰間取下小斧子，跑進水裡。蹲在噴水龍頭旁的兩名消防隊員，也拿出小斧子，跟著隊長跑。緊接著，所有的人都舉起金色的小斧子，大聲威脅說：「我們要撕掉你的嘴！」

「跟您相比，我不過是個嬰兒，」班巴先生提醒說，眼中閃著光輝。

「您想看看金色的布拉格嗎？」詩人問。

「想呀，」班巴先生說，閉上了兩眼。

（萬世榮譯）

公證人先生

1

每天清晨，公證人先生都在自家的小祈禱室做禱告。那是一間有兩個窗口的小屋子，窗上鑲嵌著彩色玻璃畫。一個窗子上，是聖戴奧尼索斯❶。他的腦袋被砍掉了，但人還站立著，用手捧著被砍下的頭顱，站立在刑場邊上。另一個視窗，是被處死的聖女阿加達❷被砍下的一隻手。一位使者拿著那被砍下的手，走迷了路，又返回到他出發的地方，再一次走近那沒有手的屍體。

公證人先生跪著禱告，同時責備自己沒有漱口。最後，他劃了個十字，站起來打開窗戶。

❶希臘神話中的酒神。
❷源於希臘神話，有些詼諧，事蹟不詳。

他習慣了早晨的陽光，讓下面藍色的視窗開著，他好瞭望河的對岸，舒舒坦坦地吮吸著濕潤的空氣。

「奶奶，奶奶……」樓下一個小孩的聲音喊著，「老奶奶，茲傑尼切克吃狗屎啦！」公證人先生踮起腳跟，兩眼朝一座早已不生產啤酒，可還住著人的老啤酒廠的院子望去。只見水泵旁邊站著一個小女孩，戴著紅圍兜和草帽，正指著一個三歲的男孩。他樂呵呵地往嘴裡在塞著什麼。

一位瘦弱婦女從洗衣房跑出來，舉起雙手嚷道：「你們他媽的小東西，什麼時候能讓我把衣服洗完？」她抓起小孫子，在水溝上搖晃。

「髒貨一個，等著瞧吧。你媽媽回家，還不撕破你的嘴，」她嚇唬說。稍微想了一下，一巴掌將男孩嘴上的狗屎打掉了。隨後她又向小姑娘說：「妳幹嘛總瞅著我？我也給妳一耳光，讓妳那斜眉斜眼擺正一點。這給妳！」她從口袋裡掏出用藍布包著的哨子說：「滾到廚房去玩吧，莉德拉。妳聽著，要是有什麼事，妳一吹這哨子，我就來。你們這兩個小冤家，什麼時候能讓我把衣服洗完？」接著又動手洗起來。

公證人先生關上窗戶，從房間走上陰暗的過道，逕直朝辦公室走去。

「早上好，公證人先生，」文書小姐向他打招呼，繼續澆她的花。

「早安，小姐，早安！」老先生嘟囔著說，搓搓手，又說：「昨天您幹什麼來著？」

「打網球……您想想看，公證人先生，我輸了，輸給一位大我十五歲的太太……我輸了兩局。這不可怕嗎？」她說著，從豆蔻枝椏上摘下幾片枯黃的葉子。

「哪裡，哪裡，」公證人先生說，「據我所知，您的網球不是打得棒極了嗎？」

「那說不上，」女文書臉紅了，「還差得遠哩。不知怎麼回事，一上場我就緊張。」

「是不是對手技高一籌？」

「那也不見得。但我就是這麼個人。只要在乎什麼事，我總是失敗……這眞教我不好受！因爲這關係到俱樂部的名次！」

「是這樣。下一次您肯定會贏的。可您後來幹什麼啦？」

「天黑下來的時候，我在更衣室哭了一場，接著就去游水。我穿著游泳衣，逆水而上，朝一棵橡樹游去。那兒已是一片漆黑了，可月兒從橡樹梢露出來，多麼大的一輪黃月啊，一直照到我的身旁。我坐在石頭上，兩隻腳在水裡擺動，黃色的月兒映在水裡……」

「可後來呢？」公證人先生豎起眉毛問道。

「後來，我跳進水裡，在青銅色般的水裡遊，兩手撥開那金屬般的顏色。我揚起一隻手時，手也變成青銅色了。一句話，公證人先生，在水中眞是快活極了……」

「後來呢？」

「後來我嚇了一大跳。」

「眞的嗎？」

「是，」姑娘說著，坐到打字機旁，「公證人先生，在那橡樹的陰影裡，我突然發現了三條白褲衩在走動！」

「這不大可能吧……」老先生驚訝地說。

「眞的，三條白褲衩。我像小老鼠一樣，伏在蘆葦中一動也不動。三條褲衩往堤邊走過來了，我聽見他們在說話……您知道，是怎麼回事嗎？」

「這我倒想聽聽！」

「是三個光著身子的男人！曬得黑油油的。因爲他們是穿著褲衩曬的，手、腿和身軀同橡樹的影子，渾然一體，他們光著身子走呀！三個裸體的人！公證人先生，我認爲，是三條游泳褲衩在移動哩，」文書小姐的臉，刷一下紅了。

「您全都看見了？」

「全看見了，全看見了……是三個年輕的男學生，像我這般大。」

「那一定非常精彩啊，」公證人先生以譏諷的口吻說，「眞精彩極了。年輕姑娘泡在青銅色的水裡，三條褲衩在樹的陰影下……可後來您幹什麼呢？」

「後來我一直游到俱樂部附近，聽見三個男學生在橡樹旁邊跳水……我擦乾了身子，就往家裡走了。」

「在家幹什麼呢？」

「坐在燈下寫寫畫畫，」女文書說。

「這我倒想聽聽！」公證人先生高興起來。

姑娘站起來，將一張畫紙鋪在面前。昨晚她在那張紙上寫道：尊敬的父親，經歷了長期的富於成效的生活，你到地下去尋找個安息的地方吧。

「您爲我也寫過這樣的碑文吧，」老先生興奮地說。但當他再一次看了他自己想出的碑文之後，他驚訝了。

「嗯……可爲什麼不在天上安息呢？」

「那可是您口授給我寫的呀，」女文書不安地說。

「對。可是小姐，碑文是非同小可的事。我想要的是這樣一種碑文，在一百年之後，還可從中看出，我是個什麼樣的人。」

「公證人先生，我在猶太人墓地可看到了出色的碑文！從泥土中來，到泥土中去……」

「那是猶太人的碑文！」公證人先生揚起手反駁說，「小姐，難道您不明白，基督教把人提到了上帝之子的地位？如果不是耶穌復活，再生，那我們所做的一切，就徒勞無益，一錢不值……不過我現在另有想法。小姐，寫吧！」公證人先生聚精會神，當女文書準備好了，他口授道：「我掩蓋住自己的光輝，清算了自己的問題，爲的是讓我在天國發出光芒……」

她寫完了。公證先生問道：「今天晚上您幹什麼？」

「去裁縫店，公證人先生，我打算做一件襯衣，直線型的。白綢面子配上這樣的紅飄帶，繞在脖子上，像女保育員們那樣，格外吸引人，同維塞拉在電影《化裝舞會》裡的著裝，或者，假如您見過的話，像她在電影《我等著你》中，同戈爾恰克連袂演出時那樣……」

「可您然後幹什麼？」

「然後打網球，晚上再到河裡游泳。也可能，公證人先生，像昨天那三個男學生一樣，光著身子游一番。假如有誰在對岸上走，就可能看到女游泳衣。因爲我的曬得黝黑的手臂和兩條腿，也可能同小橡樹的影子，成爲渾然一體……」她說著，擠了擠兩眼。看到公證人先生並沒有被觸動。於是又賣弄說：「然後，我回家去寫寫畫畫，像您一樣，掩蓋住自己的光輝，清算自己的問題……」說著，她直起身子，但未能減弱她青春的光彩。

公證人先生打了個哈欠，嘴還沒有完全閉上，可是假牙已經合上了。

「謝謝您，」他說著，坐到桌子後邊，「但是在委託人沒有來以前，我們繼續弄我的遺囑最後一段吧。」他翻閱從抽屜裡取出的文書。

隨後他站起來，在辦公室踱步，一點也不激動。他在三樓開著的窗口停下來，從豆蔻花叢和波浪形的瓦屋頂朝河邊望去，搖動的樹木，近在咫尺。他口授說：「我的棺材將由金屬製成，裝飾要華麗，是埃及式的小棺材，內部要有裝潢。安葬時，所有的鐘要敲響。靈堂上貼糊牆紙，地上鋪黑色呢氈，前面供著有天使的寶石十字架……可您今晚要光著身子游泳嗎？」

「光著身子……上帝呀，那時天已經黑了呀，」姑娘說著，纖細靈巧的手指在打字機上嚓嚓地響著。

「那眞美呀，」老先生說。聽到打字機停了，就往下說道：「前面供著有天使的寶石十字架……三十六枝半斤重的蠟燭……」他口授著，聽到院子裡有腳步聲，低頭從豆蔻花中往下望去。老啤酒廠大院有位退休老馬夫懶洋洋地在走動，步子那樣奇怪，彷彿在蹬自行車或者在滑雪。老馬夫坐到太陽光下，從裝礦泉水的口袋裡拿出煙斗。爲了不讓煙斗從缺牙的嘴裡掉出來，他吐了一口唾沫，靠牆根坐下，活像一根折斷的枯樹。可他年輕的時候，情況怎樣呢？——公證人先生回憶起來——天哪，這位馬車夫年輕時折磨死了兩個妻子。第一個妻子不願順他的意時，他揪住妻子的頭髮，朝一口大箱子拉去。他揭開箱子蓋，將妻子塞進去，連散亂的辮子也裝進去了，再把箱子鎖上……第二個妻子呢？馬車夫把她的辮子打成結，將耶穌像從釘子上取下來，把妻子的辮子拴在鉤上，好對她爲所欲爲……也許有的女人喜歡這一套，感到舒暢。一些女性眞是魔鬼的工具……

「公證人先生，」女文書提醒道，「三十六枝半公斤重的蠟燭……」

「啊，是的……」公證人先生轉過身來，望著女文書鬈曲的頭髮，繼續說：「……教堂男聲合唱隊唱葬禮曲，三位神甫和四名助祭灑聖水，帶領送葬的人群一直到達墓地……主持人走在隊伍前面……他後面爲儀仗隊……十字架上點燃蠟燭……車兩旁由工作人員打著燈……十五輛雙馬拉的車，兩輛靈車……」老先生慢吞吞地口授，同時望著藍色的天空，好像他的話是從無雲的天上抄下來的。燕子的翅膀在上面胡亂塗著……

女文書打字如此之快，似乎是在將遺囑的鉛字一個個往鐵盒子裡扔。

隔壁院子的喧囂聲，鬧得公證人先生把兩隻手撐在窗臺上。

門房站在下面開著的水泵旁邊，大聲嚷道：「拉住，拉住……」

第一層的窗戶打開了，一個頭髮梳得光溜溜的腦袋低下來問：「爸爸，什麼事？」門房大聲說：「什麼事！快來幫我把這根竿子拿到河裡去漂洗乾淨！」他嚷著，指了指插在糞池裡的一根竹竿。「可是爸爸，我的手是乾淨的！」年輕人在窗口叫道。「我說，我們一起抬竹竿！」門房吼叫著，從糞池中抽出竹竿。年輕人身穿潔白的襯衣，跑進院子，馬上拿起那竹竿乾淨的一頭。「不行！」門房說，「這一頭由我來抬，你抬那一頭！」年輕人反抗說：「我穿的乾淨襯衣，打的新領帶，城裡誰也沒有這樣的領帶……」可是父親嚴厲地說：「我是在命令你，作爲父親命令你！難道要我來抬髒的那一頭不成？」門房大聲叫著，用手指著自己。

「可是我打著這麼新的領帶！讓我去把它取下來吧……」兒子朝前走,可父親堅持說：「不行！我要你馬上聽我的話！你到底抬不抬？」年輕人考慮了一會兒說：「我不抬，爲了這條領帶，我不抬！」門房氣極了，對著天空呼喊：「這就是你，整個風流的一代！他媽的，難道做父親的，要去替你們抬那髒的一頭？」兒子說：「爸爸，大家都知道，我馬上有個約會。我不能去搗鼓那髒東西。要不，我一會兒怎麼能同奧麗娜握手？」

「公證人先生，我們可忘了一件事，」女文書說，「訃告要幾份？」

「訃告？」公證人先生嚇了一跳，「您弄四百份吧。安魂彌撒在聖伊裡教堂舉行……您打字跟得上嗎？好……男聲合唱隊唱宗教歌曲。在隆重的儀式上，三位神甫在墓前唱聖詩……」老先生口授著，但忍不住踮著腳尖，看門房帶著兒子，正從隔壁大門出來，抬著竿子往河邊去。公證人先生望見門房的手，正握著竿子那髒的一頭。他點點頭，接著口授道：「棺座的裝飾，同舉行葬禮時一樣……前十排條凳上鋪黑色呢子……」

啤酒廠院子裡傳來急驟的哨聲。

下面的井邊站著一個戴草帽的小姑娘，是她在吹哨子，一直吹著，哨子被草帽遮住了。吹到她祖母從洗衣房出來，一路上用濕漉漉的圍裙擦手。她在陽光下揮動手臂，大聲嚷道：「妳們這兩個害人精，又幹什麼啦，爲什麼不去玩？」

女孩趿著鞋在草地上抱怨說：「奶奶，茲傑尼切克在毯子上拉屎了，我給踩了一下！」接著又吹起哨子來。

老太太給了她一耳光，把哨子打落了。「他媽的，壞東西，妳這麼鬧？每回爲一點蠢事，就對我吹哨子！下午我還要幹活哩！你們兩個害人精就這麼折騰？我什麼時候能洗完衣服？」公證人先生聳聳肩膀，從窗口走開了。

他坐到桌旁說：「昨天您寫的碑文，我們要加到遺囑裡去。因為像我這把年紀的人，已不知道還剩幾天，幾小時。等您明天把碑文拿來……我把事務清算一下……把那一塊換一個，怎麼樣？」

「當然可以，」姑娘說，看著老先生要結束講話的時候，如何咬緊假牙。她還注意到，公證人先生要打噴嚏時，趕忙掏出手帕，捂住嘴巴。她想，假如公證人先生在假牙上套一根絲線，像她爺爺在夾鼻眼鏡上繫根細繩一樣，會是個什麼模樣呢？爺爺還在帽子上繫根細繩子，免得被風刮走了……如果公證人先生打噴嚏，假牙還繫在黑絲線上，像爺爺的夾鼻眼鏡，那會像什麼模樣？像爺爺的禮帽？

「哎呀……」文書小姐顫抖說。

「這兒冷嗎？」公證人先生吃驚地問。

「不冷。我感到死亡在走近我，」她說，兩手緊抱著自己，還搓肩膀。

「美妙的語言，」公證人先生說。翻閱業務合同，全用針別著，字打得很認真，用紅白兩色線裝訂著，後面蓋有紅印。看完合同，他站起來，從打開的視窗望望河水，看到河上有件白襯衣，帆在水上鼓動。門房的藍色襯衣，同河水幾乎彙成一色。兩個男子挺直腰杆，默默地盯著河這邊。白襯衣再一次映在河面上。一個年輕人，像雜技演員，倒立在水中。

「小姐，記下來！」公證人先生猛地一下轉過身來說，「趁我還沒有忘掉，快記下：棺材是我的搖籃，碑文就是我的洗禮檔……請再念一遍，好嗎？」

2

什斯賴爾夫婦，博希諾村的一對農民夫婦，首先到來了。公證人先生早在二十五年前就認識他們。那時候，他們作為新婚夫婦去他那裡，手捧祈禱書，男人穿禮服，戴獵人帽，腳踏長筒靴。兩人像國王一樣莊重。今天到來，顯得蒼老多了，一副小市民打扮。

「你們那兒有什麼新鮮事兒？」公證人先生坐在靠椅上問道。

「我們那兒什麼新鮮事兒也沒有，只是一個鄰居發瘋了，」農夫說。

「眞的？」公證人先生裝模作樣地說。

「是的，我鄰居有一頭母豬，下了一窩小仔，可是發瘟死了，只有一頭活下來。他們用奶瓶喂那小東西。小豬仔像狗一樣跟著他們跑。小豬長大了，他們暗自說，把牠宰了吧！不過得悄悄地幹。老人夜間鑽進地下室，那頭豬跟著他下去。因為正如我所說的，那頭豬總是跟在他身後，像狗一樣。豬在地下室把腦袋靠在鄰居的腿上，因為只有他能給牠餵點什麼。可主人用斧頭柄敲牠的脖子，不讓牠嚎叫。可是蠟燭被打翻了，鄰居的刀沒有刺準，又給補上一刀，然後用身體壓在豬身上，達一小時之久，讓豬在黑暗中把血流盡。但那頭豬以為，是別人在刺它，於是緊緊偎在主人身邊，直到全部的血放出來。主人後來鑽出地下室，一下子癱倒在床上，號啕大哭，誰也無法讓他安靜下來。大家只好把他送到科斯摩諾斯醫院。我說，誰讓他同動物交朋友嘛！」

「上帝呀！」公證人先生叫起來，「您親眼見過這件事？」

「沒有，都是鄰居的姐姐莉布謝給我講的。您保准知道，她有個女兒在床上躺了三十年，您認識她嗎？」

「是住十七號的嗎？」

「是住那兒。您知道，是怎麼回事嗎？」

「這我不大清楚。」

「當時費的勁不小。他們一道進城去看電影，上映的是戈甘的片子。戈甘扮演天使。莉布謝心想，她的朋友做聖誕餅的時候，也要做一個天使，用羽毛當翅膀，做得漂亮極了。可她女兒著了涼，得了腦膜炎。從那時候起，女兒就像殘疾人一樣，一直躺在床上。」

「啊，是這樣！霍達奇一家子！」公證人先生回想起來了，「她還有弟弟住在二十六號，有間小房子，對吧？什斯賴爾太太，他們過得怎麼樣？」

「過得不錯。因爲他們買了七塊地，」農婦說，將一雙粗大的手放在膝上，「只是他們的卡爾利切克死了，明天正好下葬滿一個月。也是吃了養寵物的虧。他們餵了一匹馬駒。小馬學著往臥室裡鑽，找糖吃。可去年收甜菜的時候，它竄到廚房裡去。在那兒受驚了，撒起野來，撞壞了傢俱。老霍達奇朝小馬兒跑去，還沒有來得及用毯子蒙住馬駒的眼睛，馬兒就用腿踢卡爾利切克，把他的腿部踢痛了，只好往醫院裡送。後來截了肢，還是在醫院一命嗚呼了。霍達奇夫婦想瞧瞧棺材裡的兒子。可棺材蓋一打開，馬上就給蓋住了。因爲被鋸下的那條腿，就擺在小屍體旁邊。但是，公證人先生，別的方面，村子裡就沒有什麼值得說了，現在無聊得很。您在城裡可是要好得多。好，您知道鄰居克拉爾的住房在什麼地方嗎？」農婦打起精神問道。

「是十四號嗎？」公證人先生笑了。

「咳，那個克拉爾呀，草包一個。他同女僕一塊兒鑽到庫房，在那兒做愛。結果他抽起筋來，同女僕扭在一起了……」

「眞是這樣！」公證人先生有點不平靜了，他看到女文書小姐低下了頭，脖子都紅了。

「是這樣，」農婦說，挪動了一下插著大鷹羽毛的禮帽，「我們只好拿來梯子、繩索，將兩個通姦的傢伙捆在帆布裡吊上來，擺在院子裡，就像——上帝別懲罰我吧——在燈光照耀下，就像祭壇上的畫……耶穌從十字架上走下來……等我們把帆布包解開時，克拉爾老太太，就是那個以女兒在修道院受的教育而自豪的克拉爾老太太，用鞭子抽他們，想把他們分開。直抽得老爺子暈過去。您知道，用鞭子抽不管用，拿涼水澆也不成，連用小刀刺也不頂事，只好請醫生來。可是那兩個人，像中了魔似的死死抱住不放。」

「這眞是交了好運，」公證人先生低聲說，「不過我還是要說，農村的人更接近自然。」農夫說：「這眞是天下的稀罕事。」說著，他拉了一下黃色圍巾，用指頭按按領上的綠色蝴蝶結，說：「他們還想強姦我們宗教課的女老師呢。人們眞是膽大包天啊。女老師大白天到樹林裡去，說是要找小鳥。這一回，一個穿藍上衣的小子從樹叢中跳出來說：『我們幹一場吧！』想要強姦她。可女老師是雄鷹體育社的成員，抬起腳向那小子的下身踢去，他不得不去扶著自行車。女老師又踢了他一腳，將他帶到憲兵隊。這個人是普熱盧奇鎮的牲口商。他辯解說，他只是想去小便。可宗教老師當著憲兵的面，扇了他一耳光。那個牲口商癱倒在地，承認了，還乞求說，下回再不敢了。但是，公證人先生，其他的事還有，村裡死了一隻救生犬……這同我們年輕時可不一樣啊……」農夫眨眨眼說。

「路得維克，你可還得給公證人先生說說……」農婦提醒道，往麻紗手帕上擤鼻涕，幾乎全都擤到手指上，「路得維克，你說說，你們是怎樣抓住我們村裡的那個白癡，怎樣同他較量的？」農婦鼓動說。

「是不是又很野蠻？」公證人先生害怕了，望望他的女文書。她臉上銀珠般的汗粒還閃著光哩。

「哪裡，不過是平常生活中的一些事，」農婦笑了起來。

「是的，」農夫生氣地說，「那些事壓根兒不值一提，不過是頑童們的胡鬧。有一回，幾個人到我這兒來，要我出個主意，因爲一個鄰居在家裡喝燒酒中了毒。我想了辦法，讓大夥把他倒懸在梯子上，將喝下去的玩意兒吐出來。可是那個傢伙把喝下去的東西都消化了。這讓我回想起來，我們在家裡同老爺爺就是這麼幹的。當時，我們把鄰居塞進熱乎乎的牛糞裡，因爲他全身幾乎快冰涼了。當我們扔完最後一叉牛糞時，我聽到籬笆外面有羊的奇怪的哞哞聲。

怎麼回事？我們翻過籬笆，抓住了村上的那個白癡。他就是那個結結巴巴的博浩謝克……公證人先生站起來，豎著耳朵聽，手指按在發紫的嘴唇上。

農夫小聲向公證人先生說了點什麼，公證人先生癱倒在沙發上了。

「我們拿起鞭子和刀，」農夫接著大聲說，「戳那個口吃的博浩謝克，一直刺得他不吭聲。當然，別的方面，村裡的生活怎麼樣？沒有劇院、電影院，也沒有旅館……可城市啊！」農夫難過地說。

「也許是，」公證人先生說，同時看到文書小姐的手指在抖動，像姑娘心臟的旋律，在輕輕地跳動。「可是對基督教徒來講，上帝無處不在。農村、城市，只要有人的地方，上帝就在人的心中。其他的東西，正如你們知道的，毫無用處。所以，我們基督教徒，作爲上帝的子孫，同上帝簽了約。在涉及到我們的靈魂時，我們作爲經歷過非常事件的公民，就用簽約的方式來解決。所以，你們今天來拜訪我，正像我預計的，是爲了處理死後遺產的事……不是嗎？」公證人先生看到談話的農民靜下來，就問道。

「是，」農民夫婦同時說。

「請吧，」公證人先生說，站了起來，「因此，我們要談談遺囑的形式，」他一面說，一面看看河對岸。火紅的太陽好像在燃燒。一條掛著黃旗的紅色船開過來。船身塗得如同一輛冰淇淋車，是退休司機布日赫尼亞奇的船。船頭刻著金字，每一把槳上也有同樣的字母做裝飾，還寫著船主人的地址。他穿運動鞋，鞋上也詳細寫有他的地址。他穿著長褲划船，腰間也用大寫字母縫著位址。公證人先生看著，欣賞遠方的河水，繼續談著最後的遺願。紅色的小船，將紅光反射到水面和樹上。公證人先生講，許多年前，全城如何歡迎利托姆涅爾來做祓除儀式的主教先生，火車站擠滿了女嬪相，全是華蓋，車篷，旗幟，市議員和樂隊。但主教先生的包廂火車誤點了。調度在軌道上讓一輛貨車先開走了。貨車是由布日赫尼亞奇駕駛的。他通過行車信號燈時，從火車頭裡探出身子來，用手向站臺劃了個大十字，表示祝福。女嬪相們拋撒鮮花，樂隊奏起《千百次祝福你》的歌曲。但通過的是一列運煤車。這時候，紅色小船消失在柳樹那邊，將所有的畫面和標語都帶走了……「所以，財產也可以成爲父母對孩子的愛的尺度。孩子們將在繼承下來的莊園上經營下去……」公證人先生講完了。

辦公室一片寂靜。

「公證人先生……」農夫舔了一下嘴唇說，「我們考慮了，一句話，讓我怎麼說呢……是這樣，我們的老大路得維克將得到全部財產，但他要付給我們的女兒安妮什卡五萬……我們呢，靠贍養費過日子……」農夫低聲說，有點不知所措，下巴垂到胸口，把領花給遮住了。「老婆子，妳覺得怎麼樣？」他問。

「我想，簽個約吧，讓我們的路得維克每個月套上馬車，送我們去克申采墓地一趟，」農婦說著，兩眼淚汪汪的。塗在臉上的廉價粉脂，像稀粥一樣，流淌在滿臉的皺紋裡。

「好，」公證人先生吩咐說，「小姐，開吊燈，這是從地籍冊裡抄下來的。下週五你們請兩個證人來。現在我們定個原則。小姐，打字吧！」

公證人先生走近窗口，望著河水，想起了機長布日赫尼亞奇先生，晚上怎樣騎上普列米爾牌自行車出去。他車上安有保險把手，他從地面跳上準備好的踏板。自行車梁上用大寫字母寫著布日赫尼亞奇先生的地址和房號。他住的房子上，也塗寫著這些，還畫有旅遊標誌。院子上爲白綠色，門是黑白色，廁所爲藍褐色……

「小姐，準備好了嗎？好……當上帝召喚我們進入永恆狀態之際，謹作如下安排：第一……」公證人先生口授著，同時遙望河中的流水。他一貫是這樣，總沒有看個夠。

3

下午，公證人先生手持拐杖出門，從磨坊走到橋邊的時候，有兩人共騎一輛自行車，行駛到他跟前，車把子輕輕蹭了他的袖口。那是兄弟倆，擺小攤的，中午休息時騎車出來。他倆在劇院旁邊賣香煙和報刊。他們兩人，一個是盲人，騎在車後座上。另一個看得見，坐在前面。過去，公證人先生吸煙的時候，喜歡在他們攤上買煙，愛觀察盲人用手一摸，就能分辨小攤上的商品。盲人聽到公證人先生的咳嗽聲，就笑起來，探頭朝窗外說：「公證人先生，您好！」說著，轉身去摸他要買的玻多里加牌香煙，然後收錢。他用手辨認鈔票，如同憑咳嗽聲聽出是公證人先生一樣。這一回，他們倆騎車沿河邊走。哥倆的身影，倒映在靜靜的河水中。他們的頭部，被菩提樹遮住了。可是腿還踩在踏板上，像火車頭的車軸。河水同樣映出他們的身影，彷彿是一輛幻夢中的四輪車……假如——公證人先生邊看邊想——這兩個小商販偶然喝醉了，又是晚上，兩人換個位子騎在雙人車上，盲人在前，有視力的在後，那會怎麼樣，他們將騎到哪兒去？可能不撞到任何人，那個盲人就會騎到家，就像他用手指辨認錢幣，根據咳嗽聲辨別朋友一樣……公證人先生想著，沿著空空蕩蕩的馬房院子走去。馬房門上，畫有幾匹紅色馬的腦袋。他在小店旁靜靜地走著。從前，他總是怕見到那個小店。這回他瞅了一眼，小店主的手，正靠在窗旁的小桌上。那是一隻因戰爭致殘的手，是被火焰噴射器燒傷了的。爲此，他獲得了獎章和小商店……

公證人先生沿著石臺階向河邊走去，望著他十分熟悉的城鎮，看到河對岸的彩色窗戶，看到一位身穿紅衣的女人，手提籃子朝河邊走。她隨後蹲在木橋上，望著自己在水中的身影，理了理一直垂著的頭髮。公證人先生看到，似乎還有一位洗衣姑娘，從水中浮出來，像紙牌上的女演員……但洗衣女從籃子中取出她的白被套，俯下身子，就把她在水中的影子打亂了……

河對岸土堤上，教長先生頭戴禮帽朝前走。而同他一模一樣的身穿黑袍的教長，兩腳朝天，也在河中走動。當洗衣女的紅袍同黑色的教袍匯合在一起時，好像一個紅色句點，它上面是個黑色感嘆號，但都是倒置著。洗衣姑娘向尊敬的先生問好時，先生鞠了一躬，大手一揮，脫下禮帽。水中映出來的，好像他在用帽子舀水……公證人先生敏銳地注視著河對岸，同時領略著所有景物。他俯下身子，用手掌捧起水來，認眞地洗臉。接著登上堤岸，順著柵欄往城裡走去。

櫻桃園邊，有位穿游泳衣的年輕姑娘，坐在翻躺著的小船上，編織黃色毛衣。一個赤身露體的男孩，俯臥在獨木橋上，用竹竿在水中釣魚。公證人先生舒坦地呼吸著。一會兒又望望河那邊，是一片一公里見方的草地。一位曬得黝黑的青年人，騎著白馬跑過來。他只穿了一條褲子，赤著腳，逕直往淺水中走去。水中又映出一匹馬。好像兩匹馬，蹄子對著蹄子似地站著。白馬伸長脖子，低下頭，從它的嘴的影子中飲水。

「媽媽，這是什麼玩意兒？」男孩子問，叉開兩腿站在穿游泳衣的年輕女人面前，手裡握著一條耷拉下來的東西。

「法姆尼克，馬上把它扔掉！」她大聲說，臉一下子變得緋紅。

「可媽媽，那是幹嗎用的？」

「我說，趕快把它扔掉！」

「你告訴我，它是幹什麼用的，我再扔！」

「你不應該知道，長大了你就明白了。」

「但我要知道！」男孩跺腳說。

「我再說一遍，馬上扔掉！」母親大聲喊道，把織的毛衣放下了。

可男孩跑了起來，母親去追他。當她抓住正跑著的男孩的手時，男孩在絕望中將他從水中撈起的東西塞到嘴裡去了。「你等著瞧，我告訴你爸爸，」年輕女人嚷著，揍那男孩子。他踉踉蹌蹌，摔倒在公證人先生腳旁。

「這眞是交了好運！」公證人先生說。年輕的母親一隻手在男孩嘴裡掏那耷拉的東西，另一隻手打孩子。她嚇唬說：「你等著瞧，我要告訴爸爸，說你又在水邊胡鬧了，你這個壞東西！」她從男孩嘴裡取出那個東西，厭惡地把它扔掉了。

隨後，她繼續織她的毛衣。但她突然有一種感覺，好像她騎在自行車上，有人將一根棍子塞進了她的車輪。她轉過身來，看到一老先生的目光，透過她的游泳衣，很在行地在觀察她的身體，而且產生了快感。她用一隻手掌捂著下身，另一隻手蓋著乳房，朝後面退去，坐到小船上，立刻又織起毛衣來。

「嗯……」公證人先生哼了一聲，將禮帽拉到眼睛上，然後轉過身來，用手轉動他的手杖，使勁碰那些花朵，看著馬兒在河裡浮動，同騎手一道走出水面。他腳下的水面又出現了倒立的馬兒，馬用蹄子踢自己的影子。騎手使勁用赤著的腳後跟踢白馬的腹部，踢得咚咚的響，馬兒在淺水中拔腿跑起來，把它的倒影打亂了。

這時，公證人先生匆忙走了。

經過小商店時，他也還是不瞧一眼。可走過以後，他又想起來，還沒有瞅見那雙紅紅的手哩。他於是停下來，隨後聽到了呻吟的聲音。他轉回來，朝商店的亭子望去。小商販正躺在地板上發羊癲瘋，不斷地抽搐，在貨架和椅子之間，幾乎全被香煙埋住了。

公證人先生繞著小店走去，抓那門柄，但已上了鎖。他又折回來，從窗口看，只見鑰匙塞在鎖眼裡。他扔下手杖，將活動窗托起來，往小店爬進半個身子。他伸手去開門時，身子失去平衡，跌了下來，腦袋著地。首先他看到了那被噴火器燒傷的一雙紅手。接著就倒在地上，臉正對著被戰火毀了容的小店主的面孔，那面孔彷彿是誰推到滾燙的油中燙了一下。然後用腳跟弄開小桌的抽屜，裡面裝著一些硬幣。公證人先生抽出手來，打開門，踉踉蹌蹌走到陽光下去了。

這時，正是賣《捷克言論晚報》的女人騎自行車過來的時候。車的前後都堆著一捆一捆的報紙。她看見公證人先生跌了個筋斗，小店主躺在硬幣和香煙之上時，馬上從自行車上跳下來，手握著車把，驚得愣住了。

「沃利奇科娃太太，快來幫我一把，」公證人先生說。

可是賣晚報的女人嚇得動彈不得。公證人先生將小商販拉出來，拾起香煙和硬幣，解開那個人的襯衣，拍打他的臉頰，擦去他嘴邊的唾沫。賣報女人清醒一點了，可是除了大拇指，別的都不能動，但她至少可以按響車鈴。

人們跑過來了，鬆開小店主緊捏著的手，往死者的胸口澆水。公證人先生將小店主的腦袋放在膝上，撫摸被戰火燒傷的頭部，好像是用各種各樣的皮片縫起來的。

「沃利奇科娃太太，快去喊他的妻子，好嗎？」公證人先生說。但賣報女人按響車鈴，騎上車離開了。

「請大夥將硬幣和香煙收拾好，」公證人先生提醒說，繼續撫摸小店主，同時望望河對岸，那兒有位漁夫，魚鉤上正好掛著一條活魚，像鏡子一樣閃亮。漁夫小心翼翼地把魚取下來，怕傷著它，並向上一拋，讓魚落入水中……還有一位漁夫，坐在鏡子般的河水對面，模樣像撲克牌上的黑桃國王。「那你們快去請醫生！」公證人先生提議說。

（萬世榮譯）

一九四七年布拉格的兒童❶

1

正午的鐘聲響了。

希爾曼先生，大個子賣肉的人，左耳戴著小巧的金耳環，打開櫥窗，從一連串的豬頭和文竹叢中，察看他的店鋪。

「先生們，」他的妻子大聲說，「屠宰和做鹹肉這個行當中，清潔就是健康的一半！」她用抹布擦瓷磚，一對乳房輕輕地晃動。四名保險工作者，支持老年人協會的代表們，都盯著她的領口。

❶標題爲義大利文，爲捷克一著名合唱團的名字，在此僅有象徵意義。小說中雖用了「指揮」等詞，但寫的不是合唱隊，而是一個有犯罪嫌疑的團夥，他們用養老保險的方式騙錢。

「你們壓根兒不會相信，」賣肉者的妻子說，「這種文竹能吸去肉的異味。」

「所以在猶太公墓種上黑色的接骨木，」保險公司代表布西法爾先生說，「這種黑接骨木一生根，過幾年就能吸收一切。太太，那小香腸眞是好極了！」「太太，」支持老年人協會的指揮先生克拉胡利克含著滿口香腸說，「這些小香腸是科斯特勒茨鎭產的，還是從法蘭克福運來的？」他邊說，邊點頭，用檯布擦嘴唇。

肉店的主婦笑了，拿起一片火腿，把這玫瑰色的肉片舉到漂亮的年輕人張開的嘴上，大聲地說：「這是專門給維克多先生預備的火腿肉！」

保險公司的代表維克多・圖馬先生，柏柏爾人❷類型的美男子，舔了一下女店主的指頭，用鬈髮的頭，裝作不小心撞了一下她的乳房。

「這不是科斯特勒茨產的，也不是法蘭克福的，是我們自己做的，我和我的丈夫做的！」她指了指櫥窗。希爾曼先生正跪在那兒，往豬頭的嘴裡塞黃色的檸檬。

「他下跪的姿勢，同斯米霍夫❸公墓的大主教霍亨什泰因先生的雕像一模一樣，」維克多先生說。

❷原爲北部非洲一個種族。

❸布拉格一個小區。

「您也是天主教徒?」女店主高興了。

「也是,」維克多先生說,抬起他的藍眼睛,把嘴張得大大的。希爾曼太太彎下身子,往他嘴裡餵了一片薄薄的火腿,讓他輕輕地咬自己的手指頭。

希爾曼先生看到這場面時,拿起檸檬,塞進豬腦袋裡去了。

「好了,先生們,還用點什麼?」女店主大聲說。「還要一份小香腸!」「給我多加些辣根!」「我要辣根加芥末!」「我想要火腿,」東達·烏德代表說。他舉止文雅,手拿玫瑰花,上衣隨便搭在肩上。女店主走進貯藏室。保險公司的代表們,越過文竹和希爾曼先生光禿的腦袋,往廣場望去,只見一個騎自行車的女人,正從驅瘟柱朝廣場騎去。她的車上掛著一個大花圈,上面紮著尖尖的樹葉和飄動的紫羅蘭緞帶。她的下巴向上翹著,因爲紅木葉上的刺可能扎著她。

「緞帶上寫的什麼?」支持老年人協會的指揮問,朝櫥窗走去,從小凳子旁邊將東達·烏德先生推開,讓他跌了個四腳朝天。指揮先生從他身上跨過去,朝他的頭輕輕踹了一腳。然後靠在廚房旁,撥開文竹,笑得流出了眼淚,淚水滴到跪在櫥窗前的希爾曼先生的手背上。

「中午要關門了!」賣肉的主人說,拿起豬頭,用刀砍起來。

「是您太太請我們來的,」指揮先生冷靜地說。

「那是愚蠢的玩笑,」東達先生有點生氣了。

「您知道,那兒寫的什麼?」指揮先生轉身說,「那兒寫的是:你甜蜜地睡吧,」說著,他打了個嗝。

「可能有人在想我呀！」他若有所思地說。

「什麼地方在沖廁所，」東達先生沈著臉說，將外衣拍了一下。

「啊，上帝，代表先生氣量很小啊，」指揮先生歎氣說，從地板上撿起玫瑰花，撒了一點鹽和胡椒粉，吃了一口，嘗嘗味道，覺得不錯。他高興地說：「這做個涼菜，棒極了，加幾滴辣椒油，當然更帶勁。我們玩玩吧，布西法爾先生。我們請您到單位試用，到今天已經一個星期了。我一直不明白，教堂服務處爲什麼把您解雇了。」

「因爲我在那兒同神甫吵了一架！」

肉店女主人端出一盤熱氣騰騰的小香腸。

「您同神甫吵架了？」她吃驚地問。

「同神甫吵架，爲了聖特列西婭的雕像，」布西法爾先生說。

「這種芥末，是神甫用的嗎？」維克多先生問。

「是神甫用的，」女店主說，擦了擦因辣根流下的淚水。

保險公司的代表們不知羞恥地盯著她的領口裡面，很內行地點頭。希爾曼先生進店鋪裡面去了。他的兩隻眼睛很小，兩隻耳朵拖在後面，像馬的耳朵。他從倉庫回來，拿著拉百葉窗的竿子，站在文竹旁邊。他個兒大，肩膀寬，把小店的光都擋住了。

「我應該把百葉窗打開，」他說著，走上了人行道。

「爲聖特列西婭的雕像而吵了一架？那您說說！」女店主說著，搬來一把椅子，跪在上面，手扶著靠背，笑著在椅子上搖晃，連裙子也撩了上去，大腿全露了出來。希爾曼太太望瞭望天花板，又搖盪起來。當她的身子向後仰時，一對乳房高高聳起，像兩堆圓錐形的白糖，代表們看著驚呆了。維克多・圖馬先生已付過兩次扶養費，對每一位懷有身孕的女人，都有些嫉妒，不是嫉妒她懷孕，而是因爲不是同他一起懷的孩子。他放下小香腸，像天主教徒似的，雙手合十，想更好地體驗一下大自然的罪孽。

希爾曼先生手拿竿子，對妻子的表現感到不勝驚訝。

「是這樣的，太太，」布西法爾先生咽了一口唾沫說，「這種教堂的雕像，脆弱得教人難以相信，像那小香腸一樣。我就這樣將聖特列西婭的石膏雕像往茲貝希諾運去。等我打開大卡車上的箱子一看，咳，雕像的手已經壞了。」

「手？」女店主笑起來，「那神父說什麼啦？」

「神甫大爲吃驚。我說，『神甫，我去雜貨店買一袋石膏，像醫院一樣，給那雙手打上石膏。』可是尊敬的先生說不行，說他要的是健康的聖特列西婭。」

「健康的？」女主人笑了。

「那我就只好將雕像送回去，」布西法爾先生接著說，「我另外裝上一個，再運到這兒來，把雕像放在臺階上。我手拿供貨單走進教堂，尊敬的先生站在最後一級臺階上，越過我的肩膀朝下看……我轉過身子一望，好一個笨小子！」

「那個神甫？」女店主笑著問。

「不是，有一個笨傢伙，那個騎自行車的東西。他的車把碰上了塑像，把它撞倒了。神甫跑過來，在緊急關頭，抓住了聖特列西婭塑像，還說：『爲了聖特列西婭，您必須跑第三次！』可他還踩了我的雞眼，那是不應該的。我說，『您雖然是上帝的代表，也不該踩我的雞眼呀！』我把塑像捅了一下，它倒下了，摔成了碎片。尊敬的先生打了個報告。現在教堂服務部門就沖著我來了。於是我就成了敬老協會的代表……那兒還有辣根嗎？」

「我去拿來，」女店主說，「可您知道嗎，我十七歲的時候，就想進修道院？」

「進男子修道院？」指揮先生問。

「要是今天，當然想去啊……可那時候，我很虔誠……當然，爸爸去世了，我把念珠換上了肉刀。啊，先生們，我能用我的小手，把火腿切得很薄很薄，」希爾曼太太沉思著說，身子不再晃了。她的一隻腳踩在地上，可她那捲起的裙子還貼在膝蓋以上的大腿之間。希爾曼先生看著，只是搖頭，金耳環在耳垂下閃光，像問號下面的一個黃銅色的句點。他的下巴耷拉下來了。

「我的鄰居，您怎麼啦？」賣帽子的庫爾卡虛情假意地問。

「沒有什麼……」

「得了吧！我和我老婆從店裡都看到了。她對我說，『維爾達，那個希爾曼面色慘白，像火腿上的肥肉。一定是出了什麼事。』」賣帽子的人說。

「啊，是這麼回事。您瞧，鄰居，我店裡來了三個小子。」

「八成是來檢查的吧！」帽店主人得意了。

「見鬼，」希爾曼先生撒謊說，「他們來只要刀叉和作料，肉是他們自己從家裡帶來的。我怕走進去，擔心會惹出什麼麻煩！」

「那第四個人呢？」

「他用紙袋裝來了三個雞蛋，要我給他煮好。因為他忌口，我煮的時候，他到我背後，舉著手指提醒我：『不能煮老了，只煮三分鐘！』」

「眞可怕！」帽店主人高興地說，「自從各學校不再把宗教作為必修課的時候起，人們都變得放肆了。鄰居呀，我眞替您惋惜，」庫爾卡先生說，聲調中顯出無法掩飾的高興。他朝自己的店鋪走去，走到半路上蹲下來，裝作在繫鞋帶……同時又大笑不止，笑得眼淚都滴到鞋尖上了。「這很好，」他自言自語說。希爾曼先生將竿上的鉤子穿在窗簾的吊環裡，把窗簾轉起來，可是百葉窗卡住了。他折騰了兩次，也沒有弄好。肉店主人從櫥窗往店裡瞅他的妻子，只見她還是捲起裙子站著，像要過河的樣子。他忍不住了，便全力拉竿子，鉤子從鐵環上掉了下來。希爾曼先生倒退到人行道上，還往後踉蹌了一下。他感到好像背上壓著一百公斤重的磚塊，有一種東西在推他，很想翻個筋斗似的……他將刀子一揮，才恢復了平衡，抓住了拉百葉窗的竿子，沒有像別人希望的那樣：一個生意興隆的屠宰和醃肉鋪的老闆，會仰面朝天，摔倒在廣場上。製作胸罩和緊身衣的莉蒂亞商店的兩個規規矩矩的學徒，坐在驅瘟柱旁的長凳上吃午餐麵包。她們看到希爾曼先生要跌倒時，馬上站起來，抬著長凳，想去接住要跌倒的希爾曼先生。

「中午好，老闆先生，」她們問候說，坐到長凳上，繼續吃媽媽給她們塗好黃油的午餐麵包。希爾曼先生碰著了一幅大廣告，上面寫著：恭請全體居民出席大威尼斯之夜。他撞上了廣告支架，仰面跌倒在地上，兩條腿交叉在一起，一隻鞋尖踢到額頭上，後腦勺碰到了鐵欄杆。

帽店主人庫爾卡先生跑過廣場，扒拉開撞破的廣告紙，問道：「鄰居啊，您的腦袋摔得不輕吧？」希爾曼先生坐起來，摸摸後腦勺。

「好在看到的人還不多，」帽店主人安慰他說。

希爾曼先生蹲下去，又站起來，撿起拉窗簾的竿子走了。

「還痛嗎？」

「痛得多厲害啊！」希爾曼先生說。

「您壓根兒不知道，我多麼爲您惋惜啊，」帽店主人遺憾地說，但掩飾不了他語調中的幸災樂禍的意思。他又蹲下來繫鞋帶，同時再一次笑起來，笑得口水滴在膝蓋上。他嘶啞著嗓子說：「那就好……」

「我有什麼可以自吹的，」布西法爾先生在店裡說，「太太，如果您在這兒給我投入一千萬，教堂服務部把整個教堂都給您……交鑰匙！因爲我們有自己的車間，小工廠，那兒可以製造講經台。有作坊，能按尺寸給神甫縫製道袍。一件漂亮的道袍，值八千兩百多克朗。還有首飾車間，打鐵車間……」布西法爾代表先生說著，希爾曼先生拉開百葉窗。它那紅色的條紋，給小店投上了一層玫瑰色。肉店主人走進店裡，拿出一個大錫盆，從人行道打開櫥窗，拎著一個個豬頭的耳朵，扔進盆裡，然後關上櫥窗，就返回來了。

「太太，」布西法爾先生接著說，「教堂服務部有自己的葡萄園、酒窖，還有做彌撒用的葡萄酒……有兩座女修道院，爲全共和國烤製做彌撒用的麵包。」

所有的人都調轉頭來看肉店老闆怎樣將豬頭倒在砧板上，然後拿起一個豬頭，高高舉起，好像在用整個豬頭做禱告似的。隨後又把它放在砧板上，很內行地用一根指頭，在鋒利的屠宰斧上抹了一下，只一斧頭，就把豬腦袋劈成兩半了。

「好漂亮的一刀！」指揮先生說，用手擦了擦前額。

「我們是不是該走了？這砧板上的場面，同我們可能的命運，有沒有什麼暗中的聯繫？」維克多先生問。

「說不定丈夫先生有點吃醋吧？」布西法爾先生問。

「可是，先生們，」肉店老闆的妻子大聲說，「你們是怎麼想的？法南尼克❹！吃醋？他沒有理由嘛！法南尼克，你是不是有點嫉妒？」

希爾曼先生拿湯匙，望了一下幾個代表，從豬頭蓋骨腔裡掏出腦髓，惡狠狠地往瓷盆裡一甩。

「我的頭有點痛，」指揮先生說，一隻手伸到分頭的髮縫裡。

肉店老闆拿起掛在鐵絲上的價格標籤，插在盆裡的豬頭上。

「我那兒又痛起來了，」指揮先生說。

布西法爾先生站起來，走到砧板旁邊說：

「師傅，做這種香腸，最主要的要看肉怎麼樣，對吧？」

希爾曼先生在砧板上放好了四個豬頭，重重的四斧頭，把它們都劈開了。

「肉，肉！」女主人大聲說，「最重要的，先生們，是配作料，肉不過是成分之一。維克多先生，您最喜歡什麼？」

「您問我這個？」他小聲說。

❹希爾曼先生的名字。

「隨便問問，」她的臉紅了，「我指的是別的事。好比說，您最愛吃什麼。」

「我喜歡帶酒味的香腸。」

「好，先生們，我給大夥準備的正是用水浸泡過的酒味香腸，連加油站的職工也辨別不出來。水泡過的香腸，這是上帝的恩賜！」她笑著說，「你們要是不相信，就去小貯藏室看看吧。布西法爾先生，是哪個公司給廟會供應聖像？」

「是我們，太太，」布西法爾先生說，同大夥一道去看小貯藏室。煤氣爐裡的藍色火焰，像一束紫羅蘭色的野花，照亮著暗處。「我們給所有辦廟會的地方供應念珠，聖水盤，捷克國產的水晶球，小不點兒的布拉格聖子像，人們稱它爲『布拉格的兒童』❺」，布西法爾先生又說，從陰暗的貯藏室通過光亮的視窗，朝院子裡望去：一架絞肉機正在強烈的陽光下運轉。絞出的肉溜進盆裡。剩下的是開始腐爛的內臟，上面落滿了金頭和綠頭蒼蠅。

「那麼您最喜歡什麼呢？」維克多先生問。

「除了那兒的玩意兒以外，」女店主低著頭說，「我最喜歡吃早晨的豬頭肉……宰第一頭豬的時候，我拿來一隻裝牛奶的空桶，割下一塊豬心，一片豬肝，一點兒豬尾，豬嘴巴和耳朵，加一些水，用特製的蓋子把桶蓋上，放進煮鍋裡。等到豬肉煮好了，我把桶取出來，打開，將

❺原文爲義大利文，與本篇標題相同。

肉汁倒進杯裡……再把豬頭肉裝到盤裡。大家開始吃起來，喝那健身湯……」

「就著麵包吃？」維克多問。

「麵包只用來裝裝樣子。可是，先生們，這是我們店裡的秘密。這些是展覽會發給我們的獎品，獎狀，一個大作料櫃子！」希爾曼太太大聲說，打開櫃子，抽屜裝得滿滿的。

布西法爾先生返回店裡，看著希爾曼先生用勺從豬頭裡掏豬腦髓，說：「師傅，您可能不大相信，今年墳地多麼便宜啊！奧爾尚公墓有這麼三塊墳地。每個有錢的捷克人，都想能在奧爾尚公墓做甜蜜的夢。您沒有興趣嗎？」

「我擔心，」希爾曼先生說，瞅了一眼貯藏室，「我在墳墓裡會醒過來。」

「很少有人會那樣。」布西法爾先生說，「只要您講一句話，那塊墓地一周以內，就歸您所有了。地皮乾燥，離自來水管很遠，從牆上看外面的田野和酒店，風光不錯。這可是個千載難逢的機會啊！」

「您知道，」希爾曼先生說，用刀刮砧板上的豬腦髓，還將刀子在瓷盆上擦一下，「我一直是想要一塊墳地的……現在，當我一瞧我妻子這樣子，我就更想要它了……可是，文化贊助者赫拉夫卡從墳墓醒過來這件事——除了我老婆——就能把我打垮。」

肉店主人說著，用刀向砧板砍去，然後走近小貯藏室。他妻子正往開水裡放小香腸，還大聲喊道：「一抽屜的香料，胡椒、辣椒、新鮮作料，椒根和生薑，這些東西給我們帶來了名氣，法南尼克，是不是？」她輕輕敲了敲丈夫圍著藍紅色條紋圍裙的胸部。

「嗯，」希爾曼先生應了一聲，把冰櫃打開了。

鉤子上掛著半邊的小豬和小牛，像私人醫生家裡的掛圖，還有兩條啤酒店的大牛腿。

「您得到那塊墳地，人人都會羨慕您的，」布西法爾先生說。

「可是誰能給我保證，」希爾曼先生說，輕輕地拉著牛腿，「我不會像赫拉夫卡那樣，從墳墓裡醒過來？上帝呀，他們在那兒是怎麼發現他的，棺材蓋挪動了，文化贊助者跪著，指頭和鬍鬚都被咬掉了，棺材也歪了！」

「是老鼠咬的？」

「老鼠！」肉店老闆大聲說，「是他嚇慌了神，自己把手指咬斷了，把鬍子也拔掉了！我寧可讓人們火葬！」他伸開手，取下掛著的牛腱子，將兩百斤重的後腿扔到肩上，走出冷藏室，拉上保險鉤，走進店裡。牛的大腿壓彎了他的腰，他的腦袋快貼著胸部了。

「您知道嗎？」布西法爾先生說，從後面看希爾曼先生的面孔，「您在遺囑裡寫上，讓醫生扎扎您的心臟。布拉格闊氣的家庭都這麼幹。這在貴族圈子裡，已成爲習慣了。」

「扎心臟？」希爾曼先生說，「我老婆對我就是這麼幹的，您看看吧！」

希爾曼的妻子端著熱氣騰騰的小香腸，大叫大嚷：「先生們，我差點給忘了，今天是威尼斯之夜呀！晚上都來吧，我要在平板船上彈曼陀林……啊，維克多先生，燈籠高照，月兒圓圓……我邀請大夥來！我丈夫將在冬不拉樂隊彈夏威夷吉他，」她說著，跑到牛腿下面，拉起丈夫的手，擰他的一個個指頭，還說：「大家看看這些指頭吧，多麼像又粗又短的灌腸啊！就是這樣的指頭，去年宰豬節還在樂隊演出哩。人們搭起小舞臺，法南尼克爬了上去，五百公斤的公牛也牽了上去，用繩子繫著……我丈夫法南尼克牽著牛，樂隊開始演奏，聽眾一片歡騰……可是今天，先生們，這些又粗又短的灌腸一樣的指頭，還要在小小的吉他琴上彈奏哩。你們來嗎，先生們？」

「希爾曼先生，那墳地值得琢磨一下，它緊挨著一位捷克有名的詩人。太太，您勸勸他吧！這麼便宜的墳地，你們任何時候也找不到的！」布西法爾先生說。

「同有名氣的詩人躺在一塊兒，那眞不賴，」肉店女主人說，「我爸爸也是詩人。先生們，他多麼樂意舉辦紀念活動啊！身穿白袍的學徒們走在隊伍前面，用大盆端著豬頭、內臟、香腸，像舉著中彩的彩票一樣。他們後面，是頭戴白帽子，上身穿格子衣的工人師傅，肩上別著我們的徽章——銀質宰豬的斧頭。再後面是管樂隊。接著是體重一百多公斤的運動健將，頭戴寬邊帽，上面插著羽毛。接著是屠夫，民族之花……可是先生們，趁熱把香腸吃掉吧！」賣肉老闆的妻子說。

布西法爾先生說道：「布林曼先生，我看那塊墳地就歸您了……好，我可以通過教堂服務處，在墓裡面安裝一個儀器。是住在巴黎的一位俄羅斯著名人物發明的。這儀器放在棺材裡，由您手握著。只要您在棺材裡動一下，墓上面就響起鈴聲。因爲那電線控制著報警信號。鈴聲一響，管子裡就噴出煙火。爲了不出錯，報警以後，還發出一種響聲……哎呀！」布西法爾先生叫起來，將手往旁邊一甩。

希爾曼先生跳了一跳，身子一歪，手上的牛腿肉掉到地上了。他身體失去平衡，撞到了關著的門上。希爾曼太太正巧這時候把門打開，肉店老闆竄到走廊上，想抓住那塊大肉，可是重心已轉到前面五米遠了。希爾曼先生揮動刀子往前趕，踉蹌一下，摔倒了……他是被撞倒的，不是摔下去的。莉蒂亞公司兩名老實的女學徒看到這一切，就把衣兜上的麵包渣抖掉，將長凳抬到安全的地方。

「下午好，老闆先生，」她們站起來，看到希爾曼先生要摔倒，彎腰問候。

他撞到了威尼斯之夜的廣告上，牛腿肉飛過去，打穿了避瘟柱旁的一根細鐵棍，在小玫瑰花泥土上砸了個坑。

帽店主人庫爾卡先生跑過廣場。他只穿了一件毛衣，拿著絲絨帽：

「鄰居朋友，」他同情地說，「您摔得不輕吧？」

「是很重，」希爾曼先生說。

「我從窗口朝外看，見您摔得蠻遠……可是您知道，我以爲您會保持平衡的。您眞的很痛嗎？」帽店主人問，從口袋裡取出刷子，仔細地刷他的帽子，吹吹帽上的灰塵。

「是很痛啊，」肉店老闆難受地說。

「我爲你感到惋惜。我老婆還以爲，您在爲威尼斯之夜練習表演哩……感謝上帝，鄰居朋友，沒事兒就寬心吧，」帽店主人說著就往回走，一點也不掩飾他語調中的高興勁。

布西法爾先生接著跑過來了。

「可事還沒有講完哩，」說著，他蹲了下來，「墳墓裡有電話通公墓管理處，只要它一響，掘墓的人們馬上就到，立刻將您刨出來。」

「我也必須爲你們掘墓，」希爾曼先生坐下來說，「是你們強迫我進行人壽保險的，現在又要強迫我買墳地，因爲我反正是要買的……可是您看，我老婆在給我搞什麼名堂？」他舉起手掌，望著他妻子跑過來，她手提著裙子，一手挽著保險公司代表維克多。

「我爸爸眞夠倒楣的，」她說，用乾淨抹布擦牛腿肉上的泥土，「先生們，我爸爸開著櫥窗，像我的法南尼克一樣，往豬頭裡放檸檬，湊巧一輛卡車開過來，前輪掉下來了，飛了起來，撞在我爸爸背後。我爸爸正往豬頭裡放檸檬。他同豬頭一起，把櫃子撞穿了，一直撞到砧板面前，我媽媽還舉起斧頭在砍小牛骨頭，準備放到湯裡去哩！」

「她把您爸爸砍死了？」指揮先生問。

「沒有……但是出了點事兒，只剮了一層皮。可是，先生們，來吧，過來往店裡搬肉腿吧！」女主人喊著。支持老年人協會的代表們站到牛肉腿周圍，彎下腰，想將肉抬起來。指揮先生喊著：「加——油！」

大夥一齊動手，可牛腿一動也不動。

「我們的手太滑了，」指揮先生說。

當每個人拿出手帕時，他喊道：「加油！」

可牛腿還是不動彈。

希爾曼先生站起來，推開支持老年人協會的代表們，用一隻手拿起牛腿，夾在胳膊下，像夾一塊繪畫板一樣。希爾曼太太高興地說：

「你們看到了嗎？他的手指像粗大的香腸，可晚上還要在冬不拉樂隊彈琴。維克多先生，把手伸給我，向我保證，您一定來！」

「您聽見了嗎？」希爾曼先生對布西法爾先生說，「我那老婆還要把我帶到墳墓裡去哩！那墓您就安排吧。這可是像針一樣扎我的心啊！」

2

小商店陰暗暗的，櫃檯上銀白色的交款台亮著，活像一個水庫模型。

維克多．圖馬先生，支持老年人協會的代表，走進裡面的時候，朝作坊彎腰鞠躬。四位姑娘坐在長桌旁邊，每人面前有一大堆人造花葉。她們用靈巧的手指，往莖上捲紮。

「大家好，漂亮的小姐們！你們的頭頭在哪兒？」他問道，又鞠了一躬。年輕的女工們將目光從人造花上移開，也點點頭。每個姑娘都有綿羊般的鬈髮，鼻子聞著一堆毫無香味的紙花。

「收款臺上有電鈴，您按就行了！」一位姑娘說。大夥繼續幹活，好像在編織小塊的桌布，或者像抓著展翅飛翔的彩鳥。

商店後面黃色的燈光下，出現了一個禿頭男子。他沿著一束束人造玫瑰、大麗花、玲蘭、水仙和報春花走著。花兒一串串地掛在扒釘上……男子戴著厚片眼鏡，在眼皮底下，投下兩個土耳其式的新月。他停在櫃檯旁，手放在臺上。兩個手臂是裝的假肢，顏色像煙草一樣……

「是克勞斯先生嗎？」維克多問。

「是，先生有什麼事？」克勞斯先生豎起毛茸茸的耳朵聽著。

「我是學哲學的學生，國民教育部委託我作爲支持老年人協會的代表，對所有願意享有養老金的人進行登記。部長先生的意思，是要讓老老實實的人來幹這件差事。」

「這是件好事，」小商人說，「我對養老金有興趣，這從保險上講，是個數學問題……可您學的哪門哲學？」

他問的時候，使勁按著假肢上的銅扣。

代表按了一下扣，假肢如手一樣活動起來，克勞斯先生把煙拿到手裡。

「這裝置，我知道，」維克多說，「巴爾杜比采遭轟炸❻的時候，正好有這麼一隻手，掛在二層樓的一個釘子上，」他說著，把燃著的火柴按在手掌裡。

小商人吸起煙來。

「年輕人，您學的什麼哲學？」

「形而上學。」

「一門好學科。但那是怎樣的形而上學呢？講生前，死後，還是講解脫❼？」

「生前，柏拉圖的思想。」

「了不起的科學！」克勞斯用這句話稱讚說。透鏡的反光，像銀白色的小金魚在他臉上滾動。「好，年輕人，迦勒底人❽的遊手好閒和赫拉達❾的純淨的靈魂，十分精彩地向我們表達了猶太人的智慧……所以，我欣賞所羅門❿國王。欣賞他那介於兩極之間的分散性，以及《舊約》

❻捷克北部城市，二戰快結束時遭美機轟炸。
❼生前……解脫，均爲拉丁語。
❽指古代迦勒底人。
❾神話人物。
❿統一猶太以色列國的國王，以聰明智慧著稱。

聖經中的支離破碎，」小商人說著說著，接不上氣倒下了。他的話語同香煙味混在一起，眼皮越來越低垂了。

一片寂靜。只有作坊姑娘們的手在幹活的聲音。煙頭還冒著青煙，在克勞斯先生下巴下面分成兩股，活像大夫的聽診器。

「也許有人會對我感到驚奇，」過了一會兒他說，「我會欣賞非理性主義的哲學家亞歷山大，他脆弱得像我的花兒一樣？我最崇拜赫密士⓫，有誰會認爲我不好呢？」克勞斯先生大聲說，用假肢敲打櫃檯，抽剩的煙頭掉在黑色的地上。「這只是作爲您的裝飾，」代表說，「我們還是回到現實世界來吧……您想要多少養老金？」然後，代表遞給他一支香煙，給點了火。

「當然，」小商人說，「在赫密士以前，有誰用圖表顯示過他那綠寶石般的哲學基本性質？」

「所羅門國王和他的印章。您將享受十級待遇，」維克多先生說，並且記錄下來。

「七級，是不是更好一點？」

「有七個棱角的燭臺，」代表說，「不過我們最好以十誡爲基礎吧。」

「好極了。您是個有學問的年輕人，」小商人誇獎說，「可是，所羅門國王的印章能告訴我們什麼呢？」

⓫希臘神話中的信使之神。

「同藍寶石圖案所表示的差不多，」代表說，同時用鉛筆在商店的上空畫了兩個重疊的三角形。克勞斯先生閉上眼睛，彷彿要挨鞭子似的。隨後，他用兩條假肢撞銀色的錢櫃，褐色的抽屜從裡面滑了出來，還發出了叮噹聲。

「那些字是什麼意思？」克勞斯先生問，用頭碰碰冰冷的錢櫃。

「上面同下面一樣，下面與上面相同，」代表解釋說。

女工們停下手中的活兒，眼神裡充滿了問號。

維克多先生又輕輕重複了一遍，朝車間望去。

「上面同下面一樣，下面與上面相同，」他說著又用手指畫了兩個重疊的三角形。

小鎮的磚路面上，鈴聲更近，更響了。整個商店都受到震動。櫥窗外開來一台大型收割機，好像童話裡縮著翅膀的大飛禽。一個年輕人坐在鐵皮座位上，頭上是格子頂蓋。那是個農村小夥子，頭髮亂蓬蓬的，一直散落到貝雷帽子下面，好像被槍打中的鴨子翅膀。年輕人哼著小曲兒，收割機隆隆地響，像嚇唬人似的，又好像負荷過重，彷彿蒸汽機車載著六台脫粒機一樣。

可是，克勞斯先生對收割機的響聲聽而不聞，一心注意著那兩個鑲嵌在一起的三角形。「這才是生活中唯一的、眞實的畫面，」他低聲說。

當克勞斯漸漸回到現實世界之中時，發現女工們的雙手都擺在膝蓋上，正望著他哩。

「姑娘們，我可憑什麼給你們開工錢？」他板著臉說，兩腳跺著作坊的地板，「幹活，幹活！」

女工們拿起人造花和葉，用靈巧的手指，匆忙快速地紮著人造花莖。

「一個會做生意的人，貨源充足的時候，也要像一無所有一樣，」克勞斯先生解釋說。

「是的。所以在我的許可權內，頭三個月，我有理由收取現款，」代表說。

「好朋友，明算賬嘛，」小商人說。

「那就請簽個字吧，要不就畫上你的代號，」維克多先生說，將鋼筆給他，指著申請書說：「我整個收取一千兩百五十克朗。」

克勞斯先生簽了字，可把申請書弄撕了。

「這沒有關係，」代表說。

商店的門軋軋地響著。一位頭戴紅色禮帽，身穿毛外衣的姑娘走進來，手指上夾著由兩片綠葉扶持的睡蓮。

「請買下它吧，」她說。

「這是什麼？」克勞斯先生驚訝地問。

「搶生意，」維克多先生說。

「做得眞漂亮，」小商人很內行地說，「親愛的孩子，這睡蓮是誰做的？」

「我爸爸媽媽做的，由我拿到各處去賣。請買下吧。」

「多少錢一枝?」

「二十五克朗。」

「可憐的競爭必須得到支持，」克勞斯先生沉思著說，「這麼漂亮的姑娘，來向我這個人造花商人，推銷人造睡蓮……年輕的先生，這裡面是不是有更深的意思，這不是一種巧合吧?因爲這個姑娘就是一塊流動的、帶有所羅門國王徽章的藍寶石，向著我的命運挑戰……」商人說著，像擺弄印刷機似的，用假肢按出幾張一百克朗的紙幣，放在桌上。總共十九張一百克朗的紙幣。代表點了一遍，小心翼翼地放進錢包。

「好，親愛的孩子，給您二十五克朗，您把睡蓮掛在櫥窗的釘子上吧。」

姑娘拿著睡蓮，進入櫥窗，背後背著一個繫著綠繩的包包。她轉過身來，看到了維克多先生，臉紅了。她沒有開玻璃門，卻摸到櫥窗的門柄上去了。

「您在那兒幹什麼?」克勞斯先生吃驚地問。

姑娘跑進商店，推開了向她伸來的假肢，跑到街上去了。

「我們像橄欖一樣，」商人悲傷地說，「只有我們被粉碎時，才能從我們身上貢獻出最好的東西……可是有什麼法子呢?年輕人，您再到鎮上來的時候，請拜訪一個人，此人經營的商店，帳本雖然看上去是獲利的，但他的雙手卻永遠同漂亮的姑娘們絕緣了。」

他走開了。黃色的頭髮在小燈黃色光線照耀下，漸漸消失在庫房的人造玫瑰、大麗花、玲蘭和水仙花叢之中。

「美麗的姑娘們，再見！」維克多代表先生鞠躬說。

年輕姑娘們躬躬身子，頭部碰到一簇簇花葉上。

維克多先生跑到街上，還踮起腳跟四處張望，打算踩到一輛小轎車的發動機罩上去，可車主從小窗口伸出腦袋嚷道：「您好大膽子！」

街旁的路燈，繫著一架梯子。代表沿著梯子，一直爬到路燈下，扶著燈柱四下張望，可是看不到手持睡蓮的姑娘。

街上一名清潔工，高大的個子，身穿威廉式馬夾，滿身塵土，身上的汗毛如同仙人掌。他揮動著長掃帚在打掃街道。嘴裡隨便吹著交響樂曲……吹一會兒就停了，靠在燈柱旁的梯子上，不滿意地說：

「那些傢伙可真笨，真笨。但是也就這麼樣！」

維克多先生從梯子上走下來，踩著了清潔工的腦袋。清潔工朝上摸著了鞋子和踝骨，抬起眼睛，往褲腿裡面看。

「夥計，您從哪兒冒出來的？」

「從天上來。」

「那兒情況怎麼樣？」

「棒極了。」

「這麼說，天主教徒過得不錯呀，」清潔工說著，走開了。

他又拿起掃帚，使勁清掃面前的廢紙、落葉和一堆堆塵土。

「那些傢伙眞笨，就是這麼笨！要是他們懂得，什麼是像樣的音樂，那就好了！」清潔工大聲說，又吹起口哨，揮動長掃帚，像指揮打拍子一樣。

「這是悲愴曲緩慢柔板！」代表維克多先生大聲說。

「我名叫瓦茨拉夫·尤日奇克，皮斯克爾霍特鎭的人，」清潔工說，繼續吹哨，掃地。從一條街掃到另一條街，掃除塵土、廢紙和落葉……

支持老年人協會保險公司的代表，沿著磨坊淺淺的引水溝走著。一群光屁股的孩子在水裡遊動，打水仗，興高采烈地大喊大叫。幾個皮膚發紫的孩子，手捂著下巴，裹著毯子，牙齒直打哆嗦。屋子的院落，緊挨著引水溝。幾位婦女在溝裡洗腳。其中一位躺在淺水裡。她站起來的時候，裙子夾在大腿之間了。

維克多先生繼續朝前走，走向緊挨著啤酒廠的高大建築的製箱老工人科加特卡的小屋。山毛櫸和橡樹木板整齊地靠牆豎著。維克多走進廚房兼作坊時，製箱工人正坐在條凳上，用刨刀加工一塊木料。他身穿短皮衣。窗外傳來引水溝裡戲水的孩子的歡笑聲。

「您是科加特卡先生吧，爲養老金的事，您給我們寫過東西，對嗎？」

「寫過，」製箱工人說，「可不知道你們是否接受我……我已經老了……一想起今後，就有些恐懼，」製箱工人咳嗽著說。他身後的牆上，掛著斧頭和刮刀，窗臺上擺著幾把水壺，地上是刨具和木屑，還有兩隻散架的木桶。

「那就正需要支援老年人協會嘛，」代表說，將申請表擺在桌上。他看到有一台喇叭式的老留聲機——喇叭很像一朵大旋花——就說：「給我放點什麼吧！」

「行，沒有問題，」製箱工人說，搖動手把，「我孫子很喜歡這張唱片。小孫子是我老年唯一的靠山。」

「可不是唯一的，」維克多先生說，「對小生意人來說，靠山只有一個，那就是保證幸福的晚年……退休金。所以我才到這兒來……不過這兒很新鮮！」

製箱工人放上唱針，一種奇怪的管樂響了。

「這是慕尼黑啤酒館貝布斯演奏的，這一部分叫費德爾社團。我可憐的孫子是那麼喜歡它。您知道，他學木工，用圓鋸鋸木板時，腳受傷了，脖子也受傷了……每次發補助金和來匯款單，他都買一瓶蘭姆酒回來，還說，『爺爺，給您壯壯身體吧！』我們於是就放這張唱片……請吧！」

「您想要多少養老金？」代表問。

「每個月八百……一千克朗，行嗎？」

「那就一千吧……科加特卡……可那是一張什麼唱片，連顧客也在唱哩！還有人高喊：『好堂倌！』」

「是呀，這在慕尼黑是個習慣。我在那兒奧古斯丁啤酒廠幹過活。他們供應啤酒用犍牛拉車，每頭牛腦袋上紮一個黃銅色的絨球……碰到這種黃銅色的絨球裝飾的啤酒車，是很開心的……請問，行不行啊？」

「那就給我簽個字吧，」維克多先生說，站起來搓搓手，「……在我的全部許可權內，頭三個月我將得到……」

「多少？……」製箱工人驚訝地問。

「七百五十克朗，那五十克朗是登記費，」代表說著，又安上唱針，拉起彈簧，從喇叭般的揚聲器裡傳出音樂來，奏的是貝布斯樂隊在慕尼黑啤酒館演的費德爾樂曲。

「那就請讓我簽字吧，」製箱工人說，手拿刨具，慢吞吞地走向碗櫃，拿出祈禱書，攤在桌上，從聖像中找出幾張一百克朗的紙幣，往桌上一擺。

「人們欠我不少的錢，」老工人遺憾地說。他拿走祈禱書，取來布拉格展覽會的金邊瓷碗，朝桌上一倒，全是硬幣。他將它們分成十個一堆，放在桌上，豎著堆得像一根小柱子。

引水溝裡傳來歡笑聲和噴水聲。

木箱工人數完硬幣，不好意思地抬起頭，抱歉說：「我在櫃子裡找找，請安靜地等一下……」

他打開櫃子，一個又一個地翻口袋。

「這兒怎麼這樣冷？」代表顫抖著說。

「因爲緊挨著小屋的，是啤酒廠的冰庫。我們後面就堆著四五層樓高的冰塊，像冰山一樣……現在不算什麼啦。孩子小的時候，最糟糕的是夏天。我們穿著衣服睡，牙齒還咯咯地響。可是引水溝那邊卻傳來年輕人的洗澡聲。他們在月光下唱歌……」老人說著，將皺的紙幣擺在桌上，攤開，用手按平。

「請別生氣，我還有呢，」老人說，將手伸進褲兜裡，掏出錢包，拿出全部的鈔票，又點了一遍，他只剩下兩個克朗了。

「我爬上樹的時候，看到地上正好有那兩個克朗，給您……」製箱工人笑著說。

「可您現在又有了養老金啦，」維克多先生說，數了數那三十堆克朗。

「我眞高興啊，」製箱工人感激說，「因爲我一想起今後的日子，就渾身發抖。等我的手連一把刮刀也拿不起來的時候，誰給我一個子兒……」

「好了，申請書原件還給您，其他材料通過郵局寄來，」維克多先生冷冰冰地說，把手指尖伸給老人，隨後就走掉了。

老人讓留聲機停在原處。喇叭花樣的唱機中，放出慕尼黑啤酒館費德爾的樂曲。他朝引水溝邊走去，那兒傳來光屁股小孩們的戲水聲和歡笑聲。

3

威尼斯之夜場地的河邊上，安裝有鐵鏈吊著的旋轉木馬，在急驟的曲子伴奏下，從中心向四方八面飛動。旋轉木馬上裝飾著各種仙女。力臂上安著彩色燈泡。木馬飛速旋轉時，一個個座椅直飛到河面上。誰要是低頭看看，便可見到木馬的橫樑和柱子正在攪動水的深處，水中映出人們的雙腿、鐵鏈和臉部組成的圓圈。因爲是在水邊，所有的景物都成了雙雙對對的。

代表先生維克多緊摟著手持睡蓮的姑娘。兩人一起擺動。兩人座椅上的鏈子，攪在一起了。他一個大動作，將姑娘拋到藍色的夜空……霎那間，她的座位又返回來。旋轉著的姑娘，伸出手來。維克多先生伸著雙臂迎上去。差一點，還差一點……他們的手鉤在一起了。代表用力將姑娘拉過去，摟抱了一會兒，朝她的耳邊說了幾句調情的話，又將她拋向空中，一直飛到離心力允許鐵鏈所能到達的地方，他自己差點兒停下來了。這時候，坐在他後面的支援老年人協會的指揮撞了他一下，小聲對他說：「你應該將這妞兒包起來！」

維克多的腿朝上蹬，兩眼微閉著。

開動旋轉木馬的人按了一下電鈴，將它開到最高速度，座椅和鐵鏈離地面上被踐踏的草地更遠了。燈光遠處，圓圈下遊人的面孔，在藍色之夜的陰影下，好似一個巨大的滾珠。手持睡蓮的姑娘嚇呆了：如果座位脫落，她會飛到哪兒去呢？可能飛到河當中，那裡映著月兒晃動的影子。可能正好飛向一隻靜靜劃動的小木船，船上彩燈高掛，正在演奏彈撥樂。可那一撞，木船也就完了，彩燈也會熄滅……但也可能那脫落的座位，一直將她甩到岸上，撞入賣糖果的小帳篷，那怎麼辦？要不就是飛進射擊棚，正好打中鐵皮娃娃……或她連著鐵鏈，撞在穿白褂的賣棉花糖的人身上！也可能飛得更遠，掉到一個木盆裡，裡面正用涼水冰著啤酒和礦泉水哩，那該怎麼辦呢？

但開旋轉木馬的人按鈴了，上面種種可能性都不存在了。開木馬的人減慢速度，鐵鏈緩緩往回收，像傘收攏一樣……接著是鞋跟兒碰著木馬的聲音。旋轉木馬停止轉動了。「我暈頭轉向了，」姑娘說。「那最好喝一杯酒，」指揮先生邀請她。

他們站在啤酒棚裡，慢慢地喝著甜酒。指揮先生問道：

「生意怎麼樣？」

「糟透了，買東西的人很少，」她說。

「唉呀……他媽的，蚊子！」指揮先生用手驅趕，把酒潑到東達先生臉上了。

「對不起，」指揮先生抱歉說，解開姑娘的小包，笑得流出了眼淚。接著，他抽出一枝用絹花紙包著的睡蓮。

「您眞會開沒有意思的玩笑，」東達先生罵道，從眼睛上擦去刺人的甜酒。

「好了，小姐的芳名是……」

「烏爾舒拉・克拉森斯卡，」她低下頭說，面頰緋紅了。

「烏爾舒拉小姐，這麼好的貨，賣不出去？」

「也許是我不會做生意，」說著，臉更紅了。

「這一枝值多少錢？」

「二十五克朗，」她說著，放下一隻空杯子。

「老闆，」指揮說，「再來一杯！」

「那您是賣什麼的？」姑娘問。

「我和我的夥伴們向人們推銷幸福的未來，」指揮先生說。

「啊哈，你們是算命卜卦的！」她笑著說。

「不對。您猜猜看。」

「賣祈禱書，要不就是給人看手相！」

「哪兒的話，讓維克多先生告訴您吧，」指揮先生說，將酒杯遞給姑娘。

「烏爾舒拉小姐，我們向人推銷幻想，養老金。公司收到申請，就付給我們錢。如果人們相信我們所說的話是眞的，就會有幸福的未來，」維克多先生說，兩眼直盯著手持睡蓮的姑娘。

「你們出售的是希望？」她問。

「對了，」維克多先生說，「像耶穌一樣，當他做貿易旅遊者的時候，經過革尼撒勒湖邊⑫，對用戶推出的貨物是：信仰，希望，愛……我們也是這樣……不過，我們還是去逛威尼斯之夜吧！」

「你們的職業眞棒，」姑娘說。

「是的，」指揮先生說，拿起人造睡蓮，從人潮中擠出去，大聲嚷道：

「巴黎的最新產品就要到你們桌上！人造睡蓮，可美化各位的住宅，機會千載難逢！」他喊著，用兩眼觀察各種各樣的人。

「我們那個頭頭開的玩笑可不大高明，」東達先生罵罵咧咧地說，聞聞自己的指頭，「有種茴香的怪味！」

「啊，那眞美喲！」姑娘轉向維克多說，用手指向一個攤位。那兒站著一個男子，正從櫃子抽屜往外掏一種下垂的東西，像個橡皮套子。他將那東西放在氫氣筒上，轉動小齒輪，手指下很快出現了一個美麗的彩色氣球。再來幾個快動作，氣球飛到了拴著它的細繩所能達到的高處……小孩們手拿氣球，高高興興地笑著……小商人在小汽燈下，製作出一個又一個氣球。

指揮先生拉著一位婦女的手走過來，大聲說：

⑫見《新約全書．路加福音》。

「烏爾舒拉，這位夫人要兩枝睡蓮！」

他打開包包，取出兩枝人造花，放進胖墩墩的女人的提包裡。夫人有幾分猶豫說：「一枝大概夠了吧？」

「兩枝，兩枝！」指揮先生喊道，「正像您買狗仔一樣，最好是成雙成對，因爲一對好餵養一些。給我五十克朗！」

婦女取出錢包，兩手有點抖。指揮先生說：

「對不起，夫人，」他把錢包拿過來，從裡面取出五十克朗，交給烏爾舒拉，將錢包還到夫人的口袋裡。接著，他從姑娘背後拿下大包，掏出一枝睡蓮，拿在手裡，朝人群擠去，大聲喊道：「請買維也納的最新產品：人造睡蓮，經久耐用，美觀大方，人造花卉，永葆新鮮，請買下吧……」

「我想要一個……」姑娘說。

「要那枝睡蓮？」東達先生問。

「不是……要那氣球……」

「要哪個顏色？」維克多先生問。

「綠的。」

「碧綠色是希望之色，」維克多說。

東達將手伸進口袋，朝高興地玩著氣球的孩子們走去，買了一個綠色氣球。當他將氣球用細繩繫住，擺了幾下時，一個石子打到他的太陽穴上，他愣住了，感到出了血。他看到兩男孩正從威尼斯之夜的黑暗中逃到河邊的柳樹下面。

售貨人說：「那些小雜種總是這麼胡鬧，用彈弓打氣球，打得可歡嚯……可打著了您的頭嗎？」

「險些把我的眼珠子打出來！」東達先生說，用手絹捂著被石子打傷的地方。

隨後，他將氣球交給手持睡蓮、被維克多先生挽著的姑娘。他們正朝著鞦韆走去。那上面坐著兩個女人。鞦韆老闆喊了一聲：「好，好，」按動控制鈕，板上的雜物都飛起來了。那兩個女人力氣眞大，輪流向上使勁，使鞦韆像飄動的旗子一樣，蕩到水平狀態。她們這麼玩：一個人蕩起來，讓鞦韆向下，緊接著又向上。第二人筆直站著，朝上騰起，頭幾乎碰到藍天。鞦韆的座位向下降時，第一個女人又筆直向上，直沖天空，腦袋將幾顆星星都遮住了。她們兩人的頭髮亂蓬蓬的，一會兒飄到肩上，一會兒遮住了面孔。這樣，時而可以看到她們的秀髮，時而可看到她們露出的面容。

指揮先生走過來，很遠就舉起空空的大包，嘴裡含著花生米。

他讓姑娘繫上帶子，把錢交給她。

他手捏著花生米，將花生殼塞進東達的外衣口袋。他一下子笑起來，把花生渣噴到東達的臉上。他挽起東達的手，將他引到一個攤位上。攤位上方，掛著一幅扇形標語，上面映出來的是從四面都可看到的廣告：彩虹。一位年輕的金髮女郎大聲喊道：「女士們，什麼是彩虹牌漂白劑呢？這可是家務中用得著的好幫手！」說著，搖晃手中的漂白劑紙袋。

「您搞的是同樣的蠢把戲，」東達先生說，用有血跡的手帕擦去花生渣。

「這兒有膏藥，」指揮先生滿意地說，把一百克朗塞進東達的口袋，四下望瞭望威尼斯之夜的情景和水上空的月兒。一股琴聲從遠處傳來。他說：「我欣賞這樣的夜晚。朋友，這是一種美妙的感覺：我活著，我活在世界上……」

在小桌旁邊宣傳漂白劑的姑娘大聲說：「女士們，當然，有些污點，不損壞料子是無法洗掉的。」

「謝謝您，」手持睡蓮的姑娘鞠了一躬，將綠色氣球貼著臉，「要是我，興許要賣一個星期。您是怎麼賣掉的？」

指揮先生說：「這可是一門藝術。科林市⑬有二十名裁縫控告我，說有人在支持老年人協會的申請書上簽字，像是吃了迷魂藥似的。我聽了他們的控告，進行了辯駁。二十位裁縫撤銷

⑬布拉格以東的城市。

了起訴。我還做了兩次陪審官，鑒識人……這好比您手握著門柄，精神必須集中，要有毅力。比如去對付客戶，要一下子把他壓倒，像老虎一樣……用最簡潔明快的辦法，對他施加心理壓力，讓他在申請書上簽字，交錢，就像喝了迷魂藥一樣聽你使喚。只是不要任何對話，一個人說了算！」

指揮先生高談闊論，有點自我陶醉。賣睡蓮的姑娘向他鞠了一躬，就同維克多到射擊台去了。金髮姑娘指著彩色廣告大聲說：「當然，在你們不可能在草地上漂白你們的內衣時，就只有充滿信心來使用我們國產的彩虹漂白劑！但是，像我已經說過的，有一些污點，不損壞料子是去不掉的。」

「小姐，」指揮先生問，「我可很在意那去不掉的污點啊，不能就這麼說一說就了事。……那我該怎麼辦？」

「在一點上，只用我們的彩虹牌漂白劑是不夠的，您最好用小刀將污點刮掉，」金髮女郎說。

「這個辦法我倒可以試一試！」

「我看這對您也不會有什麼損失，」金髮女郎說。

「您是怎麼想的？」

「神甫先生是不宣講第二遍的，」姑娘笑著說，把錢收起來。人們購買一小包一小包漂白劑。

金髮女郎若有所思地注視著遠方。那兒傳來優雅的曼陀林樂曲。閃亮的木船在河中遊弋，慢慢消失在柳樹叢中。

「有人生活得……」她歎了一口氣。

「您想什麼？」指揮先生問。

「坐船沿著河遊。」

「我請您去！」

「那誰替我賣東西？我還要辦關於彩虹的講座哩。在旅館裡講，是威尼斯之夜硬給安排的。我就在這兒講吧！」

「很好。看得出來，您是布拉格人。這些貨一共值多少錢？兩百，三百，還是四百？」他問，手插進褲子後面的口袋裡。

「四百，」她說。

「這兒是四百，我們包了吧……再見啦！在水上再見，用手去撥弄月光中的河水！」指揮先生高聲說。

他以浪漫瀟灑的姿勢，向月兒招手。可是當他的目光落到人群中時，就將身子蜷縮起來，躲到彩虹廣告後面去了。

「東達，憐憫我吧，保護我！這兒有個客戶發瘋了，」說著，他雙手合十。

「要我怎麼對付他？」東達問。

「把他引到什麼地方去，時刻盯住他。我會重重地酬謝你的，重重地酬謝！」一位瘦骨嶙峋的男人，扒拉開威尼斯之夜的遊人，仔細打量他們的面孔。

「您在找什麼，先生，我能問一下嗎？」東達先生問。

「聽說在這兒！」那個男子大聲說，「有個保險公司的，名叫克拉胡利克⑭。他替我保了險。我去火車站找到他，跪在車廂前，要他把錢退給我。可他從車窗裡朝外瞧了一眼，說，已經晚了，保了險是不能退的，正像神甫不能退出天主教一樣……火車開動了，我跟著跑，用拳頭捶打車廂，要他把錢退給我……我老婆生病了。」

「這您一點也不用擔心，」東達先生說服他，「那個傢伙最終肯定會蹲監獄的，事情就是這樣。」

「好，您老弟真教我放心了。他媽的，爲了養老金，我天天替別人理髮刮臉，一幹就到半夜。去他媽的幸福的未來！給他的食物裡放點毒才好哩！」

⑭此人即本篇中的「指揮先生」。

「哪兒的話，」東達先生說，「這樣對那個惡棍是不起作用的。您知道，越是大壞蛋，堅持的時間越久！」

他說著，又瞧了瞧金髮女郎。她正在將小桌折疊起來，把彩虹牌漂白劑放進小箱子裡。

「我要能抓住他就好了，」理髮師說，「我會像他們那樣給他當頭一棒！」

他指了指附近的小攤。幾個年輕人正在比力氣，用錘子捶打機器操作的木墩子，錘子打在燈泡照明的刻度上。那些年輕人失望地走開了，又走回來，搖動機器。但老闆用肚皮將他們擠走了。

理髮師幾步跳到機器旁站著，拿起錘子。

一個小夥子好心說：「大叔，您最好還是去買串念珠吧。」

理髮師揮動錘子，機器開始發出響聲。走開了的年輕人，轉身一看，大爲驚訝，便走回來。

他們摸摸理髮師的肌肉，登上臺階，看看所達到的最高刻度。老闆挑選了一個玫瑰色布娃娃，給他作爲優勝者獎品。

「對準目標，減少疲勞，」理髮師大聲說，「這樣，我可給那小子一錘，像打蛇一樣，將他撕成幾段！」

他提起布娃娃的腿，使勁一扔，把它摔碎了，連他自己的外衣扣子也全扯掉了。他跑向射擊台，拿起上了膛的氣槍。

「您過去打過槍嗎？」射擊台的女老闆問。

「沒有，」理髮師嚷道，「可您有沒有表現謀殺的什麼塑像？」

「這兒有，」女老闆說，用竹竿子指了一下，「偷獵的人朝獵人開槍。」理髮匠瞄準，扣扳機，獵人倒下了。維克多先生在他旁邊，還摟著手拿睡蓮的姑娘，並從後面緊挨著指點說：

「這必須在一條直線上，就是所謂準星，對著靶子，懂嗎？」

「我不懂……」姑娘小聲說。

「是這樣，」他擁抱著姑娘，下巴壓在她的頭上，一直挨到冰冷的髮插。「是這樣，」他小聲說，「可您是那樣漂亮，烏爾舒拉。看到您這麼美，我的心都要跳出來了。您聽到我的心在怦怦跳動嗎？」

「聽到了。可您在取笑我，」她轉過目光將臉貼在他的臉上。

射擊台女老闆拿出上膛的氣槍，指指說：「那是一隻母鹿！」

理髮匠將氣槍挨著下巴，扣動扳機，蹦蹦跳跳的母鹿應聲倒下了。

「只要我遇著它，它就這個樣兒完蛋，」理髮匠說。

「這我對您一點兒也不感到驚訝，」東達先生說。

維克多先生小聲地問：

「烏爾舒拉，您在什麼地方睡覺？」

「火車站。」

「那兒沒有旅館呀。」

「在候車室。我總是在候車室睡覺。調度先生答應我，今天睡在他那兒的收款處，用賬簿給我當枕頭，工作服當被子……」

「您那對酒窩眞美，」他悄聲說，一直摟抱著她。兩人手握氣槍，靠著綠色桌布。

「您開玩笑。」

「不是開玩笑……假如您不美，我幹嗎要那樣說，」他小聲回答。

「這兒有兩個男子在鋸木板，」射擊攤女老闆指了指說。

理髮匠舉起氣槍，側身射擊……兩個男子一推一拉地鋸起圓木來。

「就應該這麼樣！」理髮匠高興地叫起來，「不能一下子打死，要慢慢地折磨他！慢慢地鋸。他叫得越凶，我的靈魂就越高興。」

「那我也會欣賞的，」東達先生說，「可是，師傅，我們去歇一會兒吧，一起去看看威尼斯之夜，好嗎？」

維克多小聲說：「走，我們一塊兒去睡覺吧。」

「您愛我嗎？」

「愛。因爲愛情是天與地之間的媒介。」

「說得眞好。如果不是眞的，您爲什麼要這麼說呢，對吧？」她笑起來，從他的懷裡掙脫了。維克多先生端起氣槍，看看所有的鐵皮玩具，扣動扳機，將一隻小鹿擊倒了。手拿睡蓮的姑娘，拉住綠色氣球的細繩，一隻手抱著木支柱，朝河裡望去。岸邊一條木船掛著燈籠。還看到指揮先生背一個大靶，上面塗有各種顏色。她還看到，指揮先生幫助金髮女郎登上木船。他們一道坐到船板上，看著河水。她還看到，東達先生，——就是給她買綠色氣球的那個人——同一個瘋瘋癲癲的傢伙，走回船邊。兩人跳上船以後，有人用叉子頂了小船一下，船尾的東不拉樂隊就開始演奏了。

指揮先生躲在彩虹廣告後面。金髮女郎把手塞進一個冰涼的人身上，嘻嘻地笑起來。四位漂亮的姑娘，在曼陀林上彈奏《拉貝河上銀色的泡沫》。一位運沙的老人，用長長的叉子，將船碰了一下。河上的遊人，看見整個威尼斯之夜的情景，都映在水面上，彷彿一伸手就能抓到似的。有秋千在擺動，木馬在水深處旋轉……當他們俯身朝下看時，還有一隻燈籠高掛的木船，載著遊客在行駛。人們都是兩腳朝天倒立著。

「假如那個人陰差陽錯到了您那兒，要您給他刮鬍子，那您怎麼辦？」東達先生問。

「我給他打上肥皀，拿起刮鬍刀，按我的方式辦。我要送給他一個美好的未來！我將抓住他的耳朵問他：『我們怎麼來處理這兩隻耳朵？』我要慢慢地割他，並且大聲喊著：『嚓，嚓……』」理髮匠嚷道，指向東達先生，好像要割掉指揮先生的耳朵。

四位美麗的姑娘彈著《拉貝河上銀色的泡沫》，船後蕩漾的水面，映出月兒長長的影子。

「您猜猜，」金髮女郎對躲在彩虹廣告後面的指揮先生說，「我叫什麼名字？」

指揮先生將姑娘的腦袋放在膝蓋上，蹲到船底，悄悄地對她說：

「假如您長的紅頭髮，鼻子上有雀斑，拉的是小提琴，您就可叫汪達……可那個理髮匠讓我太緊張了！」

「我的名字叫娜佳。」

「啊，娜佳？那就是希望[15]。娜傑什達[16]……彩虹牌漂白劑……可這些怎麼能湊在一起呢？」指揮先生小聲說。

「然後您還會把他怎麼辦？」東達先生追問。

「然後，我要抓住那個野種的鼻子，對著他被割的耳朵說：『鼻子怎麼辦？』嚓，嚓……我要慢慢吞吞地來割他，像拉小提琴那樣。我也可以像剪羊毛一樣，以用於我幸福的未來！」

「您會是這種人嗎？」娜佳問理髮師。

「是呀！還不止這些哩。我還要狠狠踢他一腳！不讓他從我這兒溜掉。然後我再慢慢折磨

[15] 希望，在捷克文中與娜佳的發音相近。

[16] 娜佳的昵稱。

他！」理髮匠大聲說。爲了證實他的話，他朝船底板猛踢了一腳。

「夥計，安靜，安靜，」運沙老人說。

燈籠搖晃起來，不平靜的水面上，浪圈逐漸離船散開，月兒變成了一條長線。

指揮先生蹲在船底，頭枕在娜佳小姐的腿上，手擊著彩虹廣告牌。

「我一點兒也不奇怪，」娜佳說，「每時每刻都有什麼兇殺。」

「對這樣的畜生，光殺死太便宜他了！」理髮匠嚷道，「應該折磨他，用鉛筆刀削掉他的生殖器！」

「那可能太痛了吧，」娜佳笑著說。

「還要一根一根地踢他的肋骨，徹底把它們折斷。然後聽聽他的嚎叫聲怎樣漸漸地弱下去，那才帶勁哩！」理髮匠興致勃勃地說。

「夥計，不要總是踢這條船，行不行？」運沙老人警告說。

「最後，我要將剃鬚刀擱在他脖子上，問他：『我們怎樣處置你的脖子？』」理髮師吼叫著，有點忍耐不住了。「我可能咔嚓幾下，把他的腦袋割下來！讓他的腦袋像箱子蓋一樣揭下來，把它放在地上，用腳踢它，讓它像那邊的月亮一樣飛動起來！」理髮匠叫嚷說，拼命踹船的底板。船底破裂了，河水往船底湧，船板浮起來了，水像噴泉一樣湧出來，小船慢慢往下沉。

「夥計，你這是幹什麼呀？」運沙老人大聲嚷道。

船體漸漸沉到水下，燈籠已經碰到水面。可是水已沒膝蓋上的幾位姑娘還在彈奏《拉貝河上的銀色泡沫》。河水快要沒到她們的腰部，可她們還是繼續彈琴……

幾名遊客跳進水裡，朝岸邊遊去。燈籠沙沙地響，熄滅了，有的散架了，漂浮在水上。姑娘們將樂器舉到下巴底下，但還在演奏。水快淹過她們的胸脯了。姑娘們將曼陀林舉到頭頂，盡力地彈。可是水還在上升，她們已經站立不住了……這時候，琴聲才靜下來。姑娘們蹚著水，小心翼翼地將樂器舉在前面，正像指揮先生舉著彩虹廣告牌一樣……

同代表先生東達一起遊著的理髮匠大聲說：「如果那個要給我帶來幸福未來的傢伙也在這兒同我一起游水，我就這樣把他按在水裡！直到我感覺他快完蛋了，才讓他吸口空氣。然後再把他按進水中，就這個樣！」說著，還做手勢，怎樣抓住指揮先生的脖子，把他往水裡按。可是在他們面前，一位漂亮的多不拉女琴手游過來了，將曼陀林舉在前面，長長的辮子，像一條蛇在身後浮動。

沉船的第一批旅客從淺水中站起來，岸上的人向他們伸手。四位曼陀林女琴手，站在堅實的河底，將樂器中的水倒出來。撥弦片丟了，就用手指撥弄琴弦，從淺水處朝岸上走。銀色的月光，照耀著她們的身影。美麗的乳房，豐滿的胸部和纖細的踝骨，還有健壯的雙腿，都露在外面。這時候，焰火晚會隆重開始。岸上的人們，並不注意五彩繽紛的煙花爆竹和小山坡上燃起的羅馬蠟燭，而是目不轉睛地盯著漂亮的姑娘們。她們並排在水中走著，腳下掀起銀白色的浪花。

姑娘們意識到，眾多的目光在注視她們，但她們並不因此感到羞怯，而是更加挺起她們緊貼著內衣的胸部。

「這是晚上最精彩的節目，」運沙老人說。

接著，灌木叢中，升起了孟加拉焰火。

安排焰火晚會的雜貨店主人，在岸邊跑著喊道：

「這些都是我製作的。紅色焰火，我用的是鍶，綠色焰火用鋇，玫瑰色的用鈣，藍色的用銅，黃色的就用鈉，所有這些都同氯化鈉和硫磺拌在一起！」

神甫先生用望遠鏡觀看漂亮姑娘的身姿，還說：「我知道，您是唯物主義者——雜貨店主。可是諸位，」尊敬的神甫喊道，望遠鏡一直不離開眼睛，「諸位，它那美色和上帝並不是對立的，而是相反！」

4

黑馬旅館的客房，粉刷的是白色。傢俱也是白色的。但有三張銅色的床，兩個大衣櫃，兩張床頭櫃。掛的窗簾爲淺藍色。櫃門是玻璃的，門後是淺藍色的簾子，白色絲絨鑲的邊。

娜佳小姐走進房間，四下打量，聽到身後橐橐的鞋聲。她從背上卸下藍色的廣告牌，牌上是彩虹商標的藍色廣告，帶彩色的扇形圈圈。她將廣告板放到洗臉池旁邊，然後打開櫃門，取出床單。

安托廉・烏赫德⑰先生，支持老年人協會的代表，站在開著的房門口，好奇地看著姑娘。

「這是個好主意！」娜佳走進櫃裡時，他說。

他也朝另一個櫃子走去，身後留下了濕濕的腳印。可當他想打開另一個櫃門時，發現櫃門鎖著，上面沒有鑰匙。

「也許您對自己的領導沒有多少好感，對吧？」娜佳在櫃子裡面說，將她的胸罩扔到半開的櫃門外。

「沒有多少，」東達先生說，打開他的床頭櫃抽屜。接著跪下來，朝床下仔細看看。

「這我可不欣賞！您的臉皮怎麼這樣厚？」姑娘說。

「您爲彩虹辦講座有多久？」他問。

「兩年。」

「那您可能會知道，熱水供應的代理人有時候感到無聊，沒有法子。而對付無聊的最佳辦法就是逗樂。」

⑰即東達先生。

「啊，您是個裸體主義者⑱！」娜佳大聲說，從櫃裡往外看，將襯裙扔到櫃門前，還問道：「您在墊子下面找什麼呀？」

「髮插。」

「可您爲什麼不說？……」她笑了。從櫃中伸出腦袋。東達從她頭髮裡拿下髮插，將它扭彎，然後插進鎖裡。望望頂棚，熟練地把鎖打開了。他說：「您知道，我也要當小丑了……當然，這只是在我們兩人之間說說……我已經沒有力量將小生意人拉來養老，從他們身上榨取錢財……開鎖，可不那麼簡單。您的神經末梢一定緊張得很……您知道，我已經忘記撒謊了……」

「過去您是幹什麼的？」娜佳問，從櫃裡出來，用床單包著身體。

「幹什麼的？……」他邊說邊盯著淺色頭髮姑娘的身姿。她站立在房間中央，手抓著床單，將什麼東西一直扯到踝骨上。這時站直身子，快步走到放褲子的地方，拿起褲子，搭在櫃門上。

「您幹嗎這樣看著我？」她笑著問。

「我覺得您很美。」

⑱無聊，同裸體主義者寫法相似。

「您這是想說什麼？」

「我是說，我已經忘記撒謊了，可您不相信我！」

「我相信，但是相信您作爲保險公司的代表？當您告訴我，今天是星期四的時候，我最好還是看看日曆。」

「小姐從指縫裡看人……」

「還要看到五臟六腑！」

「行了！」東達大聲說，打開櫃門，將用髮插做的鑰匙插到她的頭髮上。

「謝謝，」他說。

他脫鞋鑽進櫃裡，碰到了什麼東西。

「這兒有留聲機，」他說。

「留聲機？」娜佳叫了起來，「但願還有唱片吧！」

她將盒式留聲機拿出來，放到桌子上。

「您從前是幹什麼的？」她問道，揭開了蓋子。

「製作焰火的！」東達在櫃子裡說。

「這兒有唱片。做焰火的人……是什麼玩意兒？」

「那就是搜羅一些沒有爆炸的炸藥，炸彈、手榴彈那樣的人。」

「可這兒是歌手貝雅米諾的唱片，一面是《聖母頌》，另一面是《散塔露齊亞》。很可惜，我不是一顆未爆炸的炸彈！」

「勞駕，幫我拉一下……」

「天啦，不是要拉褲衩吧！」

「不是，是拉另一張床的床單……」

「我眞嚇了一跳……」她說，輕輕地將唱片放在桌上。

隨後，她把床單拿到衣櫃旁，敲敲半開的櫃門，將床單遞過去，又說：「您知道嗎，一絲不掛的男人，使我感到極爲可笑？」

「您住在什麼地方？」他在衣櫃裡問。

「利本尼[19]，可您爲什麼問？」

「因爲人們不喜歡日什科夫[20]和利本尼。」

「可那兩個區的姑娘最漂亮！」

「姑娘是有，但算最漂亮嗎？」

[19] 布拉格小區。

[20] 布拉格小區。

「可您住在什麼地方？」

「到處爲家。我有地區火車票。當我在一個地方幹完一個工作周——四天，就坐快車走，一直坐到我可以住的地方。」

「這眞不錯呀……」

「您也不錯嘛，」東達說，披著床單從衣櫃裡出來。

「您好！」他抬起一隻手。

「聖母頌，」娜佳說，把唱片拿起來，放到留聲機上，想上彈簧，可是手柄只是空轉。

「彈簧掉了，」她失望地說。

「您給我放什麼，貝雅米諾不是要唱歌嗎？」

「《親密的吻，友好的吻》。」

「那不算長，放吧。」

「不管長短，小魚也是魚呀。您住在快車上，我可還沒有聽說過。那人們怎樣給您寄郵件呢？」

東達拿起針頭，放在唱盤的起點，然後坐到椅子上，將手指放在《他大師的聲音》商標旁，用食指轉動唱盤。老式樂隊奏起前奏曲。

「熬稀粥啦！」娜佳叫起來，坐到桌子角上，「您住在火車上，您爸爸怎麼說呢？」

「他爲我祝福哩，」東達說，「因爲我正好重複著命運之神替我父親安排的一切。他當站長。可當他發現他的妻子，也就是我的母親欺騙了他時，就搬到火車上去了……」

室內響起了貝雅米諾雄渾的歌聲：「啊，甜蜜的拿坡里，幸福的土地，生命微笑的地方……」[21]

「那很教人傷心，」娜佳說。

「父親下班後，鑽進第一列火車。等到要上班時，他就坐火車回來了。這樣生活了十年……」

「那後來呢？」

「後來在辦公室自殺了。他把衣服脫得精光。全身凡是手能摸到的地方，都蓋上各種各樣的圖章。人們衝進去時，他已經躺在地毯上，身邊擺著一把嵌有珍珠柄的小手槍……」

貝雅米諾愉快地唱著：「你是和睦的天堂，散塔露齊亞！」[22]

娜佳躬下腰，東達先生抬起頭，用食指繼續撥動唱盤。

兩人在床單裡親吻了。

「你別瘋瘋癲癲的！」指揮先生大聲說，站在門旁邊，一手拿著一瓶葡萄酒，一手提著藤

[21] 原文爲義大利文。

[22] 原文爲義大利文。

籃子的小把，裡面露出三個瓶頸。

留聲機停止演唱了。

「我以爲，」娜佳說，敲敲東達的前額，「這裡有座守林人的小屋，可那邊卻是一個獵人的房子！」她指著東達說，「他像熬稀粥一樣地修好了斷裂的彈簧！」說著，用手比劃著留聲機如何演唱。

「這很好，」指揮說，將籃子放到桌上，把檯布抽走說：「諸位，好一個月明之夜，我們來開個夜餐會吧。娜佳，準備酒，都在籃子裡！你們在什麼地方換衣服？哈哈，在櫃子裡，洗澡以後，我感到很冷，」指揮嚷道。可當他鑽進櫃子以後，他的聲音充滿了歡樂。「對留聲機，我的印象並不佳！在翁霍什傑鎮，我到鐵匠那兒。他正在切肉。孩子們圍在留聲機旁，同他一起唱著：小溪的水呀，潺潺地流淌，朝著森林的方向……一個小孩跑去拿啤酒，鐵匠也同孩子們一起唱……我只顧宣講養老金的好處，然後填寫申請書。鐵匠同孩子們和著留聲機唱道：晚安，親愛的，祝您夜晚平平安安……然後去收錢，把錢收來了，就萬事大吉。可是留聲機的彈簧繃出來了，彈著了我們大夥的嘴巴，我的脖子也給彈了一下，您瞧瞧吧！」指揮先生高興地敍述著，從櫃子裡伸出腦袋，抬起下巴，又說：「整整一年，我脖子就只纏著紗布。可我更愛戴一條圍巾。把那床單給我吧！」

娜佳從床上抽出床單，往櫃門那兒扔去。那兒傳出了指揮低沉的聲音：

「還有姆涅爾尼克㉓的鐘錶匠，辦申請書眞容易。我給他鉛筆讓他簽字。那是個笨傢伙！將彈簧安到掛鐘裡，一下子反彈出來，將桌上所有的小齒輪、彈簧、手錶都弄到地上去了，申請書也扯破了，工作室紙片滿天飛，飛到敞著門的裝齒輪和備件的櫃子裡，才靜下來……鐘錶匠把幸福的前途給毀了！第二天我去乘火車時……」指揮先生用床單包著身子，從衣櫃裡出來，又接著說：「我瞧了一眼工作室，鐘錶匠和徒弟一直還在地上爬，尋找遍地滾動的小齒輪和螺絲釘！」他高聲說著，走過去打開兩扇窗戶，白色房間的藍窗簾被風吹得鼓起來，一股溫暖的空氣吹進了室內。

「您像個羅馬人，」娜佳說。

「像羅馬要飯的人。可是您呢？像從前藥房裡的羅馬女人！」指揮先生說著，拿起一瓶葡萄酒，鬆開瓶蓋。「牛奶房㉔的人？」娜佳問。

「藥房！」

「您說牛奶房，我倒嚇了一跳。」

「這好比一手拿著碗，另一隻手抓住一條蛇。」

㉓布拉格以北的城市。

㉔捷克文藥房，同牛奶房只有第一個字母不同。

「這我可樂意。可東達先生怎麼樣？」

「他嘛，由動物保護協會管起來了，因爲他像繩子繫著的犍牛一樣愛動。給他縫上一張母牛皮，讓他去同公牛廝混吧。」指揮先生大聲說，用大拇指慢慢弄開瓶塞，一股酒從瓶口嗞嗞地噴出來，噴到東達先生的頭上。

「洗髮精，」娜佳笑著說。

「對不起，」指揮先生抱歉說，「姆涅爾尼克的酒可以同一種法國葡萄酒媲美！」說著，往杯子裡倒酒。

「愚蠢的玩笑，」東達先生罵罵咧咧地說，好像半邊臉在生氣，半邊臉在微笑。

「我們爲什麼事乾杯呢？」指揮先生問，用力拉開窗簾，舉起酒杯對著廣場上的月兒說：

「爲了美麗的夜晚！」

「爲大夥生意興隆！」娜佳說。

「爲了不損壞衣料就無法去掉的污點！」東達補充說。

「還要爲頭頭們乾杯，」指揮說，用酒杯碰酒瓶。

「乾杯時要互相對視！」娜佳閃動著睫毛說。

所有的人都一飲而盡。

娜佳又斟上酒。

「爲了生意興隆，對！」指揮坐下來說，「可是什麼生意？我們的保險業務正是烏雲密佈啊。我們給小業主做好事，他們卻在我們的留聲機裡安上掛鐘的彈簧！在那條小船上，那個理髮匠手拿刮鬍刀，我無法防備。」

「保險工作者進屋子，手上快拿起棍子！」娜佳喝一口金色飲料說。

「現在請老太婆出個主意吧，」指揮先生指著娜佳說。

「我餓了！」她說。

「筐裡有摩拉維亞醃肉。東達，你演奏吧！」指揮吩咐說。

老樂隊在支持老年協會代表的指揮下，奏起前奏曲和貝雅米諾的歌：「祝瑪麗亞健康……」

娜佳一面飲酒吃肉，一面提議：「現在別說這些了。你們向人們試試推銷日用品吧！建一個合作社，出售葬禮用的雕像。」

「您打算怎麼做？」

娜佳擦擦嘴唇，鑽進櫃裡，關上櫃門。接著又敲了敲櫃門。

「請！」指揮說。

娜佳走出來，鞠躬說：「尊敬的各位，我是葬禮雕像公司的代表，你們希望在永遠安息的地方——墳墓上，豎立什麼樣的墓碑？諸位不清楚嗎？葬禮雕像公司替你們想好了。這兒有樣品冊，請看……有雙鴿牌，其中一隻鴿子嘴朝上。這是一位哭泣的天使小墓碑……」

指揮先生走到姑娘跟前補充說：「棒極了……但請捫心自問一下，這對用戶能起更大的作用嗎？好……」

「或者您希望墓碑上有一棵人造樹，上面有根枝子是折斷了的？」娜佳用手按著左胸口說。貝雅米諾十分動情地唱著：「散塔……露齊亞！」

「或者，尊敬的諸位，你們對墓碑有自己的想法？好，葬禮雕像公司將按照你們的意願和設計來製作……」娜佳說服了感到驚訝的指揮先生。他拉起娜佳的右手。

「別這麼笨手笨腳的，手勢要自然一點……這就對了……要用那隻沒拉著的手，做出同上天對話的動作。您將是一位了不起的代表……一個用眼神和手勢施行催眠術的人……」

「已經喝完了，」娜佳說，攤開了雙手。

「你們開始喝威士忌吧！」指揮先生說，手指按著眼旁的鼻樑，好像在戴夾鼻眼鏡。「我的上帝！」他喊道，又用手按著眼角，「從這裡我們可以撈到一大把票子喲！雇用十名雕塑家！我們可以用百分之三十的人力去運轉，按照訃告保證用戶的需要。」

娜佳抱著威士忌瓶子，打開之前，她說：「等訃告怕有點來不及了。花幾個錢，醫院的職工就會告訴你們，誰快要一命嗚呼了。」

接著她聞聞酒瓶的香味。

「這味道不錯！」她稱讚說。

貝雅米諾的歌聲微弱了。東達甩甩手，凍僵的手指變成紅色了。

「小筐裡還有酒杯，」指揮說。

「那些是給你們用的，我使用那些大一點的杯子喝，」娜佳說。

東達轉動唱盤，又唱起來了：「啊，甜蜜的拿坡里，幸福的土地……」㉕

「東達，這太吵人了！」指揮大叫起來。

「這沒有什麼，我愛這些歌手，」娜佳說，朝櫃子裡走去，轉回時拿著一雙濕的短襪。

「我們往那裡加個減聲器，」說著，她往揚聲器裡塞了一雙男短襪。貝雅米諾的歌聲，通過潮濕的短襪，斷斷續續傳出來。

「啊，你是和睦的天堂……」㉖

「要不，就試試賣畫的生意，」娜佳將杯子貼著下唇說。

「別提什麼繪畫了！」指揮一蹦三尺說，用兩手表示反對，「看了那些畫，連狗也會給氣死的。滿房間堆的畫，不論朝哪兒看，都是畫。拍賣行呢？沒有什麼比畫的價格更低了。因爲花上幾萬克朗，你們就可以建個畫廊。你們想幹什麼，就下賭注吧。喪禮雕像，就是一種！」說

㉕原文爲義大利文。

㉖原文爲義大利文。

著，他走開了，轉個身，坐到白色的窗沿上。欣賞蔚藍的天空和皎潔的月亮，還看看廣場上同黑色噴泉一樣的避瘟柱，柱子頂上有聖母瑪麗亞金色塑像……他又望了望水池裡噴出的銀白色的水和銀白色的垂直水柱，水尖上有個乒乓球，上下跳躍，一直跳到噴水的頂峰……

「考慮到我的想法，我可不用在地上倒立著走，」娜佳說，倒了一杯飲料。喝完了，她歎了一口氣，感到嘴唇有點麻木。

貝雅尼諾的歌聲，通過潮濕的短襪，更加微弱了。

「散塔露齊亞！」

娜佳舉起手指，走進櫃裡，然後敲櫃門。

「請，」指揮先生說。

姑娘從白色櫃裡出來，鞠了一躬。

「主席，你知道，權利和文化的義務轉到你們身上了。時代變了，主題也不一樣。繪畫大師們如今爲您創作，工廠委員會大廳應該掛像。你希望掛在礦工辦公室，鋼廠休息室，還是馬丁爐出口的地方？」

指揮先生從窗沿跳下來，朝娜佳走去，低聲說：

「好極了……可您現在又厲害起來了，幾乎使用命令的手勢。馬上看看牆上該掛畫的地方……一隻手好像在發號施令……文化上的義務！您繼續幹吧……進來！」指揮先生用手吩咐，倒了一杯飲料，在唇上啜了一口，又拿著毛巾躺在床上，用毛巾捂著臉。娜佳喝下了酒，用手掌蓋著嘴，滿口清香。

她在床邊跪下來，對著指揮的耳朵低聲說：「我們現在是在鄉下……經理！用新瓶裝新酒就行了。那樣，新國營農場應該掛上新的畫。

新的藝術家們已經在畫畫了。您認爲，《耕耘的田埂》或《麥浪裡的收割機》這樣的畫，應該掛在什麼地方？」姑娘小聲說。

東達走近疊床的娜佳，盯著她的嘴唇。

「那可以坐汽車去，」她說，「已經有了幾十幅現成的畫。馬上準備斧頭、釘子、卯釘……指揮，您考慮一下，掛在什麼地方？這裡還是那兒？這可能成爲一個全國性的活動！」娜佳說，自我問道：「要不就通過什麼美術家協會去找，是不是更穩妥一點？那樣，就可以刻個圖章！可以用匯票支付……」

她站起來，一會兒又趴到地上。

接著她又站起來，理了理床單，給自己倒了一杯酒。

「您總是喝得這麼有味？」東達問。

她搖頭否認，說：「嗯。」

「您應該稍微克制一下！」東達說。

她彎頭哈腰說：「不行。」

指揮先生躺在床上，攤開雙手，毛巾捂在臉上。

娜佳把手指放在嘴上。

「托納尼克㉗，」她說，「我要到女人去的地方。」

「您到過道去，那兒有一個房間，再過去一個房間，往前走，就是您要找的地方了，」他指著牆說。

她跑上過道，關了房門。過道的盡頭有縷月光，照亮著一個藤子編的大兒童車。車下裝有鋼質彈簧。她又走到直射下的月光中，靠著兒童車的底座，彈簧稍稍動了一下，她就坐到車裡了。隨後躺下來，蹺起手腳，就像躺在又小又深的盆子裡。她四下打量，第二個窗口把樓梯照亮了，月光照到人造棕櫚樹上。當她再看她來的地方，鑰匙孔裡射出一道光柱。她輕輕地跳起來，然後跪下，從鑰匙孔中看，看到一個全白的房間。床頭站著一個青年，身上裹著毛巾。一位裸體姑娘躺在鴨絨被上，兩手抓著一頂紫紅色禮帽，遮住身子。

「把禮帽拿掉吧，」年輕人說，蹲在床邊。

「不行，」姑娘反抗說，「要是把禮帽去掉，我就一絲不掛了。」

㉗指東達。

「把禮帽拿掉吧，」年輕人懇求說，雙腿跪在枕邊。

「不成，那樣我就失去控制了。這禮帽就像媽媽的戒指，」姑娘說，一手按著禮帽，一手關了開關。娜佳將耳朵貼在門上聽著。

「他們對我，也會設下這樣的圈套的，」她細聲說。

她赤著腳輕輕地在地毯上走，進入她的臥室。

「那房間裡的人是誰呀？」她問。

「維克多，也是公司的一位代表，」東達說。

「維克多？他不是名叫菲克·多爾嗎？您是否知道？東達，您過來，我們去敲他們的房門！」

指揮站起來，扔下毛巾，將腿從床上移動下來。

「就是這樣！」他站著說，「可您，娘兒們！星期五，維謝赫拉德一個旅館有舞蹈課，您去吧。我們再談談，那些墓碑，還有畫。那些畫包含著一種現實的希望……東達，你去敲維克多的房門！」

「我知道，可他會打破我的鼻子的！」

「我說，你去，我們把門開著，他往外跑時，你就再溜到這兒來。難道你還不會跑嗎？」

「當然會跑。但你們一定把門開著，娜佳！」

「那還用說……」娜佳從威士忌酒杯旁斜著瞅了他一眼。

東達走上過道，像大鷹一樣的步子走到維克多的房門口，轉轉身，滿意地看娜佳的腦袋和從房間裡探出的指揮先生的頭部。

接著，他用拳頭敲房門，還將耳朵貼在門上聽。

他又敲了一次。

他看到，娜佳和指揮從房間伸出的脖子。娜佳還用手比劃，讓他好好敲門。

他捶打房門，門猛一下打開了。東達捶打到維克多的臉上，轉身就朝他們房間亮著鑰匙孔的地方跑。可是房門緊閉著，維克多朝他屁股上踢了一腳。

這時，東達擰門柄，但房門依然關著，維克多最後一腳，把他踢倒在地毯上。

房門開了，東達跌了進去，又馬上跳起來，砰地一聲把門關上，還擰上鑰匙。指揮先生又攤開雙手，仰臥在床上，用毛巾捂著面孔。娜佳人不見了。但很明顯，她藏在櫃子裡。笑聲從裡面傳出來，他的小拳頭在敲打後壁。

「這可是個愚蠢的玩笑，」東達說，倒了一杯威士卡。

「受苦，是通向智慧之路，」指揮先生將毛巾舉到嘴邊，接著又捂到嘴上。

「那個壞蛋踢過足球，」東達喝完一杯酒說。

「火沒有燒著你，就不要去滅它，」娜佳在櫃子裡說，她又補充道：「有個消防隊裡就是這麼寫的。」

「是誰把門鎖上了？」東達吼叫道，「我像聖瓦茨拉夫㉘一樣，被掛在門閂上了！」

他將椅子搬到洗臉盆旁邊，站到椅子上，捲起床單，對著鏡子看。

「你們看，我身上會紫一大塊，」他說。

「先生們，女士們，要去掉紫塊，請用彩虹牌漂白劑。包好，包好！」娜佳嚷著，從櫃裡跑出來，開門走到過道上去。回來時，提著一個大藤筐，又跑又跳，身上披的床單掉下來了。但娜佳一轉身，仰天跌進了筐裡，手腳都蹺著。大夥都笑起來，她感到筐在震動。指揮拉下眼上的毛巾。

「請看，我的皮膚紫了一塊，」東達叫苦說。

娜佳用胳膀支著下巴，搖搖頭。

她擦去眼淚，看看站在椅子上的男子，又轉過身，對著鏡子打量自己的細腿，笑著說：

「托納尼克，那兒會有污點的，不損壞布料可沒法除掉，只有用小刀子刮，上外科！」她說著，有幾分嘶啞，又將手垂下，笑著坐上兒童車走著。

東達從椅子上跨下來，扭動水龍頭，往手掌澆點水，按在屁股上。

「是誰給我鬧的，是誰？」他嚷道。

㉘十世紀捷克公國大公，被其兄弟殺害。

「是我瞎想出來的，」指揮說，「這就是那位將理髮匠帶上船的人的後果。」

「可是，什麼人把門鎖上了，是誰？」東達挺直身子，臉色十分難看。

「是我，」娜佳站起來說，「誰愛上什麼了，就喜歡作弄人！」她大聲說，笑得直不起腰，倒在小車上。

東達打開門，將小車連同娜佳一起，推到過道上，讓小車沿著臺階往下溜，一級臺階又一級臺階往下跳動。

「我要變成結巴啦！」娜佳喊道。

小車碰到立架上，人造棕櫚樹倒在地板上，連旅館都震動了。東達鑽進房間，把燈滅了。指揮踮著腳走近窗口，一躍坐到窗臺上，越過屋頂遙望田野。遠處的脫粒機在燈光下開動。一位纏著頭巾的婦女，站在踏板上，用手接一個穿白襯衣的小夥子遞給她的一捆捆麥草。她將麥捆塞進機器，脫粒粉碎。一個孔是揚穀粒的，同一個長長的粗管相連。金黃色的麥殼飛快吹到照亮的空中。這給夜班增添了一幅充滿幻想的畫面。旁邊堆著草。男女工人站在齊腰深的草垛裡，用叉子將麥草舉得高高的……後來，穿白襯衣的男子送上最後一捆麥草，脫粒機工作結束，突然響起了愉快的回聲，空轉了幾下，好像它也樂了，可以像站在燈光下的那個女人一樣，休息一會兒了。女人解下滿是塵土的頭巾，深深地呼吸著，從綠色瓶子裡喝啤酒……「有人在往下走，」東達小聲說，把門半開，看到維克多隔壁房間走出一位老人，手拿蠟燭往樓下走。蠟燭照著敞開衣服睡的小兒車上的娜佳。

老人繼續朝上走，踏著燭光到樓上去。他進到自己的房間，只是搖頭，還小聲說：「這麼大個兒的小孩。」

月兒高掛在小鎮上，噴泉裡噴出的水，正在嬉戲白色的乒乓球……

5

縣級公路十字路口，停著一輛馬車。一位身穿短皮襖的男子，蹲在馬的前面，用裁縫的尺量馬蹄周長、胸圍、從大腿到蹄子的長度，還把所有的資料記在筆記本上。旅店後面，有條小街通向一座小樓房，旁邊豎著腳手架。架的那一邊，是一道白牆，上面畫著一匹高大的琺瑯色的馬，可那匹馬沒有前腿。一個穿短衣的騎手，拿著一把彎曲的劍，騎在馬上。

身穿短皮襖的男子記下所有尺寸說：

「這將是一匹駿馬。」

支持老年人協會的兩位代表，乘坐大轎車過來，表示有些驚訝。

「您打算給那匹馬縫褲子？」布西法爾先生問。小個子馬夫用鞭子指了指建築物。

「我的駿馬就是這個模樣？那我可不欣賞！」

「我可以把它餵得又肥又壯，」穿短襖的男子說。

「我的一匹好馬可是比利時駿馬，」馬夫說，打量了一下一匹騸馬，「可是牆那邊的一匹老馬，肚子都快貼著地面了，腫得厲害，算什麼駿馬！」

他吐了一口唾沫，把馬鞭一揮，比利時馬就溜到旁邊去了。

「眞笨！」穿短襖的男子嚷道，「我畫那些畫可全是爲了你們。請轉告所有的馬夫和司機，我這麼幹，是爲了他們在遠處有東西可看。晚上，聖瓦茨拉夫的雕像，從下面一照亮，就同赫拉德昌尼㉙一樣！」

「什麼聖瓦茨拉夫？總像是從貝日科維采鎭逃跑出來的！」

「我走的路是對的，」男子說，「如果那個馬夫欣賞我的畫，那我的畫大概一錢不値了。」

「您是努利切克先生吧，」布西法爾先生說。

「是的。」

「這是眞的，」東達·烏赫德先生說。

「我們是小業主養老協會的代表。您給我們寫信，說您有興趣，所以我們就來了。」

「好，請進，」努利切克先生說。他出來的時候，高筒靴的背上，還有著快乾了的血跡。院子的木杆上，掛著一隻宰殺的山羊，眼睛像藍色玻璃，鼻子裡流著肉凍一樣的東西。倒

㉙布拉格古城堡，總統府所在地。

掛的山羊皮，懸在籬笆旁的木板上，上面沾滿了綠色和金色的蒼蠅。幾隻母雞來回跑，在院子裡爭啄褐色的腸子。

一隻半瞎眼的老狗，在角落裡蹺起一條腿，好像在拉小提琴，它撒了好一會兒的尿。

「先生們，」努利切克喊道。

「什麼事？」布西法爾先生吃了一驚。

「你們知道，有一回我不得不畫什麼嗎？畫我所宰殺的所有白山羊的最後審判！我哪兒去弄那麼多顏料？」

「等您成爲支援老年協會會員的時候，」東達先生說，「就能得到特殊補貼。」

「這我聽了高興，」努利切克激動了，從兜裡掏出屠刀，削去手指上的肉刺，「因爲我一生都騎自行車，喊著：羊皮，羊皮……可這已經是我腦袋裡的一幅好圖畫。它的題目是：山羊的最後審判。我將手持屠刀，站在畫的正中。先生們，我以多麼大的興趣，拿起刀子，刺進山羊的脖子啊！可我弄羊皮，算得上小業主吧？」

「算，」布西法爾先生說，「這是個賺錢的行業。」

「這可是個教人高興的消息，」製皮的人說。

「那些畫也賺錢，」東達先生說。

所有的豬圈、工棚和住宅，牆上都塗著琺瑯色，一幅畫賽過一幅，雖然相互沒有什麼聯繫。

製皮革的工人站在東達先生旁邊，回味著他的稱讚。

「這些全是您畫的？」代表問道。

「是呀，」努利切克先生說，爲自己的畫作感到高興，他從這位客人的熱情中看到了自己的畫作：木棚的牆上，滿是草木、耳蕨和木賊，還有一位奔跑的裸體女人，頭髮似乎在飄動，背上插著一把屠刀。樹枝上有個大鬍子男人在發笑，手將銅絲弄彎了。孩子們從坡上滾下來，像碾子一樣壓著他們的內衣。一名小個子男人，赤著腳在碎石上走。旁邊站著一個姑娘，用手指握著馬的頭蓋骨……

「眞的？這些全是您畫的？」東達驚訝地問。

「是我，」製皮革的人愉快地點頭，一直盯著代表。

東達先生爬上梯子，想看看被涼臺遮住的畫。他朝院子裡望去，看到了那只剝了皮的山羊，母雞在周圍啄它的腸子。他還看到一隻老狗，不停地撒尿，後腿蹺著，好像在拉小提琴。還有一個開著門的廁所，裡面的牆板上畫有棕黃色的猴子，獼猴和狒狒，顏料彷彿是從糞坑裡蘸的。東達先生看得暈頭轉向，連爬梯子也感到無力。他仰著身子溜下來了，滾到了製革工人的懷裡。那人將嘴巴對著代表的耳朵說：「這都是爲了圓我的夢畫出來的。」

「您哪兒來的這麼多構想？」東達問。

「來自我的頭腦，就像來自山羊身上一樣，」製革的人說，「因爲按照圓夢的書，說看到被殺的父母，就會有幸福；見到死去的妻子，就有歡樂；人感到瘋狂和憤怒，就會整年幸福……」

「請問您受過什麼教育？」

「上過二年級，」製革的人說。他看到布西法爾先生在水泵旁邊走，十分高興。那兒有個一絲不掛的男人，生殖器上掛著一頂禮帽，六名裸體女人，高高興興地在糞地打滾。

「這是些什麼？」

「我自己也想知道哩，」努利切克先生說，往後退著走上臺階，手放在背後。他打開涼臺的門說：「但眞傢伙還在後面哩！」他抬起手一指，讓代表進去。他沒有看自己的畫，只是說：「先生們，這是人的靈巧的手畫出來的各種各樣的畫，人的寶貴的手啊！這兒有個小夥子坐火車去找他的姑娘，爲她帶了一束花。您看他站著，一手扶著車廂的門柄，一手拿著花。這一張，他在往下跳。但正像您看到的，他摔倒了。年輕人跌倒在車輪下面。這兒請看，一隻車輪軋過他拿鮮花的手。可他的未婚妻，像您所見到的，站在後面，舉起了雙手！可那被軋斷的手，在這兒鐵軌上滾動。您還看到，年輕人用剩下的一隻手，去抓那只一直握著花的手。可是火車一直在開動，另一個輪子又軋上了他剩下的那只手。那手還捏著第一隻拿花的手……這兒您看到，沒有手的青年坐起來。進站的火車踏板撞上了他的腦袋，他倒下了……我在車站看到的十五幅畫，表現了人類寶貴的手的十五種形態……」

製革人的嗓門大，他的客人看到，他勁頭上來了。他轉身退到門口，按門閂，用屁股把門頂開，走進去，把門弄得好像要飛起來。地下射出的光線，讓代表們感到耀眼。

「這兒是廚房，先生們，」他大聲嚷著，退到一旁，「這兒到處都是畫，不僅牆上有，天花板上有，連櫃裡櫃外也有。」

廚房牆壁，像岩洞一樣閃光。傷心的男人們親吻懷孕的婦女。背景是一頭白色犍牛往前沖。床的上方跪著一位年輕女人，在小溪裡洗腸肚。一位號手沿著一排柳樹走著，肩上背著黑裡康大號……

「這兒，請注意一下那個碗櫃，從裡到外全都是畫，」努利切克先生笑著說。

他接著往下講：「碗櫃裡面的畫，表現各種不幸事件，一直到死亡！」他大聲說，兩手指向碗櫃，「這兒你們看到，一個吉普賽人，掉進了鑄桶，落在沸騰的鋼水裡，因爲他磕磕絆絆，撞到櫃子上。這兒你們看到，吊車吊著一個鑄桶，但桶底下畫著那個吉普賽人。這兒你們看到鋼水鑄成鋼錠。可是每條鋼錠裡，都有那個吉普賽人。我在每條鋼錠上，都留一個吉普賽人，拖著鋼錠軋成的鋼坯……而每個鋼坯中，都有一個完整的吉普賽人！這兒你們看到，每個鋼坯，都軋成薄板，不銹鋼薄板。每塊薄板上，總有一個完整的吉普賽人。從薄板再軋成刀叉和小勺。你們看到，每把刀叉和小勺上，都畫一個吉普賽人。就是最初掉進鋼水的那個人……刀叉上的吉普賽人又跑到世界各地。每個地方，都有吉普賽人身體的一部分。但我在勺上畫的是完整的人。好了……」製革的人說，注視著客人們的眼睛，他們深深地呼吸著，有點發愣了。

努利切克先生蹲在床邊，接著又躺下，鑽進洗滌盆下的櫃子裡，只有他的皮襖翹在外面，腳背的靴子上有斑斑血跡。

「那退休金是怎麼回事？」他問。

布西法爾先生跪下來，看到努利切克先生的櫃裡擺著畫筆、顏料盒，他正在櫃壁上畫人物畫。

「對您來說，最好享受五級。您大概可得到一千一百克朗，」他說。

「那就給我登記上吧，」製革的人以低沉的聲音說。

布西法爾先生把皮包放在被子上，將裝申請表的夾子擺到地板上，理了一下複寫紙，寫上姓名、養老金等級、位址，然後計算一番，把計算的結果勾掉了。

「努利切克先生，」東達先生說，「努利切克先生，不要上這種保險，那是騙人的把戲。」

「怎麼回事？」製革的人吃力地說。

「您看，那退休金並不是給您的……因爲您還得補交二十年的費，才能得到那一千一百克朗……這我們沒有給您講明。努利切克先生，您最好還是去買顏料畫畫吧。」東達勸他說。

「可這樣一來，我一生就得到處跑，到處嚷：『皮革，皮革……啦？』工人有養老金，爲什麼不能人人都有？」努利切克先生大聲說：「這與您有什麼相干！您的同事都給登記了，可是您卻不同意！」

布西法爾先生說：「是的。這兒有鉛筆，給您……」

可就在這當口，被子掀開了，皮包掉到地上。床上冒出一位穿運動衫的老婦。她舉起裝有申請書的檔夾，扯下幾頁，撕成碎片，往蹲著的代表身上扔去。

「這是我媽媽，」制革的人說，「她是我的繆斯㉚。她給我構想，我照她說的畫畫。」

「見到您很高興，」老婦人說，將手伸給東達先生，「談什麼保險啊！我們連買顏料的錢都沒有！請到房間看看，那兒有我們獨特的東西，」她說著，抬起藍色的眼睛，直視著東達先生的兩眼。她後退一步，摸著門柄，打開房門，走近一張雙人床邊。床上沒有被子，也沒有床墊，滿床都平擺著玻璃板，可疊成一部厚厚的玻璃書。

「這是些玻璃畫，看看真過癮。我兒子用畫筆在板的另一面作畫，像公貓看鏡子的反面一樣，」她說著，注視東達先生的臉部。她憑記憶翻那些玻璃畫，玻璃發出啵啵響聲，好像磨棱角的聲音。「比如說這些，您看，畫的聖奧古斯丁㉛，坐在收割機上從麥浪中開過去。但我

㉚希臘神話中的詩神。

㉛聖奧古斯丁（354—430年），拉丁神學家最著名的代表。

看您好像贊成宗教題材，對吧？」她笑著說，「我們這兒就有，」她大聲說，但只掃了玻璃書一眼，還是盯著東達先生。「這裡我要說明一下，是玫瑰花從聖奧古斯丁嘴裡掉出來了。這是件倒楣的事，發生在聖貝爾納德身上。天主進晚餐時，貝爾納德從杯子裡錯把一個蜘蛛喝下去了，接著那蜘蛛又從他嘴裡活著爬了出來……可憐的蜘蛛！這兒還有點什麼……咳，您看那兒！」老婦人大聲說，但一直盯著東達先生的面孔，「您是個反基督教的人，請到這兒來！」她仍然盯著東達先生。布西法爾先生從廚房走進來。

「您母親還在嗎？」老婦人問。

「還在，」布西法爾先生小聲說。

「好，您看，」老婦人接著說，繼續望著東達的眼睛，「這兒表現的是一場夢，聖多明尼加的母親做的夢。她夢見自己生了一只有黑斑點的狗，狗的光芒照耀著世界……這是在玻璃上完成的作品，怎麼樣？您的母親也夢見了您在這個世界上將發揮什麼作用。但她絕不會夢到，她會生下一個騙子。您叫什麼名字？」

「布西法爾。」

「這麼好聽的名字，」她說，「趁您還沒有進牢房，不要再幹那些勾當吧！」

「您是不是已經賣掉了什麼？」東達先生問。

「是的，」她說著，撞了一下門，門關上了。

門上掛著耶穌的鐵皮像，雙臂張著，黃色的軀體，肩上披著一件條紋游泳衣。

「我們誇張了一點，」停了一會兒，她說，「現在我看到了！那兒十字路口，掛著鐵皮的耶穌像。但時間太久，像有點損壞了。村鎮居民想起來了，把它交給我們加工，會便宜得多。」

「我馬上明白了，那座耶穌像，將像小鵝那樣，成為黃色，要穿上三色的民族顏色㉜的游泳衣。他們給我們付了墊金，我們去城裡找洋鐵皮工。我挑了一個小個子學徒，讓他躺在鐵皮上。他張開雙手，我用木工的畫筆將他畫下了，我們將他剪下來，兩天以後，這個像就掛在十字路口上了。可是我們做的過於耀眼，因此六天之內，那兒出了六次車禍。因為那個像吸住了司機的目光，主要是那件游泳衣。我們只好將耶穌像取下來，把錢退了。」

「這真精彩，」東達先生讚歎說，「可您這樣的構想哪兒用得上呢？」

「這我腦子裡也還一場糊塗。」老婦人說。

「那您把它怎麼辦？」

「等我們全畫好以後，」她邊想邊說，兩眼望著視窗和那西下的太陽，「等所有的牆、櫃子和地板都畫完了，我們就退出去，把房子推薦給民族畫廊，讓他們另外給我們一座乾乾淨淨的房子，我們再慢慢去畫。這樣，就得安裝一條纜繩座椅，不讓人們踩地板上的畫……因為我們

㉜紅白藍三色，為捷克國旗顏色。

是出於自己的樂趣，無償地給人們畫畫……」她幻想般地說。努利切克先生從櫃裡的盆下爬著出來，站起身，打了個哈欠，伸了伸腰。

「我打了個盹，」他說著，哼了一下。

老婦人搬來一把椅子，從櫃裡拿出油燈，將燈芯弄乾淨，擦火柴點著，蓋上燈罩。製革的人伸展一下身體，看著伸出的燈芯發愣。

「媽媽，您知道我在畫什麼？」他問，望著燃起的油燈燈芯，「我畫的是一排跪著的姑娘，準備領受聖餐。她們伸出舌頭，祈禱書放在下巴下面。助祭拿著彌撒書，望著姑娘們的舌頭，扔下彌撒書，書撕成了兩半……我畫的就是這些！」他提高嗓門說，一直望著燈罩下的火苗，僵直地站著，兩手叉在圓麵包般的腦袋後面。

「我們去畫馬吧，」老婦人說，撥拉了一下燈芯。

隨後，他們在院子裡那只剝了皮的山羊旁邊告別。

製革的人登上腳手架的梯子，老婦人用手捂著油燈跟在他身後。

代表們然後坐到引水渠旁等候公共汽車。

油燈照著白色牆壁，他一隻手畫著馬的前腿。

公路上有個人騎自行車過來，用繩子牽著一隻黑白小花狗。它蜷縮起來，挨了一腳，又跑動了。自行車後座上，掛著一條死狗，鼻子還淌著血……布西法爾先生捲起袖子，但東達先生拉住了他的胳膊。

「喂，」他說，「有些事是怎麼樣，就隨它怎麼樣去吧！你以爲有人因爲奢侈而吃狗肉？」

6

城鎮的盡頭，是一道柵欄。整個柵欄上，是一條長長的横幅招牌：白天使日用品技術試驗所。

「喂，布西法爾，」指揮先生說，「每一位推銷保險的人，開始都要通過一次測試。拿哪一種小生意人來測試成績最好？」

「賣化妝品和日用品的，」維克多和東達兩位代表說。

「那好，你們到經營良好的試驗所去推薦養老……養老保險吧……」指揮先生舉起手指說，「養老金這個詞，要善於使用，就像漂亮女人戴鑽石胸花一樣……養老金，養老金！先生們一定要講得含糊一些，像母親逗孩子，情人說悄悄話，談情說愛，發誓賭咒一樣……這是個千錘百煉的美好字眼。現在我講話是嚴肅的。你們在家裡對著鏡子試試，學會講這個詞：養老金！就像你們本人要辦養老保險一樣……養老金，是看不見的事物的本質，幸福未來的保證……現在你們去吧，布西法爾，我們將從樹椏中看著你們。」他們走到大門前，指揮先生使勁打門。

有人走到門口大聲說：

「別用手往我這兒甩皮帶！」

布西法爾先生用拳頭敲門。

「往第三號鍋爐放蒸汽！」一個聲音喊道。

布西法爾先生用一隻眼睛對著樹椏，但對面也有人從同一個樹椏朝這邊看。

「誰在那兒？」一個聲音問。

「支持老年人協會的代表，」布西法爾先生說。

門開了，出來一位身穿沾滿塵土長袍的男人，手裡拿著一根杆子。

「這兒是白天使雜貨試驗所，請進。我正在培訓一名新助手，」那個男子說，布西法爾先生進入柵欄裡面。

一位老年人正往木桶裡灌水。

「我們是製作化妝品和日用品的，」主人說，「我們可算作半個殉道者，先生們，我這只手就是試驗生產一種塔科林時燒壞的。這是一種著名的地板油。弄石蠟鍋爐時，爆炸了！眞壯觀啊！我的手像《聖經》裡描述的那樣被燒了！因爲這種技術試驗室也就是一個科學研究所。」

「老闆，您的眼睛怎麼啦？」

「那是另一碼事。我製作獵人喝的甜酒時，」日用品生產商說，「加進了一公斤半獵人用的香精，二十克香堇菜，還有四十公升酒精，十三公升果汁和三十三公升水。這下可熱鬧了。鍋蓋蹦起來，一下子打到我頭上，把我弄成了斜視眼。晚上，我在家看科技書的時候，這麼樣坐在椅子上，桌上放著書。可我看到的，總是一個角落，一句話，當我想看書時，眼睛不得不望著別處。當然，進行日用品試驗時，不允許我們被小事轉移注意力。先生，您給我帶來了什麼呀？」

「養老金，」布西法爾先生說，盯著樹的枝椏。

「這是櫻桃樹，」老闆說，「也是科學的犧牲品。它應該五月份結果，但這棵樹十一月份就結果了。這是自從這兒生產世界著名的摩羅爾牌老鼠藥開始的。櫻桃樹長出這麼大的葉子，已經用作煙草了。氯化鋇的作用就這麼大。」

柵欄旁邊一隻大狗站起來，走路一搖一晃。它全身光禿禿的，像櫻桃一樣。狗走過來，舔主人的手。

「好，阿尼塔，」小商品生產商撫摸著它說，「摩羅爾是爲全人類的。每當讀到被活著解剖的狗還舔主人的手時，我總是特別感動……好，阿尼塔……好，阿尼塔，你是不是也倒楣地預感到，我們要解剖你？這是沒有法子的事。先生們，這是一隻波爾什的狗，我在比卓夫鎭買的。在赫魯麥茨火車站，我到車站飯店去買啤酒的時候，把這條狗繫在水泵上。我從窗口朝外看，見人們嚇得亂跑……這小東西等得不耐煩，把水泵連同幾百斤重的蓋子都掀倒了，跑進了我去的飯店。約瑟夫先生，一個人有這麼一隻可愛的小動物，多麼開心啊。」老闆補充說。

「哪兒的話，」助手說，「有一回，我從幾位小姐那兒走開，從別墅跳出來三條狗：波拉，阿尼塔和阿日克，都像小牛一樣，將我拖到狗窩裡，同我一起直睡到天亮，還沖著我的臉輕輕地哼哩。」

老闆走進小倉庫，用小車運已經板結了的麵粉。

「這是因爲，狗是逗人玩的動物，」他說，「至於這類高大的獵犬，它們將多少人從白色死亡裡救了出來啊！」

「可別這麼說，」助手生氣了，「我在耶塞尼克服兵役的時候，一位老太太在山上滑雪，丟失了。我們帶著兩條大獵犬去搜索。在布拉傑特，我們的準尉丟了。獵犬身上粘滿了雪，我們只好給它裹上毯子抬著它。每條狗有百十來斤重，我們像抬鋼琴似的在雪地上走。到了兵營，它們發燒了，大夫只好給它們纏上繃帶。可是準尉我們永遠也沒有找到。丟失的老太太，早上回來了，拖著滑雪板。她已是年過六十的人啊……可她說這不過是到布拉傑特散散步而已……」

雜貨店老闆小聲對代表說：

「我們應該激怒他……他生氣了，事情就幹得更好一些。」

「眞的嗎？」布西法爾先生感到奇怪，「可是老闆，您好像在地下室說話，聲音太小了。嗓子不大好吧？」

「我喝的來蘇爾液，沒有喝甜酒，嗓子又有點發炎，」老闆說著點點頭，「十年來，我床頭總是擺著一瓶甜酒，加上貼有標籤的來蘇爾液，爲的是不讓孩子們喝。可我做父親的，一直在喝，從小就喝。老婆疏忽了，將眞的來蘇爾液放在那裡。我見到了，一連喝了三大口。作爲一個日用品生產者，不掉幾個指頭或整個的手，或者做試驗時不留下幾個傷疤，就算不上日用品生產商……可是，約瑟夫先生，我要是您呀，就買隻小猴子！」

「哪兒的話！」助手大聲說。他琢磨，用他掙的幾個克朗，連買衣服也不夠，「猴子，我連看也不願意看！那個笨貨布勒丁——我在辛格哈斯流浪時，就跟他一起——爲了紀念一隻黑猩猩，才買的。我們回來以後，就同那個東西住在一起。他說他是雄鷹體育協會的，每天早上用肌肉增強器進行鍛煉哩……」

「那隻黑猩猩？」日用品生產商問。

「哪裡！是那個蠢貨布勒丁。黑猩猩也練過，但必須繫上帶子。有一回我出去走訪，布勒丁那個蠢貨說：『喂，你試試那個肌肉增強器吧。你會發現，那該多麼舒服！』我拿起肌肉增強器，拼命地拉。結果，黑猩猩那個壞蛋鬆手了。手柄彈到我鼻子上，眼睛腫了好幾天。猿猴，哼！」

獵犬走到地板上的角落裡，大叫起來。

「那個聰明的動物記得摩羅爾鼠藥的製作過程，」日用品生產商說，扛起一袋板結的麵粉。

「老闆，」布西法爾先生說，「請您考慮一下養老金的事。等到您一雙寶貴的手不能幹活了，誰給您吃喝？」

「受苦唄，」老闆回答說，將麵粉倒在大桶裡，揚起一股黃色煙塵，蓋住了地面。

「這像狗尿一樣熏人，」助手咳嗽起來。

「就該這樣，」日用品生產商高興了，「您稍微攪拌一下。我們加進三盆變質的油脂，合成物就是原汁原味。保險公司的先生，您在什麼地方？在那兒，好。您牢牢地扶著水泵，我給您講製作過程。有的公司往老鼠藥裡加砒霜，我寧可加碳酸鋇。老鼠吃起來有野果味道。碳酸鋇在它的胃裡變成氯化鋇，老鼠就被毒死。」日用品生產商津津有味地說，「但要得到合格的產品，要花不少時間。開始在莊園，我毒死了兩頭豬和一群小雞。後來幾個月，用戶給我寫恐嚇信，說老鼠吃了摩羅爾藥，反而長胖了……可現在，只有一片讚揚和榮譽獎狀。」

「這臭味就像教長被撕裂了一樣，」助手在煙霧中咳嗽起來。

「約瑟夫先生，我要是您呀，就養山羊，」日用品製造者說。

「我可不要什麼山羊。如果人們說我胡鬧，把我的養老金剝奪了，怎麼辦？」

「但有了羊就有羊奶呀！您是製毒藥的……」

「哪兒的話！山羊是個討厭的東西，它屁股一張開，我從羊圈裡拔腿就跑，連盆子也搬走，因爲我的手已冰涼。再說，我眼力不頂用，天黑了，怕找不到山羊，我雙手發抖。」

「您擠起奶來可就夠受的了！」日用品製造者說，從塵霧中走進倉庫。鉤子上掛著一桶變質油脂。獵犬見了，叫得更凶，連爪子也伸出來了。

「好，不養山羊，那就餵小母牛吧。這可有收益，有牛奶，」日用品製造商看著助手在桶裡攪拌時說。

「那哪兒成！」約瑟夫先生叫起來，使勁地用木杆快速攪動，「養奶牛可教人生氣。過去，我們家養一頭花奶牛，好看得很，像頭閹牛一樣。我牽著它走到一條公牛旁邊，奶牛拖著我就跑，像拉雪橇一樣，儘管它鼻孔裡有鐵鏈韁繩。養母牛可眞難哪！」助手說，加快地攪拌著說：「有一回，我牽著我們的花奶牛到一頭公牛那兒去。但那家的主人不在。女兒——是個大美人——將公牛放出來。可是那頭公牛將我和母牛弄混了，衝著我就上，撒了一大泡尿，很敏捷地從小梯子上越過轅杆，前腿撞在杆子上，摔了個筋斗。那美人般的女兒眞擔心公牛會折斷它那寶貴的生殖器哩！那個時候，豬發病了，人們把它放在床上。它死的時候，大家像死了小孩一樣感到不幸。可那頭重達幾百斤的公牛，前腿蹬起來了，但我還是大膽地坐在屋頂上。那公牛前腿扒著牆，用角拱瓦片，鼻子像噴泉一樣出氣。可您還說……養母牛！」

「桶在這兒，」日用品製造商說，「現在我往桶裡倒變質的油脂，」他高興地向代表擠眉弄眼，彎下腰，往桶裡加料。他在想像中認爲，「這是往合成物中添加貨眞價實的香精哩。」

他說著，又往桶裡加變質的油脂。助手用棍子快速攪動。熏人的臭味從地板上散發出來，一直擴散到柵欄外很遠的地方。

直到鄰居阿爾弗雷德·比沃尼卡先生大奏起手風琴似的樂器。這個人身居小住宅，掏廁所二十五年，從祖上繼承了這部大樂器。

白天，天使日用品技術試驗所生產摩羅爾牌老鼠藥時，比沃尼卡先生就把他的樂器搬到院子裡，奏起一首老歌：《我是布拉格的貝比克……》。

他奏第五次時，老闆走到柵欄旁大聲嚷道：

「比沃尼卡先生，聽見我說話了嗎？」

「沒有聽見，但感覺到了，」鄰居說，他一隻手痛，將樂器換到另一隻手上。

「比沃尼卡先生，別奏了！誰該聽這種音樂？」日用品生產商嚷道。

「對，可是是你們首先鬧起來的！」

「比沃尼卡先生，我要到商會去提意見！」

「您不妨到洗臉間第五個水龍頭那兒去提吧！」比沃尼卡先生大聲說，又奏起那支歌：《我是布拉格的貝比克……》大聲說：「你們用毒老鼠的藥來害我，我就這樣來對付你們！」

「比沃尼卡先生，會遭到報復的！以眼還眼！以牙還牙！」

「我以兩眼還一眼，以半口牙還一顆牙！」

「什麼?」日用品生產商吼叫道，「比沃尼卡先生，當人類放鬆同大自然的鬥爭時，老鼠就會來咬你們，連您那破樂器一起咬掉！」

但比沃尼卡先生自有主張，他轉動樂器上的把手，彷彿要讓它成爲驅散臭味的風扇。

「人們總是特別不自覺，」日用品生產商抱怨說。

「是的，所以我看，」代表說，「您不需要任何養老金。」

「您怎麼知道，我需要什麼和不需要什麼，」日用品生產商斜著眼說。

「我認爲，對您來說，這樣的養老金是沒有的，您只需要一個存放苯胺顏料的小倉庫就夠了……」

「我需要什麼，不需要什麼，要您出什麼主意?如果我需要養老金呢?」

「我認爲……」

「不用您認爲!考慮這種事情的是我，」老闆大聲說，「我想要養老金!」

「可那是要費錢的，」布西法爾先生說。

「難道我是個無賴!」日用品生產商惱怒了，「我想要養老金，您給我登個記，我要一千五百克朗的養老金。」

比沃尼卡先生開始第十次奏他的樂器,還唱道:「我是布拉格的貝比克,還是個小無賴……」

有人猛敲欄杆，獵犬不再吠叫，一躍跳到柵欄上，用藍色的眼睛盯著另一邊。布西法爾先生在申請表上寫了姓名和企業的地址。

「你們這些罪犯！不信上帝的傢伙！」柵欄外面有人叫起來，「誰該來聞這種臭味！」

「這沒有辦法，」日用品生產商說，「我們有營業證！」

「他媽的！最難的問題是理解作爲萬惡之源的上帝，可這已經超出了上帝的框框！」柵欄外的人大喊大叫說，而且每講一個字，就用棍子在木板上敲打一下。

「出生年月日？」代表問。

「一八九五年……」日用品生產商說，「可那准是基督再臨派的霍拉切克。霍拉切克先生！我們可是必不可少的罪過呀！」

霍拉切克先生不再敲柵欄，他高聲說：

「《聖經》上講了，情況會更糟的。但是，先生們，我在家裡快要給悶死了，你們那個摩羅爾滅鼠藥的味道從牆裡透過來，無形地滲到整個鎮上！」

院子裡，比沃尼卡先生的樂器不響了，爲的是換換空氣，好將同樣的歌演奏第十一遍：《我是布拉格的貝比克……》。獵犬跳起來，用藍色的眼睛斜視著另一邊，霍拉切克先生在那兒，一個手指捂著嘴在想什麼，另一隻手握著粗棍子。

「夥計們，我看到了，」他嚷著，「我眼前現在出現了兩個世界：一些人是生前註定的……你們在那兒嗎？」

「我們在！」日用品製造商大聲回答。

「一些人註定只吸乾淨空氣，另一些人註定只能吸臭不可聞的空氣。我屬於第二種人。朋友們，你們在那兒嗎？」基督教再臨派會員大聲說，樂器又大聲響起來。

「我們在！」日用品製造商說。

「請在這上面簽字，」代表用手指著說。

霍拉切克先生興奮地叫起來：

「現在我看得更遠了：那不可見到的教會——我也是它的會員——應該將世界上的罪惡都吞噬掉。你們和我，就是它活生生的證據。夥計們，我再生了！又一次在這兒了！」基督教再臨派會員這麼嘮叨著。他順著光線看，柵欄外有個頭髮上紮著白蝴蝶結的小姑娘，和著樂聲在拉小提琴《我是布拉格的貝比克……》：她是對面屋子的小女孩，那是街盡頭最後一座房子希爾德布朗家族的最後一個孩子。那個家族根基可牢固啊，因爲他們在一切事物中，都能看到對自己有利的徵候……比沃尼卡先生奏樂器時，希爾德布朗夫人馬上拿下小姑娘的提琴，將她打發到街上去，還說：「露仁卡，去學習，學習同大型樂隊一起演出……」儘管她剛學會馬拉特㉝的第一練習曲。

㉝馬拉特（1843—1915年）捷克作曲家。

紮小蝴蝶結的姑娘，下巴夾著提琴，長著一雙美麗的眼睛。但眼神裡有幾分恐懼。她在柵欄邊上走著，拉起《我是布拉格的貝比克……》曲調。她媽媽在窗口幻想：有朝一日，露仁卡會在斯美塔那大廳演出，捷克交響樂團將為她伴奏哩。

霍拉切克先生像看幻影一樣地望著小姑娘。

「朋友們，」他喊道，「請到這兒來！」

「那兒有什麼？」日用品製造商大聲問，「我們剛剛開始調製摩羅爾滅鼠藥哩！」

「全都放下，為了寬恕，快過來！」霍拉切克先生喊道。

大家放好箱子，靠在柵欄上。

布西法爾先生和日用品生產商往下看，小姑娘頭上的蝴蝶在抖動。

「拉得眞好，」日用品製造商說，「有感情。」

「她必須這樣拉，」基督教再臨派會員說，「上帝本身出現在某種黑色的深淵時，深淵的底層會有一隻金戒指。露仁卡，你就是那深淵底下的金戒指……」霍拉切克先生說，撫摩那個小姑娘。她抬起一雙大大的、過早變藍的眼睛……

後來，助手冷淡地坐到泵上，毫無表情地看著摩羅爾藥時，老闆往一公斤的鐵盒裡倒合成物，布西法爾先生告別了。

「您提前了三個月給我們付了那筆錢，包括五十克朗註冊費。別的問題，我將同您通信聯繫，」代表說，鞠了一躬，沿著柵欄走了。柵欄上面是一排大字：白天使日用品技術試驗所。

「這兒是中學畢業證書，」他在拐角上說，將申請書交給指揮先生。

但指揮先生兩手扶在柵欄上，搖搖頭，用拳頭在板上猛擊一下，抬頭望著天空。

維克多先生仰臥在草地上，兩手兩腳都在擺動，嘴裡在哼著什麼。

「怎麼回事？」布西法爾先生嚇了一跳。

「你是支援老年協會做成了日用品生產商工作的第一位保險工作者，」東達說。

7

由鼓和手風琴伴奏的男聲歌唱，從小酒店傳到黃玫瑰色般的夜空。幾位婦女在丁香花影下徘徊。公墓的圍牆，迎著琥珀色的地平線屹立著。

兩個女人拖著梯凳過來，隔著窗簾朝酒店望去。

「博什卡，你看見那一位有多帥嗎？」

「他穿的新大衣！在一群無賴的人當中，怎麼竟出現了伯爵的模樣？」

一名婦女從酒店的走廊上跑出來，腮幫鼓鼓的。

「結婚一年後，挨這樣的耳光！」她說。

「有人中了一百萬的彩票？」代表東達先生問。

拖來梯凳的赤腳女人說：「看來您不是本地人。我們的小夥子自己製作舒馬瓦㉞點心。」

「上帝呀，」爬上自行車架上的婦女喊道，「我那口子在那兒大手大腳的花錢啦，孩子們又得吃一整個月的廉價油脂和果醬麵包。」

「您帶著梯子上哪兒去？」東達先生問。

「到公墓牆邊瞧瞧。」

「把我帶上行嗎？」

「您是誰呀？」

「保險公司的代表。」

「見到您很高興。我是從前公爵漁場的負責人，」她說著點點頭，赤著腳走得沙沙地響。

「那不扎您的腳嗎？」

「不，在麥梗地裡我照樣打赤腳走，」漁場前女管家說，放好梯子，往牆上爬。

「您挨著我坐下吧，」她說，「我們瞧瞧酒店，那兒的鏡子面前，就是公爵先生過去經常坐的地方，他常望著那堵牆，而且一看到墳墓，他就口渴，人們跟著他學。男人們在家裡說：『人活在世上算什麼？今天在這兒，明兒個就可能到牆那邊去了，』女人們就哭起來，因為這是我

㉞位於捷克西南邊陲的山脈。

們公爵先生本人經常講的，講完了，他就替酒店所有的人付錢。」

「那可眞是一位好先生，」東達先生笑著說。

「什麼樣的好先生？有一回，他騎著馬從窗口竄進了酒店，要了一杯甜酒，又騎著馬跑到酒店門前了。卡拉斯庫也想那麼幹，可是額頭撞在柱子上，結果就葬在那塊地方了……」漁場前女管家指指說。接著，他們朝酒店望去。曬得黝黑的小夥子們，敞著襯衣站在裡面，高舉雙手，大喊大叫，彼此摟著腰，眼對眼，看了好久。然後按老方式，接吻祝賀。他們還摟著脖子，拍對方的背部，一跌一撞地走著。

「這兒的人都那麼喜歡公爵先生嗎？」

「那看怎麼說！」漁場前女管家說，「公爵先生有條原則：『過去偷盜，現在偷盜，將來也偷盜。不過我只希望，偷盜要講理智。』那兒躺著的臉泡在啤酒裡的人，是公爵先生的私生子。」

那個醉醺醺的人，躺在酒店中間。兩個小夥子往他身上倒了半公升啤酒，醉漢才清醒過來，將一隻手背放在另一隻手掌上，嘟嘟囔囔地說：「下雨了。」心滿意足地將臉部靠在倒出的啤酒裡，又睡著了。

「等一等，你們兩個無賴！」梯子上的婦女嚷道，「他穿的新大衣！」

被啤酒和汗水弄濕的酒店老闆，每手端著十杯啤酒，像兩盞吊燈。小夥子們挪開酒杯墊。

老板從耳根後取下鉛筆，在墊上畫記號，拉手風琴的調過頭去，鼓手用錘子擊著大鼓。

「穿藍襯衣的那個人，是個漂亮的傢伙，」東達先生說。

「是那個喝了一大壺的夥計？啊，他是鎮裡藥房的人，有空就上這兒來，但算不上貴族式的人。他可不那麼容易老實下來啊！先是把老婆的嫁妝喝掉了。接著，把病號們的所有甜酒、葡萄酒、酒精……也全喝光了，還總是不安分，不習慣小鎮上的生活，因爲他是布拉格來的。直到一位採藥的老太太給他出主意，讓他騎自行車到集市上去，大聲講粗野話。他眞的那麼幹了。第一次，當全集市的人都盯著他時，他昏倒了……但第二次，第三次，他在廣場叫嚷一些髒話時，感到心裡的憂傷一下子都消失了……他是這一帶最帥的男子，但身上沒有一點藍色的血液，只有襯衣是藍顏色的。可您看見了嗎，他倒在桌下，現在又站起來了？」

「那個醜八怪呢？」

「那個人，」漁場前女管家說，「他也是公爵先生的私生子，了不起的提琴手。他謀生的方式是，不演奏，只是將小提琴夾在脖子上，人們就掏錢給他，好像交付補償費似的，爲的是希望他別拉琴。有一回，我聽他拉琴，滿身起雞皮疙瘩……啊，我們有的是手絹！」漁場前女管家大聲說，往手心裡擤鼻涕，甩到了墓上。「他是屬於前三代的人，演奏得十分差勁，名叫貝比切克・哈巴斯庫。」

「噓……您沒有聽見什麼？好像有人在小聲說話，」東達先生說。

「這是水上傳來的聲音，」漁場前女管家笑著說，「橡樹林那邊，女孩子們在洗澡，那兒離這裡足足有一公里……您聽見了嗎？她們在談論男孩子，聽見了嗎？蘆葦發出的颼颼聲……不知什麼地方的鳥兒醒了，水把鳥的聲音傳到這裡，好像是在您的腦子裡驚醒了……那水和風，像擴音器，把聲音放大了……」

墓的牆邊，兩位婦女在指手畫腳，向一位穿黑袍的胖男人講什麼事。

「那是神甫先生，」漁場前女管家說，「他有幸讓公爵先生做了懺悔。」

「那好，您去吧，」梯子旁的婦女說，「您去說說他，他總是把工資全都喝掉，接著就砸家具！」

「安靜點，婦女們，」神甫說。但當他聽到那歌聲時，歎著氣說：「這就是那不幸的斯拉夫人性格。」

「他們還燒房子哩，」踏在自行車架上的女人說。

「那些人都是一夥的，」神甫說，「行爲放蕩。」

「對，」一位婦女說，「我那一口，勁頭上來的時候，神甫先生，就逼著我幹那種事，我只好……」

「您別在這兒扯那些事，」神甫嚷道，「你們床上的隱私，就是上帝的隱私。你們床頭掛了聖像嗎？」

「掛了。可是他像頭公牛，他……」

「靜一靜，」神甫跺腳說，「您應該經常來，姆拉奇柯娃，做懺悔，領聖餐。」酒店傳來響亮的歌聲：

「當我年方二八的時候……」

「尊敬的先生，您到那兒去一下吧！」站在自行車上的婦女請求說，「我的那一口幹了那種事就病三天。」

「我不明白，我不明白，」神甫猶豫說，「只是不要讓我把珍珠往豬身上扔……可耶穌幹什麼了？他經常同女海關人員和妓女坐在一起，」他鼓起勇氣說。

隨後，他那黑色的身影消失在過道上。一會兒，他就出現在酒店的小夥子們中間。他們正沖著天花板胡叫亂嚷，相互摟著腰，還手舞足蹈。神甫先生坐到椅子上，一隻手按著道袍，一只手指向天空……但有人打了他一下。

「這眞是當頭一棒，」漁場前女管家說。

然後，尊敬的先生出現在走廊上，板著面孔。

「我說什麼來著？」他說。

「尊敬的先生，我們該怎麼辦？」梯子上的女人問。

「到那邊去，」神甫建議說。

「去像您一樣挨耳光。」

「唯一的辦法是去作祈禱，」神父說著走開了。

「尊敬的先生，」漁場前女管家說，「有人在您背上畫了下流的東西。」

神甫脫下閃亮的道袍，抖了一抖，看到用粉筆畫的一個菱形的玩藝兒，只是搖頭。

「我不明白，不明白。這一代人大概走不了耶穌的路。」

他用手擦去粉筆畫的東西，走開了。他的襯衣可是白得發光。

「那是些異教徒！」他嚷道，一隻手插進袖口，「世界末日！」說著，另一隻手又插進口袋，板著面孔走了。

「是誰把她給燒了？」東達先生問。

「公爵先生的私生子克魯帕先生。您看到了他那高貴的神態嗎？」漁場前女管家接著說，「人們說他，好像頭上挨了幾棍子的小豬。可他是上過學的人啦。他的床頭上有個口號：瘋狂起來吧！每天早上他一打開窗戶，就像箭一樣，從床上一跳，鑽進游泳池……哈哈，有一回，他喝醉了酒，在城裡一個旅館躺著。早上醒來，打開窗戶，照樣像箭一樣往下跳，落在廣場磚地上，把手摔斷了，」漁場前女管家笑著說。

「他冬天呢？」

「冬天他不跳水，而是像公爵先生一樣，在花園裡遊。有個鄰居擦了擦凍冰的窗戶，朝克魯帕的花園望去，什麼都看得一清二楚。克魯帕赤身露體，站在游泳池邊，用棍棒敲打冰層。接著……往裡面跳。鄰居這麼瞧了一下，就傷風了。克魯帕同他父親一樣，也有這麼一條原則：『人應該懲罰身體，而不是身體懲罰人』。」漁場前女管家邊說邊往手裡擤鼻涕，像公雞格格叫一樣。

「天哪，那兒有個小夥子。身穿褲衩，站在桌子上跳舞，」東達先生說。

「那是我們的老師。」

「也是私生子嗎？」

「也是。街坊的人都喜歡他。因爲有一回他說，假如有個女兒，患瘧疾死了，要是他有枝手槍，就可能因悲慟而自殺！……自從講了那些話以後，他就不再喝酒，而是狂飲了。大家都原諒他，因爲沒有人能證明他有女兒，會染上瘧疾……」漁場前女管家把手一擺，又說：「他名叫雅烏列克，他媽媽是公爵先生的擠奶女人，您知道嗎？」

「知道。但那個大個子，頭髮快碰到天花板的人，也是私生子嗎？」東達先生問。

「是的。他可是個巨人。公爵先生所有的孩子，都有一種貴族的小毛病，一隻眼睛低一些。」

漁場管家指著自己說，「肩骨突出，顴骨像搗土耳其蜜的小斧子，愛幹些齷齪的事，如此等等。可這個名叫希爾哈茨基的先生，是個賣弄肌肉的男子漢。他在集市和廟會上，身披虎皮，展示他的肌肉。他只要登上舞臺，就說：『女士們，先生們，肌肉表演，是很累人的事……』我們婦女就都爬到舞臺上。我們買了一串粗香腸，裝在啤酒桶裡，讓希爾哈茨基先生坐在桶上，吃香腸，喝啤酒。他給我們講解每塊肌肉的名稱、功能。我們婦女可喜歡那肌肉表演啊。我那死去的丈夫曾經在虎皮下把我抓住了哩……」

「可現在我想問一下，公爵先生共有多少私生子？」

「……丈夫用鞭子抽我，一直把我抽得昏過去了。可多少私生子？總共六十七個，」漁場前女管家說。

「多少？」東達先生驚訝地問。

「我們總共六十七個。十五個已經死去了，我們活下來的還有五十二人，」漁場前女管家說，把頭調過去了。

「您也是藍色血統？」

「很榮幸，」她說，用彎彎的手指按著鼻孔，熟練地擤鼻涕，「因爲公爵先生知道，什麼是眞正的女人。他的大多數私生子女，都是他同漁場看守和莊園守門人的女兒和妻子生的。他對每個孩子，都給以關照。但他最喜歡養牛的女孩子，時時刻刻用舌頭舔土地裡閃亮的東西，麥草或者糞渣。我是他和媽媽在小茅屋裡生下來的。其他方面呢？公爵先生懂五種語言，認識一大批有才華的藝術家。但他最愛趕母牛的女人。人們議論公爵先生的時候說，他思念一個姑娘達到這種程度，要將女人推倒在糞堆上，一隻手蘸上尿糞，用尿把自己的頭髮弄濕。他就是這樣愛普通的人……後來他進入被糞包圍的城堡——這又是守門人講的——從鏡子裡看自己，將尿糞塗滿一臉，還大聲叫道：『我接觸到大地了！』」

「您作爲私生女，有什麼感覺？」

「感到親切得很，」漁場前女管家說，將手握成拳頭，「我的血管裡有公爵先生的血在沸騰！他多麼善於評價好的主意啊。一個除夕之夜，他從公爵旅館出來，路上凍得那麼滑，他連著摔了好幾跤。我母親從天主教堂往回走，看到那種情景，又轉回去，借了三條桌布，鋪在公爵先生的前面。等他走過去，母親很快揭起來，再拿到地面鋪在地上。這樣一直讓他走回城堡。他臨死前在床上回想起這件事，還看到我媽媽一直在爲他往冰上鋪桌布……」說著，漁場前女管家眼淚都出來了。

「我的上帝，」東達先生叫了起來，「那個鼓手用生殖器敲鼓！」

「啊，那是格伊多什，也是私生子。在謝肉節化裝舞會上也這麼幹，」漁場前女管家說，有點激動，「這不是很親切嗎？公爵先生臨死前還看到我母親在他前面鋪桌布，一直鋪到天國……」

酒店裡，男子漢們吼叫著：「秋天，大麗花盛開的時候……」

流著淚的婦女們走散了。一輪水汪汪的明月在村莊上空蕩漾。酒店老闆像舉吊燈一樣，每隻手舉著好多杯啤酒。

「下面一個酒店在演奏音樂……」

酒店的歌聲，震動著屋頂。一名歌手發瘋一般地往擋板上一撞，牆上的全部裝飾，連同窗簾和鑲邊全都掉了下來，打到一個醉漢身上。此人靠著牆，自告奮勇地在指揮手風琴和鼓手。可是，鼓也被窗簾裹住了。只有指揮者的手，拉手風琴的手，還有側面敲鼓的手，舉得高高的。

教師克裡什托夫，私生子，來到酒店門前，搖搖晃晃地走進亮著燈的廁所，跌倒了，滾到槽裡去了。

「看到了嗎？」漁場前女管家說，「這眞像公爵先生。有一回，他從布拉格貴族賭場回來，走到百合花街，摔倒在白兎酒館門口。一位頭戴大禮帽的社會民主黨人走到他跟前說：『公民，要我幫幫您嗎？』公爵先生腿不聽使喚，兩手撐在地上，找到了單片眼鏡，戴上說：『您知道我是誰嗎？吐恩·塞科·塔索公爵！前進！』說著，他又躺下了。這就是藍色的血液，怎麼樣？」

「這故事好聽，」東達先生說，「您對這兒如此熟悉，不認識一位皮帶生產商蘭達嗎？」

「認識，您找他幹什麼？」

「他給我們寫過養老金的信。」

「他不會再要什麼養老金了，」漁場前女管家說，「一個算卦的女人替他算了命，說小生意人們的頭上，烏雲密佈，趕快把存貨全部拋出去，拿著錢去尋歡作樂吧……這就是頭頂半公升啤酒，在酒館中間跳舞的那個小子。」

一位穿白襯衣，容光煥發的年輕人來到酒館門前，對著屋頂上的月兒大聲嚷道：

「你們誰餓了？我家裡有烤鵝、烤鴨，還有野雞！只要說一聲，我就去拿過來。我們家裡，連狗都撐得吐出來了！」可是沒有人理他的梗。那個小夥子跑進廁所，往教師身上撒尿。

「我的青春多歡樂，可惜只嫌太短暫……」

酒館的歌聲，更加響亮有力了。人們又相互摟著脖子和腰部，青筋脹得鼓鼓的，連空氣也在激烈震動。那位容光煥發的客人在廁所高唱著：

「我已不再這般青春年少……」他揮舞雙手，一個人獨舞，可教師先生還躺在槽裡……一個小夥子從走廊跑過來，氣喘吁吁的，叫苦不迭，請求上帝把他帶走……「廟會之後，一般總是拉稀蹲廁所，」漁場前女管家說，「有個名叫卡雷爾．亨內魯的消防隊號手。有一回失火了，他找不著號，只好拉小提琴，滿村子跑，大喊：『失火了，失火了……』」

消防隊號手到公墓邊的芋麻地裡，用一顆大針子在月光照亮的洋灰地上刮，還說：「我發誓，永遠不再……」

「喂，卡雷爾，別再亂寫了，好嗎？」漁場前女管家說，「不要在我爸爸的墳墓上畫什麼了，行嗎？」

可是，號手抬起他的手，用釘子在洋灰上嚓嚓地畫了一條線，好像天空上的閃電。

號手握住釘子，打起盹來。

姑娘們從河邊返回來，月光柔和地灑在她們背上，她們不得不踏著自己的影子走。

「眞像童話一樣美，可惜只有短暫一瞬間……」

曬得黝黑的小夥子們在酒館唱著。從每個人的表情上看，似乎都在用歌聲爲自己慶賀……

身上濺濕了的老闆像舉著吊燈似地爲大夥送啤酒……

8

從舞廳到廚房，有個暗淡的小窗戶。毛玻璃上，有個穿燕尾服男子的身影。他舉止文雅地端著酒杯，彷彿在給開胃酒做廣告。他將杯子舉到唇邊，很愜意地喝完最後一滴酒。不一會兒，那個身影就消失了。舞廳裡，進來一位穿燕尾服的舞蹈老師，他馬上鼓掌，站到舞池中間，用手摸摸開襟上的扣子，大聲說：「好，先生們，這兒可沒有女士們，僅僅只有一位，」他對著鏡子說。那兒坐著赫魯多娃小姐，身穿方格衣服，手指頭拈著一塊大手絹。「先生們，現在沒有的，不久就會有，女士們會來的！她們答應我一定要參加老年和進修舞蹈班！請大家報數，雙數是先生，單數扮作女士！馬上復習圓舞曲。樂師先生，請演奏史特勞斯的樂曲！」舞蹈老師喊道。他的學生們列隊往前走，數著雙數，單數，雙數，單數。他指向最後一個人吩咐說：「男士們去請女士！」

樂師年輕時曾在比爾克樂隊演出。他鞠了一躬。但當他看到全是衣衫襤褸的男舞蹈者時，頭都發昏了，弄錯了地方，本來應該朝鋼琴走去，卻往鏡子那兒去了。

「全是瘋子[34]，」他罵了一聲，才坐到眞正的鋼琴旁邊。舞廳裡響起了《春之聲》圓舞曲。

「下面演奏《皇帝圓舞曲》，」舞蹈老師喊道，「我到廚房去一下，有位漂亮姑娘給我來長途電話了！」

他離開大廳，一心想著標緻的女士們。隨後，他的身影出現在從大廳通往廚房的乳白玻璃上，從影子上看出，有一隻手伸向他。

「天哪，這是些什麼人呀？」布西法爾先生說，他頂替女士，正同指揮先生跳舞。

「客戶，」指揮先生冷淡地說，「坐在鏡子下面那個賣肉的。我們很快給他上了第一課，他將得到最高數額的養老金。您看，布西法爾，那是維克多！同油漆匠迪米克跳舞的那個人，也是做他的工作的。您仔細瞧瞧就發現，他們全是些老掉牙的小生意人，公務員，還有個瘋瘋癲癲的老鰥夫……因爲除了他們，誰樂意在郊區來上舞蹈課？」

[34] 原文爲德文。

「我的上帝！」布西法爾先生喊道，「沒有踢著您嗎？喂，那個自己同自己跳舞的人是誰呀？」

「園藝工伊魯謝克，」指揮先生小聲說，「上第一節課的時候，他作女士同我跳。可是每當樂隊開始奏波爾卡舞曲時，他就掙脫我的手，一個人獨舞起來。這是個人主義的本性。他有兩個弱智兒子。一個到十五歲還不識時鐘，將鬧鐘亂上一氣，還用鬧鐘砸自己的腦袋……現在好了一些，可是上吊了。那另一個兒子，看到鬧鐘是五點三刻，他就說是五點半……園藝工感到高興，因爲他畢竟有了長進。」

「誰付給您報名費？」布西法爾先生問。

「支持老年人協會主席團。去年我們在老年和進修班舞蹈課上——當然是布拉格另一個郊區——總共辦成了十二樁養老保險，」指揮先生說著，朝左轉，輕快地跳著維也納圓舞曲。

「可您知道嗎，園藝工們犯了不少兇殺案？」布西法爾先生問，將腦袋輕輕地靠在舞伴的肩上，「也許是爲了要新鮮空氣，園藝工栽種澆灌了五年的花卉。有一天，他突然臆想出一樁驚人的兇殺案。在奧斯拉發廣場發生過三次殘忍的謀殺。殺人犯園藝工菲力普，後來蹲到一口枯井裡，等待著即將發生的事……或者講講魯德尼采的什傑班尼克？他槍殺了兩名騎自行車的婦女，後來又殺死了他的表姐，把她赤身裸體地推到澡盆裡，然後去憲兵隊自首：『我就是有名的殺人犯什傑班尼克，園藝工人！』注意！」布西法爾先生喊道。

一名園藝工人在他們周圍跳舞，超越了一對又一對舞伴。他額頭上的汗粒像珍珠一樣，從眉宇間往下滴。可他閉著兩眼跳著，手臂揚得高高的，彷彿要飛去一樣……

「他已經來了，很好，」指揮先生說，用嘴巴指向活動門說：「那是我的朋友布魯德克，瘋人院的監管……」

「瘋人也到這兒來嗎？」

「也來，不過他們還未進瘋人院，」指揮先生笑著說，「布魯德克到這兒來，是爲了離開瘋人，稍稍休息一下。還有！跳舞以後，我們要去參加野餐會！我提供幾瓶酒，布魯德克帶我們去花園，哈哈！」

在暗淡的窗口，一個身影喝完甜酒就消失了。

舞蹈老師跑進舞廳，用手指摸摸開襟上的扣子，又理了理袖口上金色的紐扣，把手一揮，鋼琴聲停止了。

「女士們，先生們，」舞蹈老師大聲說，「大型舞會的時刻到了，我有責任給大夥提出幾點寶貴的建議……我講話的時候，請那位先生停止獨舞，好嗎？」舞蹈老師生氣地說。

園藝工繼續跳他的獨舞，兩眼閉著，欣賞著四三拍舞的動作魅力。三個學舞蹈的人去抓他，可是園藝工毫不費勁地將三位先生推開了。直到上去六名學舞蹈的學生，才將他架住。把他推走時，園藝工才睜開眼睛。

「我講的話，對您也有效，」舞蹈老師說，將園藝工敞著的扣子給扣上了，又說：「您也必須打領帶！」他轉身高喊道，「大型舞會就要開始了，我要求你們，先生們，穿上燕尾服！配上黑褲腿，高領白內衣，襯衣也應該是白色……」

「我喜歡穿童子軍制服，」園藝工說。

「可燕尾服一定得配白襯衣。您在什麼地方聽說，穿童子軍制服？」舞蹈老師吼叫著，「一定要穿白色襯衣，上過漿的，胸前只許用珍珠扣，絕不准用寶石！先生們，請各位注意！您要幹什麼？」舞蹈先生轉身問園藝工。

「我喜歡繫童子軍腰帶，因爲上面有彈簧扣，我可以掛家門的鑰匙，」園藝工說著，解開棉外衣，指了指鑰匙。

「可是天哪，您要帶什麼，請隨便。但是在這兒，我按照雅可夫斯基的原則講課，」老師大聲說，「領帶要白色，袖子也一樣，禮帽放在存衣室！」

「但我可以把東西塞進燕尾服……」園藝工說。

「我不聽，什麼也不想聽！」舞蹈老師捂著兩耳說，「我要去打電話邀請漂亮的女士們！」說著跑出去，手還在紅頭髮上揮動。

不一會兒，乳色玻璃上出現一個身影，正端著一杯酒，打電話邀請漂亮的女士們。

年輕時在什比爾古和老夫人酒店演奏過的鋼琴手，去摸擺在最高鍵盤上的一塊馬肉香腸，咬了一口，開始彈《皇帝圓舞曲》。

瘋人院監管布魯德克先生，靠近正在哭泣的赫魯多娃小姐坐著。

「怎麼啦？」他問。

「我不想活了！」她說。

「爲什麼？」

「在我擔任副主席的反虐待動物協會，我又聽說，有人在薩斯基鎭抓到一個學徒，這個人活活地將一隻羊羔剝了皮！人們怎麼能這樣對待小動物！」赫魯多娃小姐說，用手捂著臉。

「別哭了！」監管說，「請看看我臉上的傷疤。公寓裡有女管理員，把一隻活蹦亂跳的小貓沖到馬桶裡去了。小貓被水沖下去以前，還望著馬桶，把爪子伸進水裡，以責備的目光盯著女管理員，好像在質問，爲什麼這麼粗暴地對待它。」

「她等著瞧，上帝將懲罰她！」赫魯多娃小姐破涕爲笑。

「還不止這些哩，」監管說著，彎了一下腰，「後來，老貓趕來了，看著抽水馬桶，把爪子伸進水裡，還用責備的目光對著女管理員，好像要我們把她送到瘋人院。五天以後，女管理員把馬桶踩碎了，打算用碎片來割斷血管，我給制止了……您看！」監管說著，把頭伸過去。

「她這是代表更高的正義性，」赫魯多娃小姐笑著說，將目光轉向那正義的心臟。

「現在演奏《皇帝圓舞曲》了，我可以請您跳舞嗎？」監管站起來，兩隻鞋跟一碰。

「另找時間吧，這兒有的是女士……以後再跳吧，」赫魯多娃小姐說，想把手伸進口袋，「啊，我沒有口袋。可我將報告放在家中了。我在報告中說，屠夫爲了把公牛送進屠宰場，又挖掉了它的眼睛。」

「可是另一方面，有多少公牛踩了屠夫啊！」布魯德克先生大聲說。

「眞的嗎？」小姐問，從滿面淚痕的臉上，拿下手絹，擦擦淚水說：「那我不知道。給我講個好聽一點的故事吧。」

「比如說，霍勒肖維采屠宰場，一頭公牛將兩名動物販子隔開了，把第一個人的頭擠到牆上撞碎了。另一個動物販子，是我的舅舅，沒有帶砍刀。公牛無目的地亂跑，它嗅了嗅我那舅舅，一個轉身，將他推到柵欄上了……」

「眞精彩，眞精彩！」反虐待動物協會女副主席大聲說，「去跳舞吧，您眞教我開心！我喜歡公牛。就是這樣。要是我有力氣，也會將幾百公斤重的公牛牽在手裡，像撫摸公貓一樣去撫摸它，吻它的脖子，肚皮……」赫魯多娃小姐動情地說，晃動腦袋，好像她正在用臉部貼著幾百公斤重的公牛的肚皮一樣。

「小姐，」監管說，「您閉上眼睛，試著用指頭摸鼻尖。」

女副主席用手指摸到閉著的眼睛。

「謝謝，」監管說，「現在兩手向前伸開，筆直朝我走來，」他又說，「……閉上眼睛！」

女副主席照辦，可是走偏了四十度。

「現在請坐下，」監管說。女副主席坐下以後，監管吩咐她：「現在，請把一條腿放到另一條腿上！」

接著，他用手掌照準小姐膝蓋骨的下面重重地敲了一下。

「沒有任何反應，手指幾乎一點也不抖動，靜靜地耷拉在一邊。精神分裂症，個性分裂。有朝一日，您會回不去的，人們會送您去那個地方……」他說著，用手指著天花板的一角。他認爲，那兒就是瘋人院。

舞蹈老師跑進大廳，邊跑邊檢查他衣襟上的扣子，連音樂也沒有注意。他指著赫魯多娃小姐大聲說：「我差點兒忘了，這兒我們有一位女士嘛！」

赫魯多娃小姐大聲朝手絹裡擤鼻涕，監管的臉都紅了。

「女士，」舞蹈老師喊道，「女士到沙龍裡去取披巾，頭巾選帶花邊的……很多年前，你們大家肯定看過杜尼約娃同博耶爾的電影《鑲邊的頭巾》……女士將那鑲邊的頭巾塞進短衫裡面……先生們，你們……」舞蹈老師喊著，又用手摸摸衣扣，「過去榮幸地擔任過大型舞會委員會的成員們，有位要人光臨你們那兒，別忘記去歡迎那位大人物，到寄衣室幫他脫掉外衣，在莊嚴的銅管樂聲中，陪他和他的侍從走上樂台。請諸位一定牢牢記住，先生們！」

「可我現在扮的女士，」民族舞教師說。

「但您還是男的！」舞蹈老師叫嚷說，「現在有消息了，有三位元女士答應來參加下幾節舞蹈，我去打電話再邀請一些！」

「可惜！」民族舞教師說。

「什麼？」舞蹈老師發火了。

「我已經習慣了扮作雅爾達的女伴跳舞，從來沒有像現在這樣跳得好，對吧，雅爾達？」民族舞蹈教師說，望著油漆工迪米克先生。

「天哪，這您可不要在任何地方講啊，別讓我同機關發生麻煩事，」舞蹈老師大聲說，「樂師先生，來一段探戈舞曲，」在遙遠的海外是迷人的夏威夷！「我再去打電話！」他嚷著，揮揮手，袖口掉下來了。

不一會兒，他的身影出現在從大廳通往廚房的乳白玻璃上。他理了理袖口，從一個人手裡接過酒杯。

年輕時在什比克和老夫人酒館演奏過的鋼琴手，開始彈甜蜜的探戈舞曲。他的胳膊將馬肉香腸碰到了地上。這時他正蹲著，一隻手彈琴，一隻手去撿香腸。拾到以後，咬了一口，兩隻手接著彈奏，右手故意將音調抬高三個八度。他快速從嘴邊拿下香腸，放到最後一個鍵盤上。

三對舞伴幾乎在原地跳著，園藝工加快了速度。

「您給我說什麼啦？」民族舞教師生氣地說。

「今天您爲什麼不突出表現一下?」指揮先生問，就地同一位退役準尉跳著。

「好，先生們，」民族舞教師說，將手放在舞伴迪米克先生的肩上。這個人是油漆工，耳朵上全是油漬。教師接著說：「我祖父是貝內肖夫城民族舞教師，在尼格林酒館打賭說，當費迪南大公㉟同妻子公爵夫人霍特科娃一起進教堂時，我祖父將跑上前去摸公爵夫人的小腿。那是個星期日，所有的小生意人都聚集在教堂旁邊，身穿燕尾服，頭戴大禮帽。大公到來的時候，祖父站在教堂第三個臺階上劃十字，突然將手伸到公爵夫人的裙子下……」

「她的腿肚子很結實吧?」第三對跳舞的人停下來問。

「祖父說，那樣的小腿他可從來沒有摸過。」

「那時候，一些這類的婊子，根本不重視這件事，」民族舞教師插話說，「可是大公掏出手槍，要當場打死祖父。穿燕尾服的小生意人只好跪下來求情，請寬恕他，說假如城裡有兩個民族舞教師，那就整死他好了，但是這麼辦行嗎?大公說，祖父必須交出兩千金幣給科諾皮什傑城堡㊱，作爲給貧困貴族的贈禮。這樣，我祖父只好趕緊去張羅兩千金幣，交完了事。後來，大夥都喝醉了，人們用盆子將祖父抬回家。一位理髮師在路上想起來，應該將祖父的滿臉大鬍

㉟奧匈帝國末代王子，1914年在薩拉熱窩被刺，成爲第一次世界大戰導火線。

㊱位於布拉格以南，是費迪南大公狩獵的林區。

子刮掉。就這樣，他刮去了祖父的鬍子，還用刀刮下巴，然後將祖父放在沙發上躺著。第二天早上，祖父醒來，到洗臉間洗臉，對鏡一照，驚呆了，說：『這不是我呀，』……我講到哪兒了？夥計！」民間舞教師問，樂滋滋地跟著探戈舞的旋律轉動起來。

監管布魯德克先生點頭說：「在我們那兒，瘋人院……」

民族舞教師同他的舞伴站著不動。

「我問各位，誰能比這更出名？誰能摸女公爵的小腿？這種事情只能發生在奧地利時期！」

可當他同舞伴再次旋轉起來時，辦公室科員胡達列克先生轉身對所有在場的舞伴說：

「這可不成樣子，我不能讓別人來侮辱第一共和國[37]！」

「證據，」民族舞教師說，作了一個探戈舞姿勢，好像用舞蹈來取笑似的。

「是這樣，先生們，我爸爸一九三一年當憲兵少尉，」胡達列克先生鄭重其事地說。

「這您就不要給我說了！」退役準尉大聲說，「一九三一年誰也不可能提升那麼快！」

「是這樣，」胡達列克先生高興了，向練習探戈舞基本步伐的舞伴們解釋說，「我爸爸是霍

[37] 1918年捷克獨立，至1938年，稱爲第一共和國。

斯蒂瓦什[38]的憲兵準尉。那裡戒備森嚴，因爲政府總理什維赫拉[39]就住在那裡。總統先生光臨的時候，中尉將憲兵派到花園的醋栗樹下面。這樣，我爸爸就坐在栗樹底下。總理先生陪總統先生進入花園，天色已經暗下來。當他們走近栗樹時，爸爸聽到：『你們到前面去，』他看看周圍，只見總統先生解開衣服，往栗樹裡我爸爸身上撒起尿來。那是民主啊，我爸爸一聲不吭！後來，中尉從花園撤走崗哨時說，『胡達列克先生，你身上怎麼濕乎乎的？』爸爸說，總統朝他身上撒尿了。中尉拍著爸爸的肩膀說，『胡達列克先生，現在就看您了，您可能前程遠大。』中尉向總理報告時，讚揚我爸爸堅定勇敢。總理到達總統府，第一件事就是向總統報告了栗樹林的事，兩人都笑起來。總統先生說，『對那位準尉怎麼辦呢？爲表彰他的勇敢精神，提升他爲少尉吧。』就這樣，我爸爸在一九三一年成爲憲兵少尉！」胡達列克先生自豪地說，同舞伴跳起輕快的步子。

「那我也能讓人在我身上撒尿！」退役準尉大聲說。

可是舞蹈老師跑進舞廳，氣得滿臉通紅，他嚷道：「學跳舞的時候，能講這些話嗎？你們留到那低級舞場去講吧！爲什麼有人不跳舞，在鏡子下面打瞌睡？爲什麼不到走廊上去耍？」

[38] 布拉格一個小區。

[39] 什維赫拉（1873—1933）年，在捷克共和國曾三任總理。

他吼叫著。

他搖了搖正睡著的屠夫問道：

「您是誰？」

「約瑟夫・楚茨，賣鮮肉和醃肉的，在維謝赫拉德區……」

「扮的女士，還是先生？」

「女士。」

「天哪，那您在這兒又開雙腿睡覺？講不講社會風尚？」舞蹈老師大聲說，用手摸摸開襟上的扣子。「誰在這兒抽煙了？我給你們通通風吧。上舞蹈班，不許躺著！」說完，往廁所跑去。不一會兒，那兒傳出來他的叫聲。兩個車夫在裡面抽煙鬥。他們跑出來，感到受了侮辱。

布西法爾先生同舞伴跳著往前走了一半，又轉過身來。「打轉，打轉！」舞蹈老師在門口大聲喊道：「能這樣帶女伴跳舞嗎？樂師先生，奏樂！你們兩位快到舞廳中間去！」

年輕時在比什爾克和老夫人酒館演奏過的鋼琴手，摸摸鋼琴，坐下來歎氣說：「眞是些瘋子！[40]」

圓舞曲開始。

[40] 原文爲德文。

布西法爾先生將胳膊伸給牲畜採購員——他作女舞伴——聽到音樂一響，他就跳起四三拍。他們兩人的臉紅，因爲其他學跳舞的人都愣愣地望著他們。但園藝工揮動兩手，大大加快了速度。

「好，」舞蹈老師親切地說，朝後退去，「現在停止奏樂！如何帶領女士回到桌旁？」他用手勢指揮，該怎樣有禮貌地進行。他拉起一對舞伴，讓他們手挽手走到桌旁，然後用手貼近耳朵聽著，布西法爾先生如何鞠躬並且說：

「女士，您跳得眞美。請您跳下一場舞吧！」

斜眼的牲畜採購員，在斯洛伐克時，往只能裝載十八頭奶牛的車廂，裝進了二十五頭。火車開到布拉格，因爲又餓又缺水，總要死去五到六頭，他都做了賠償。這時，他低垂著兩眼，輕聲說：「已有人請我了。」舞蹈老師流著淚說：

「好，我教你們教得挺不錯吧。要知道，男士應該表現文雅……樂師先生，現在我們奏《藍色花園花盛開》圓舞曲……」他激動地說，用手指摸紐扣。

園藝工停止跳舞了，滿頭大汗說：「這舞跳得眞帶勁！」他雙手叉在胸前說，「老師，我可以發個電報，向舞蹈中心表示感謝嗎？」

「您去發吧，」舞蹈老師說，「但請說明是誰教這舞蹈課，」他舉起手指，說，「先生們，我去打電話，邀請漂亮的女士們來。」

他離去了，歪著腦袋，被讚揚聲大爲感動，消失在走廊上。他那高舉著酒杯的身影又一次閃現在乳白色玻璃上。

入口處的活動門開了，油漆工迪米克先生跑進來大聲說：「奏迎賓曲，迎賓曲，有位重要人物到我們這兒來了！快，你們誰去歡迎一下，給她脫大衣和……」

娜佳款款走進舞廳，曳著人造銀鼠皮大衣的長袖，笑盈盈的，佇立在門前。直到東達先生，保險公司的代表，身披風衣，手持玫瑰花，走進人們驚得發愣的大廳。

舞蹈老師打開小窗戶，從廚房伸出腦袋說：「先生們，我是怎麼說的？一位漂亮女士已經來到了！現在我再去打電話，接著邀請！樂士先生，奏《藍色花園花盛開》！」他拉下乳白色玻璃窗，又現出那舉著酒杯的身影。

「眞是些瘋子⓫！」鋼琴手彈鍵盤之前說，右手不斷彈向高音階，到最後一個鍵盤時，還未摸著馬肉香腸。

東達先生扔下外衣，向娜佳鞠躬，大步跳起圓舞曲，姿勢優美，手裡拿著玫瑰，隨著鋼琴聲唱起來：「有一回進入他的心靈深處，像藍色勿忘我花一樣美麗……」

「您唱得眞好，」娜佳說，往後退了一步，緊盯著東達先生文雅的面孔。

⓫原文爲德文。

園藝工在沉醉之中，超越了所有的跳舞者。鋼琴手斜著眼看看地面，檢查一下指法，低聲說：「那根馬肉香腸八成被人吃了……」

9

交響樂般的聲音，吹過精神病院的圍牆。監管布魯德克先生打開邊門，支持老年協會的代表進入病院的院子。娜佳提著用白檯布蓋著的籃子。

「這種偏執狂一般的處女作，眞是個不像樣的破爛貨，」監管先生布魯德克說，「有一回，那個病人表現的記錄不佳，很快就給我們送了回來，歸入到黑猩猩一欄裡面了。」

「那我們就前途無量了，」指揮先生說。

「有時候，患精神病是很開心的，」維克多先生說，「艾拉斯姆斯·羅特丹曾經寫過一本《讚美精神病》。」

「是的，」布魯德克先生舉起一隻手說，「不過，只有當你能夠返璞歸眞時，才能夠淘氣打鬧。可是有朝一日，您再也不能恢復原狀，出現了分裂症候，那就只能把您送到我們這兒來了……」

公園那邊的活動已經停止。樹梢裡，隱約可看到蒙著一層月光的五層樓房的影子。唯一的一個窗戶警覺地亮著燈。

人們在數百年古老橡樹下的長凳上坐著，向病院的菜園望去，畦上的白菜葉上閃著水珠。牆邊有座長長的暖房，閃亮的玻璃房頂，像一把巨大的刮鬍刀。

娜佳的白色晚禮服，在陰暗公園的影子裡，顯得分外潔白。

「小姐，開酒瓶吧！」指揮說，以讚賞的目光，打量花園。「人們，看見了嗎？我多麼喜歡月色的夜晚啊！可我認爲，現在的月夜，不如過去。從前，月兒更亮一些。那時候，夜晚都能找到一根縫衣針。人們在室內，用毯子遮住窗戶，百葉窗也拉下來。因爲有些人在那麼明亮的月光下，常患夢遊病。你們聽說過如今有人得夢遊病嗎？」

「您，」娜佳說，用雙腿夾住酒瓶，將瓶塞取出來。

「這聲音眞悅耳，」監管稱讚說。

「我是個夢遊病患者，」指揮先生說，「但當我只剩下這一點兒錢，有什麼辦法。因此我喜歡同姑娘們在月夜散步……年輕的時候，我就是這個樣子，但有什麼辦法？」

「沒辦法，」監管說，「一切事情都有個時間限制。這樣，您畢竟不會像我們那位女士一樣，受愛情的折磨。」說著，他指了指那亮著的窗戶。「那兒坐著一位瑪莎太太，心力交瘁，個兒很小，她忘了她已是四十歲的人了，還在爲愛情折騰自己。」

娜佳用桌布擦杯子。

然後往裡面倒燒酒。

「爲什麼乾杯呢？」指揮先生舉起杯子說，「爲了這月色的夜晚！」

「爲了讓瑪莎夫人心碎的愛情，」維克多說。

「爲了今後的良宵，」娜佳說。

「爲了我們全都進精神病院，」東達先生說。

「爲了不損害布料就無法清除的污漬，」布西法爾先生說。

「爲了釀出這種甜酒的克羅恩兄弟公司的巧手。」

大家然後舉杯，一飲而盡。

建築物中心有人在可怕地呻吟。

「那沒什麼，」監管說，又斟上一杯。

「那是基裡尤斯先生，他媽的！克羅恩兄弟公司給我們釀製的好東西！大夥想一想，把我們這兒當成修理店了，修理精神病就像修輪胎似的……似乎是要我們把心靈黏合起來一樣。人畢竟也是個扭曲的靈魂！基裡尤斯先生已是第五次來我們這兒了。他岳母在夜裡總是把假牙放進別人的杯子裡。而基裡尤斯先生從酒店出來的時候，竟然產生了喝啤酒以後那種新生代㊷的饑餓感。怎麼辦呢？看到什麼，就吃什麼，而且連水也喝下去。結果有五次將岳母的假牙喝到

㊷地質上的一個時代。

嘴裡，而每次都大叫大嚷：『岳母在杯子裡戲弄我！』大家就用晾衣服的繩子將他五花大綁，送到我們這兒來了。」

「布魯德克先生，所有這些事您是怎麼知道的？」娜佳問。

「怎麼知道的，加油站有幾個西格蒙德。但是精神病學家是西格蒙德．佛洛依德，」監管說，「我們作自動記錄，就像天主教會要別人對著耳朵懺悔一樣……我們能探聽到病人的所有情況。然後，我們用涼水、休克藥和其他藥品，從病人的腦子裡抹去不屬於他的東西，將病人送回去，外加一個說明：『注意，岳母不要將假牙放進杯子裡！最穩妥的辦法是，讓岳母夫人搬走！』可人們以爲，我們這兒把他們親屬的病永遠根治了。但是半年以後，那個病人又來了。克羅恩兄弟公司眞善於釀酒，是不是？」監管稱讚說，又倒了一杯酒。

維克多先生坐在草坪上，背靠紅山毛櫸樹幹，將腿伸到乳白色的月光中。

娜佳在樹枝上發現了一個用鏈子繫著的鐵球，球下面是一段插在地裡的鐵柵欄，還有九顆零散的滾珠。她將它們穿起來，把鐵球拿到手裡，將它擺到最邊的位置上。

東達先生站在公園的陰影裡，擺弄著手裡的酒杯，杯裡的飲料閃著光，像一隻琥珀戒指。其他的人望著玻璃暖房陡峭的房頂，月光反射下來像磨坊的一條水溝。

「你們還有什麼樣的病人？」指揮問。

「同基裡尤斯先生一起的還有，小提琴大師戈利揚，」監管先生說著，咂咂舌頭，「他老婆同理髮師的小工一起跑了。那個小工也是拉提琴的，但是只學了五本練習曲……」

「人們不會原諒這一切的，」東達歎氣說。

「戈利揚先生可不是這樣！老婆跑了，他反倒高興。可是那性腺呀，性腺，倒楣的性腺呀！」監管哀聲歎氣說，「戈利揚先生看上了一位勞作課女教師。她以自己的理想主義把他征服。她領著小提琴大師沿伏爾塔瓦河邊走，吸新鮮空氣，給他講兩人所盼望的幸福未來。可是戈利揚先生寧可返回到第三紀，結果發瘋了。勞作老師憑夕陽西下的印象，熱情地對小提琴老師說。等兩人活到六十歲，性慾減退的時候，那該多好啊！他們在夏天可以購買三十公擔煤，冬天在爐子裡升火取暖，勞作女老師上床爬到小提琴師旁，高聲給他朗誦伊拉塞克[43]的作品……對這種幸福的未來，戈利揚先生首先是感到兩手發抖，連弓弦也拿不住，接著口吐白沫，小便失禁，最後兩腿癱瘓……

當然，所有的榮譽，是那個克羅恩兄弟公司給我們帶來的！」監管說著，像對馬兒一樣咂咂嘴。

然後，他將剩下的燒酒喝掉了。

娜佳將圓球扔出去，滾球四處飛濺，像暗殺爆炸一樣。她把另一瓶酒夾在兩腿中間，取出

[43] 伊拉塞克（1851—1930年），捷克著名歷史文學家。

瓶塞。

「這聲音眞好聽，」監管讚揚說，「今天上午，我同基裡尤斯和戈利揚先生在這公園打掃落葉。據說，勞動使健康人生氣，但可以讓精神病人安靜。所以我們就掃落葉。可是刮起了風，把兩位先生用鍬裝在小車上的樹葉全吹跑了。他們又將落葉掃成堆，往小車裡扔，可是馬上又被風吹散了。他們開始罵起來，一會兒罵樹葉，一會兒罵風，像足球守門員一樣撲過去抓每一片葉子。我吹起哨子，瘋人院的幫手們過來了。我們只好給戈利揚先生和基裡尤斯先生穿上精神病患者的拘束衣，因爲他們嘴上已全是白沫。他們馬上接受了休克治療。後來，戈利揚先生跪下來哀求：『再休克一次吧，再來一次！』我們滿足了他。」監管說著，站了起來，又蹲到鏈子繫著的鐵球下面，撿散落的滾珠。

「維克多，」指揮說，「今天你怎麼啦？像枯萎了的百合花。喂，給我朗誦我的小詩：月色的夜啊，青藍色的夜啊，當我年輕的時候，一切可是另一個樣……」

「指揮，不成，今天我靈魂悲傷，快活不長了，」維克多說。

「怎麼回事？……」指揮先生喃喃地說。

「眞的有一種陰謀在針對著我。我全明白了，爲什麼古老的斯基特人⑪用哭泣歡慶出生，

⑪古伊朗一種遊牧民族。

用歡呼祝賀死亡……」

「啊，那又是一筆贍養費！」指揮先生唾沫四濺地說。

「是的，人生途中第三筆贍養費！諸位，我爲那性腺付出了什麼樣的代價啊，上帝怎樣用性腺罰我啊！」維克多先生搖頭說。

「就像我們的瑪莎太太，」監管大聲說，「還是這麼個漂亮女人呢！爲了不幸的愛情，自己把血管割斷了。」

說著，他指了指亮著的窗口。

一會兒，他的靈感來了。

「怎麼樣，我們爬到那棵紅山毛櫸樹上，從樹頂上能淸淸楚楚地看到瑪莎夫人的小房間。過去，我往那兒看的時候頭暈。可是今天呢？」他喊叫著，跳上一根樹枝，搖盪起來。他向下跳到草坪上，敏捷地站起來，跑向近處一座亭子，拿著一根繩子回來了。

「酒我們隨身帶著，」他說，「那樹就像亭子一樣，有很好的座位！」

他跳上第一根樹枝，又從這樹枝跳到另一根枝子上，沿著梯子爬上山毛櫸樹頂，從那兒把繩子放下來。

「這是個好主意！」指揮先生高興地說，將繩子繫在藤筐的耳柄上，「誰願意去，請爬吧！」

他縱身一跳，到達了幾百年的老山毛櫸樹枝上。

布西法爾和維克多緊跟著跳上去。

「您也上去嗎？」娜佳問，望著藤筐往上升。

「我不上去，您呢？」東達問。

「哎呀，偷看他人的臥室是不文明的。」

「那是不文明。」

「可當我半裸著身子躺在那輛小車裡的時候，您是偷看了的，對吧？」

「看過，還感到驚訝。」

「當然，我不是一個守規矩的女人。可您知道，我在小車上還看到維克多先生回來，給了您打開戴蒂羅爾式禮帽的那個姑娘房間的鑰匙，讓您也進到裡面去，對吧？」

「是的，我拿了鑰匙，進了那個房間……」

「您是進到房間裡禱告嗎？」

「才不是呢，不過我幹了蠢事。我告訴那手持睡蓮的姑娘，維克多是個什麼人，他付了兩份贍養費，還把她房間鑰匙給了我……可那個姑娘罵我是流氓無賴，說我對她講了那些話，因爲她現在只好放棄信仰，去世界流浪，如何……」

東達先生說著，走上菜地小路，去溫室那裡。他走著走著，又轉過身來，等待娜佳。他看她的面容，大波浪的髮型上，灑著月光。他又朝前走，一直到達溫室，聞到一股爛番茄味道。

牆邊上，放著一台製霜淇淋的破舊機器。長台桌上，擺著花盆，裡面有許多生出嫩葉的菊花。

娜佳悄悄地跟在東達後面，撫摸著毛茸茸的花葉。溫室盡頭，是一個裝滿水的井塘。桌臺上有一堆泥土，散發出沼澤地的爛泥味。還有一台噴霧器。

「你們是打算像對付那個姑娘一樣來作弄我，對吧？」她轉身問。

「也是，」東達說，抓起一把泥土，用手揉搓，然後聞了聞怪味。

「你們想要強姦我。而我呢，是連屠夫要姦污我也沒能得逞的，你們知道嗎？」她說著，手拿噴霧器，從水管裡吸水，對著溫室的頂棚噴灑起來。棚頂上月兒閃亮，像一團棉花，噴出的水霧，形成了彩虹般的顏色。

「彩虹，」她說，「你們男人都是一路貨色。你們會奇怪，當有人對我講，今天是星期四，我相信他，但首先還得看看日曆，對吧？」她靠在門框上說，「有時候，生活很艱難，當一個人知道，什麼是孤獨的時候，不是因爲沒有跟某個人在一起感到孤獨，而是一種全面的孤獨。您肯定也知道，因爲只有做過熱水代理商的人才有這種體會。」

她舉起一隻手，放在腦後，抓住門框。雲霧般的水汽，在月亮周圍形成一道光環，鑽石一樣的水珠，滴在姑娘的頭髮上。

「您知道，」她彷彿在講給自己聽，「當一個人身上打濕了，生意又不好，當人們對您撒野，僅僅是因爲您不像他們那樣下流。後來，您住在班斯基大樓的碧樹酒家。我不清楚那些酒家和旅館叫什麼名字……您獨自一人在冷冷清清的房間，只有一個像絞架的衣架，還有一面鏡子，供人反省……現在您躺在冰冷的床上，聽著各種談話和響聲，胡亂猜測……唉，我突然感到孤獨！每個無賴看到您走進酒店，都會以爲，我是一個未經世事的女人，可以聽人任意擺佈。唉，眞是，咳咳，您知道嗎？您在房間爬著走，趴在床架上，活像搭在架上的一塊毛巾，痛苦得全身打戰，牙齒格格直響……」

「男人更能忍受一切。」

「至少您理解我。」她說，「我們倆可以更親密一些，比親人還親！所以，我不像指揮先生所想像的那樣迫不及待。他在黑馬旅館對我說：『您是一位了不起的女代表，能用眼神和手勢施行催眠術的人。』」

「他跟您這麼說了？」

「這……您記得嗎，我的一個主意把他迷住了。就是共同建立一個殯儀整容合作社，還可以另外配上畫！」

「我想起來了。」

「終於想起來了，好！這些我可以開始幹，但要大夥一起動手，只是別讓我再一個人到外地跑。孤獨寂寞，我已經受夠了！」

「當然，指揮先生在這點上答應我了。他已經在制定遠景籌畫哩！他答應今後給我們一個頂好的職業！不過他又會把這些忘得一乾二淨的。他是個浪漫主義者。」東達說。

「我可是相信了他的話。」

「當有人告訴您，今天是星期四，您接連兩次回答說，對。但最好您還是去看看日曆……」

「這麼說星期一我就得出去，到州裡去跑跑？還要著手在夏宮宣講這個題目：什麼是彩虹牌增白劑？」

「對，彩虹。您去那兒睡在什麼地方？」

「小劇院後面，小旅館的一個小房間。那個房間星期六或星期日用作劇院的更衣室。這還說得過去！睡在鏡子和放化妝品與假髮的小臺子中間，還是很開心的！最後一次，我在那兒睡覺的時候，兵營正在操練。我躺在沙發上，假髮的髮插刺得我不好受。我打開一點門，從暗處看到小舞臺。那兒站著一對情人，好像是，導演在同他們排演談情說愛的二重唱……鋼琴響了，那兩人唱道：佩特日納山旁有座兵營，吸引著姑娘曳著長裙……當黃昏暗下來的時候，響起了晚會的聲音，在昏暗的角落裡，兩個心靈在幻夢中思念……」娜佳唱道。

「您的記憶眞好！」

「他們排演了兩個小時，」她笑著說，「後來就是一片喧鬧聲！六個青年站成一排，手裡拿著嵌有銀扣的小棍，頭戴大禮帽。導演教到半夜，也沒有能教會他們像女孩一樣，按樂曲的節拍，輪換著抬起腿，舉起小棍，有禮貌地準確地按節奏用手指摸對方的臉部……他們唱道：因爲吻了敏卡的大腿，得了個悲慘的結局，悲慘的結局……過著艱難痛苦的生活……而半開著門，躺在暗中，用手去摸骯髒的地面……」

「眞精彩，」東達先生說，「可惜我不能同您一道去夏宮。」

「爲什麼您不能去呢？同我一道去吧，我們去吧。一起開始另一種新的生活。我可以爲我們弄到一個好位置……」

「那是……」

「那項活動叫做《祖國的翅膀》。我們將一起走訪企業和私有業主，讓他們出錢，在《祖國的翅膀》爲標題的精裝手冊上簽名蓋章。一兩年以後，用這筆錢去買飛機，作爲人民贈給軍隊的禮物……」

「抽百分之多少？」

「百分之十，」她說，兩隻眼睜得大大的，「我們還可以做廣告。國稅局計畫爲居民管理製定一本稅收手冊，其中三分之一是廣告，這可以由我們來辦，」她說著，揮動著小小的指頭，拉著東達先生的衣領，低聲說：「我們去居民管理委員會問一問：『誰是負責人？』一位辦事員會說：『來者是誰？』我們則說：『國稅局的。』不一會兒，會進來一個臉色灰白、神經緊張的負責人。哪個居民管理委員會不怕國稅局？接著我們說明，我們是爲那本手冊來的。有了手冊可大大方便稅務工作……他想要多大篇幅的廣告？八分之一版，四分之一版，還是半版？民政局的人可能支付半版廣告費。他這才鬆了一口氣，因爲我們不是來檢查工作的。每份廣告，我們得百分之三十……但主要的是，我們不會這麼孤獨了，知道嗎？」

她轉動兩眼，東達先生看到了她那有著月光閃亮的鬈髮和眞誠的面容。他將面部貼著她的臉，手握著她的頭髮，從溫室的門框，越過病院的菜園，朝公園望去。一棵樹頂的枝椏上，坐著四個男子，正在窺視那亮著燈的房間。

他們一隻手抓著頭上的樹枝，一隻手端著燒酒。

「先生們，」監管說，「女人富於偉大的感情。他們首先將割腕的瑪莎夫人抬到伊拉塞克那裡，處理了一下傷口，然後就送到我們這兒。因爲但凡自殺都是精神病的一種表現方式。瞧這克羅恩兄弟公司，給我們釀的酒多好喲！我差點栽下去了。我們對尊敬的夫人做了心理分析，研究了她那顆心。不幸的愛情啊！」監管大聲說，再向那房間望去，只見椅子上坐著一位標緻的女士，像一尊雕塑，一支接一支地抽煙，膝蓋上全是煙灰。

「我願一生中再經歷一次這樣的生活！」指揮先生說，「愛情就像頂樑柱。爲了它，我願傾我所有！就是那可笑的結局，我也樂於承擔……可她愛上誰了？」

「電車廠的人。」

「電車廠的人？」

「對。她是布拉格一位律師的妻子。她這個女人，可流利地講三種語言，獲有美學博士學位，有兩個孩子。她發瘋一樣地愛上了一個電車扳道工。我們把她丈夫請來，委婉地把事情告訴他。律師先生說：『這事我早就知道了。當那個小夥子扔下我妻子時，我去找他，求他，最後跪在他面前求他：爲了我們家庭的幸福，要求他繼續保持同我妻子的通姦關係。可那個小子說，不成，他已經不愛我的妻子了，又愛上了一位女體育老師，』」監管說。所有的代表都用一隻手抓著樹枝，想更清楚地看看那位不動彈的女人。

紅山毛櫸樹枝碰著她房間的窗板。風一吹，枝子就打到玻璃上。可瑪莎夫人聽不見了，她的膝上堆積著一層煙灰。

「熱戀中的男人，可喜歡寫信啊，」監管說，「哎呀，我差點又要掉下去了，因爲我頭暈。有個病人叫赫魯紮爾。十年來，每天早上總給自己鋪床。後來碰到了自己的帽子，就在床邊一直站到晚上。有一回他揍了我。教授同一群學生來了，講解病人的事。他們離開時，我走在最後。這時候，赫魯紮爾先生以可怕的力量，拉開釘在牆上的桌子，打破了我的腦袋。他還說：『這是大天使加百利送給你的。』治療了半年，他們讓我回家療養。可是有一回，我們丟失了一個病人。那是個暴風雨的夜晚……我們到處尋找病人，還到了這個公園。我們聽到這紅山毛櫸樹頂上有沉重的響聲。用電筒一照，樹枝上正吊著一個病號。他身邊的繩子掛著一口箱子，就像這籃子一樣，被風吹得搖搖晃晃的，箱子撞到了樹幹上。我們將所有的東西取下來，打開箱子，托起來一看，裡面像兒童寫的字。除了『我愛你，我愛你……』再沒有寫別的話。四面都寫著『我愛你,我愛你』,有五百個同樣的字,就像一個受罰的男孩,放學回家罰寫的那樣……箱子裡的那些字，活像一大堆螞蟻……」

一個人從主樓踉踉蹌蹌地走過來，用手電筒照樹幹，好像熄燈的電影院裡的指路燈似的。

「誰在那兒?」當手電筒照著紅山毛櫸樹枝上的一群男人時，有個聲音喊道。

「別胡鬧，弗朗斯，是我!」被燈光照得耀眼的監管說。

「我是弗朗吉謝克，不是什麼弗朗斯!你們以法律的名義，在那兒幹什麼?」

「野餐，」指揮先生說。

「我以法律的名義，要你們下來，把公民證準備好，」警衛喊道，「要不然，我就朝你們開槍了!」

「下去吧，弗朗斯可能馬上會側身開槍的，」布魯德克先生說，從一個枝子輕巧地跳到另一個樹枝。

他們將小籃放下來。布西法爾先生拿起酒杯，正準備倒酒時，警衛舉起手槍說：

「舉起手來，要不我就開槍了!你們在這兒幹什麼勾當?」

「沒幹什麼，」指揮先生說，「我們坐在長凳上，觀看那多麼美的月夜。」

「你們八成是在慶賀什麼!」警衛說。

「沒有……我們只是欣賞自然風景，」指揮先生說，「您從來不到這樣的夜色中來瞧一瞧？……」

「不，」警衛說，接著大聲嚷道，「你們准是在慶祝什麼節日！公民證！」

他翻翻證件，今天不是他們任何人的生日和命名日。

他將證件還給他們，顯得有些失望。

可他又想出一種可能性：

「這麼說，你們是不是有誰中彩了，要不就是得到了一大筆遺產！」

「弗朗斯，喝酒吧，」監管說。

「我叫弗朗吉謝克，」警衛堅持說。

「既沒有中彩，也沒有得遺產，」指揮先生說，「您看，我們就這樣坐在長凳上，這樣喝酒，逗樂，一直待到天亮。請喝我一杯酒吧！」

說著將杯子遞給警衛。警衛猶豫了一會兒，接受了，聞聞酒味，說：「你們沒有偷那個雜貨店的東西吧？」

監管往杯裡倒酒，坐到地上。

「知道嗎，先生們，弗朗吉謝克是個老實人，自從那個小偷埃爾尼出事以後，他誰也不相信了。」

「現在來喝最後一瓶酒吧，」指揮先生說。

「埃爾尼被關在德熱茲恩監獄，裝瘋賣傻，就被送到我們那兒去了。經過一個星期，埃爾尼成了瘋人們的好朋友。他長得很帥，會講話。可是有一次我們找不到他。聽說他在一個亭子裡睡著了。第二天，監獄裡來人說：『喂，我們有個印象，有人在瓦斯拉夫廣場㊺看到過他，你們好好盯著他吧！』就這樣，我們每小時查他一次。可是有一次，他床上沒有人影了。我們報告了監獄。早上，埃爾尼從花園裡出來了，打著哈欠，說是在亭子裡睡覺了。員警來說：『埃爾尼夜間在布爾諾偷了錢櫃！』」

「先生們，」警衛說，「你們莫不也是溜門撬鎖的傢伙吧？」

指揮先生拔出瓶蓋，往杯裡倒酒。

「我告訴您，」他說，「我們在舉行晚間野餐。難道誰會去夜總會，在烏煙瘴氣之中大喝一番嗎？您看看那一輪明月，看看那白菜葉上的露珠，聽聽那林中樹葉的颼颼聲吧！可是員警來說：『埃爾尼在布爾諾偷了錢櫃！』後來怎麼樣了？」指揮先生說著將酒杯遞給警衛。警衛用嘴唇抿了一下，琢磨半天，也不明白這夥人是幹什麼的！

監管背靠著紅山毛櫸樹幹，伸著雙腿，手裡玩弄著杯子。

㊺布拉格鬧市。

「他們徑直向埃爾尼走去，對他說：『您今天在布爾諾偷了錢櫃！』可是博士小姐表示懷疑。但監獄長說：『從作案的情況看，只有埃爾尼能幹得出來。他可不是毛手毛腳的磨坊主，是戴著手套作案的。』」監管接著說，「那些磨坊主都是小偷。他們將錢櫃劈開，拿走所有的東西……刑警來檢查，在那個亭子裡發現了淺色夜服，正是有人看到他在瓦茨拉夫廣場穿的，」監管說，轉了身站起來，一歪一歪地朝亭子走去，打開玻璃門，指著裡面說：「就是在這兒發現的衣服……後來他們在花園挖出了用鹿皮包著的撬錢櫃用的撬棍，是鉻鋼的……埃爾尼就站在那棵樹旁。一位偵查員一躍而上，一下給他戴上手銬，將他帶走了。半年以後，埃爾尼給我們寄來明信片，上面寫著：你們的埃爾尼祝你們復活節一切都好……」

「他那麼乖乖地讓人給銬上？」指揮先生疑惑地問。

「很順利，」布西法爾先生說。

「要是我，可不會那麼輕易地束手就擒！」指揮先生叫喊說。

監管又給每人倒上一杯酒，然後捏住瓶頸放到地上說：

「乾杯！」

大夥碰杯，一飲而盡。

「我說，我才不會讓他們那麼輕易地給銬上哩，」指揮先生高聲說。

「會的，」布西法爾先生說著，一個箭步上前，令人難以相信地輕而易舉地給指揮先生戴了鋼製手銬。

一片沉寂。月光像透鏡一般集中照在手銬上。

「您被捕了！」布西法爾先生宣佈說。

「他們對埃爾尼就是這麼說的……」指揮先生緩慢地說。

「也是……」布西法爾先生說，「別生氣，指揮先生，這是我的證章，這是逮捕證。至於維克多……維克多先生嘛，我們明天再來。在他那兒，不會出現妨礙調查的危險的。我們做了你們十天的工作，給你們推薦幸福的未來。你們幫我們揭露出來了你們所幹勾當的技巧，我代表刑警局謝謝你們。當然，指揮先生，我們會想念您和那月色之夜的……」

「那東達怎麼辦？」維克多問。

「只考慮他作爲證人，」偵查人員說。

「但是您幹過日用品買賣！」維克多嚷道。

「幹過。但那是爲了迷惑你們。下午我已將錢用匯票退還原主了。」偵查人員說。

他們走出百年老山毛櫸樹的陰影，月光像石灰一樣，灑在他們身上。偵查人員拉著指揮先生的袖口。

「指揮先生，您生我的氣嗎？可這是我的職業呀。正像再臨派會員霍拉切克先生在柵欄那兒講的，這是世界上的分工嘛……捫心自問，你們幹得太多了，大量賄賂，幾百萬幾百萬的騙局……可您生我的氣嗎？行了，相信我吧，假如支持老年協會按現實基礎辦事，我會馬上同你們一起幹的……您相信我嗎？但也許您不會生我的氣吧？那樣我會不高興的，這是眞話……」

月光透過樹枝，照在銬著的一雙手上。

警衛站在白色月光照耀著的長凳上，大聲地說：「現在大夥還不要走！再看看這美麗的夜晚！看看那圓溜溜的月兒和沾滿露珠的白菜！回轉吧，再看看那夜色多麼美喲！」

大樓中心，有人發出可怕的呻吟。

（萬世榮譯）

譯後記

楊樂雲

《Pábitelé——中魔的人們》這本短篇小說集，是赫拉巴爾的代表作，一九六四年出版後赫拉巴爾從此聲名大振。這本短篇小說集，尤其是與集子《Pábitelé》❶同名的這一篇極好地說明了赫拉巴爾這位作家獨特的小說創作風格，現在人們一提到赫拉巴爾，腦海裏首先浮現的便會是他的 Pábitel（巴比代爾）。

Pábitel 是赫拉巴爾自己生造的一個捷語新詞，用以概括他小說中一種特殊類型的人物形象。由於這個詞在詞典中無從查找，赫拉巴爾在不同場合曾對它作過反復闡述。如何把這個詞確切地譯成漢語是個難題。作爲這篇小說的譯者，我想談一談我對這個詞的理解和翻譯體會。

赫拉巴爾是二十世紀六〇年代捷克文壇湧現的一批年輕作家中較爲年長的一位。六〇年代

❶本文筆者（亦即本書中「Pábitelé」一文的譯者）權且將該篇篇名譯作「中魔的人們」。

被捷克文學史家稱為奇蹟般的年代，具體地說是從一九六三年至一九六八年前蘇聯軍隊入侵為止。在短短的幾年內，捷克文壇出現了那麼多富有才華的作家，寫出了那麼多令世人矚目的小說作品，看起來的確像是「奇蹟」。其實，這些作品大多都是早些時候即已寫成，只是到了嚴格的檢查制度稍有鬆動的六〇年代才得以出版而已。這一代的捷克年輕作家，正像第二次世界大戰之後的許多西方現代派作家一樣，深感到隨著時代的變更，巴爾扎克式的以情節發展和人物性格塑造為主的傳統小說寫法已顯得陳舊，無法反映新的時代和新時代裏人的心態。因此作家們都在探索新的小說表現手法。這些作家在思想上深受存在主義哲學的影響，創作上則推崇卡夫卡。他們從卡夫卡和本國文學巨匠雅羅斯拉夫・哈謝克的作品中尋找啓迪和契機。

哈謝克的鉅著《好兵帥克歷險記》在捷克一向被看做是一本輕鬆的幽默諷刺小說，但從二十世紀八〇年代開始，經某些作家和文學理論家對這部小說進行的分析研究，指出它的藝術表現手法與卡夫卡的極為相似，因而《好兵帥克歷險記》應是捷克第一部荒誕派小說。赫拉巴爾從哈謝克的這部作品中得到的最重要的啓迪是，他發現了口語的效用。他看到了在小說創作中成功地運用口語能取得怎樣的藝術效果。赫拉巴爾不僅領悟了口語的藝術力量而且也找到了最適合於他筆下人物的口語，那便是布拉格小酒館的語言。這種語言的特點是粗野、誇張、滔滔不絕、帶著很多俚語和行話，很生動。赫拉巴爾成功地運用了它，並巧妙地使他筆下的口語包含著豐富的、捷克讀者一看便心領神會的潛臺詞。這是他的小說魅力之所在，深受捷克讀者的歡迎，因而赫拉巴爾享有「最有捷克味兒的作家」之美譽。

瞭解赫拉巴爾的這些創作背景也許有助於我們理解 Pábitelé 這個詞。他闡釋說：Pábitelé 是這樣一種人，他們通過「靈感的鑽石孔眼」觀看世界，他們看到的汪洋大海般的美麗幻景使他們興奮萬狀，讚歎不已，於是滔滔不絕地說了起來，在沒有人聽他們說時，他們便說給自己聽。他們講的那些事情既來自現實，又充滿了誇張、戲謔、怪誕和幻想。

這番話聽起來有點兒像我們俗話說的「侃大山」：幾個人茶餘飯後坐在一起神聊。侃大山具有「滔滔不絕」的特點，講的那些事情也是既來自現實又充滿了誇張和戲謔。但是侃大山的人與赫拉巴爾筆下的 Pábitelé 有本質上的不同。侃大山不論怎樣滔滔不絕，不論怎樣誇張、戲謔，它畢竟只是一種神聊，人們聚在一起開開玩笑，發發牢騷，聊完也就茶涼人散，各自生活依舊。赫拉巴爾筆下的這些人物，他們表現的卻是一種生活態度。他們不僅滔滔不絕地說，而且帶著行動。水泥廠的老工人一輩子生活在水泥粉塵中，呼吸著水泥粉塵中的空氣。退休後不肯搬到空氣新鮮的樹林裏去住，送他們到山清水秀的療養地，他們卻因此而患病。他們天天坐在水泥廠門前，爲如何更好地管理工廠爭論得面紅耳赤。水泥廠工人布爾甘的兒子伊爾卡有繪畫才賦但無緣進美術學院深造。他終日面對的是落滿水泥粉塵的一片灰濛濛的暗淡景色，可是他的寫生畫卻一幅幅色彩豔麗，堪與印象派的佳作媲美。父子倆還指點著窗外的灰白景色一個勁兒地對來訪者說：「您瞧見了嗎？您瞧見那邊的色彩了嗎？您仔細瞧瞧那邊，五彩繽紛！」在另一篇小說《鑽石孔眼》裏，那位盲女透過鑽石孔眼「看」到的世界美好無比，她期盼著手術復明，還邀請與她萍水相逢的幾位旅客在她手術復明後同她一起到總統府布拉格宮去參加舞會。這就是赫拉巴爾塑造的 Pábitelé 的形象，這些人物表面上看豪放開朗、詼諧風趣，但他們透過「靈感的鑽石孔眼」看到的世界與現實生活形成強烈的反差，從而格外地映襯出他們處境的悲慘。在反復思考如何把赫拉巴爾生造的這個詞譯成漢語時，筆者覺得乾脆音譯作「巴比代爾」固然可以，但必須加詳細說明。琢磨再三，覺得赫拉巴爾筆下的這類人物有點兒像神話故事裏一些中了某種魔法的人，全身心地沉浸在自己的幻象裏，於是——誠如赫拉巴爾所言——「他們說出的話被理智的人看做是不合情理的，做的事情是體面人不會去做的。」根據這樣的理解，筆者把〈Pábitelé〉權且譯作〈中魔的人們〉同時附加音譯（巴比代爾）。

國家圖書館出版品預行編目資料

中魔的人們/赫拉巴爾(Bohumil Hrabal)著
楊樂雲，萬世榮譯 --初版--台北市：
大塊文化，2006[民95]
面；公分。--(to；36)
譯自Pábitelé

ISBN 986-7059-06-9(平裝)

882.457　　95004669

LOCUS

LOCUS

LOCUS

LOCUS